Rüdiger Geis

Narrhalla-Mord

Originalausgabe – Erstdruck

Rüdiger Geis

Narrhalla-Mord

Kriminalroman

Schardt Verlag

Bibliographische Information der Deutschen Bibliothek:

Die Deutsche Bibliothek verzeichnet diese Publikation in *Der Deutschen Nationalbibliografie*; detaillierte bibliographische Daten sind im Internet über www.d-nb.de abrufbar.

Titelbild: Rainer Griese, Troisdorf
Umschlaggestaltung: Medienagentur Mangoblau, Oldenburg

1. Auflage 2014

Metzer Straße 10 A
26121 Oldenburg
Tel.. 0441-21 77 92 87
Fax: 0441-21 77 92 86
E-Mail: kontakt@schardtverlag.de
www.schardtverlag.de
Herstellung: TOTEM, Poland

ISBN 978-3-89841-731-0

O wär im Februar doch auch,
wie's ander Orten ist der Brauch
bei uns die Narrheit zünftig!
Denn wer, so lang das Jahr sich mißt,
nicht einmal herzlich närrisch ist,
wie wäre der zu andrer Frist
wohl jemals ganz vernünftig.

Theodor Storm

Prolog

Er konnte sich ein Grinsen nicht verkneifen und zog an seiner Zigarette. Er hatte es ihnen gezeigt. Allen hatte er es gezeigt. Es war seine Rache, und sie war noch nicht zu Ende. Der heutige Abend war nur der Anfang.

Wie sie dagesessen und seiner Büttenrede gelauscht hatten. Anfangs in ausgelassener Stimmung, erwartungsvoll auf die kleinen Spitzen, für die seine Reden als Protokoller bekannt waren. Spitzen, die so manches aufs Korn nahmen und doch nicht zu sehr wehtaten. Darauf hatten sie gewartet. Gespannt gewartet, nachdem es hieß, dass er überraschend wieder in den Karneval einsteigen würde, nach zwei Jahren Pause.

Er grinste in der Erinnerung an ihre erwartungsvollen Blicke.

Und er hatte begonnen, wie man es von ihm erwartet hatte. Ein Blick auf das Geschehen im zurückliegenden Jahr. Genussvoll hatte er registriert, wie im Laufe seiner Büttenrede die Blicke starrer wurden, wie sie unsicher umherirrten, wie sich die scheinheilige Schar immer hilfloser anblickte, als sich seine Verse wie Finger in offene Wunden legten.

Er zog wieder an seiner Zigarette und grinste.

Da hatten sie da unten gesessen, und ihre Blicke waren immer ratloser umhergekreist. Das Lachen war ihnen zunehmend im Hals stecken geblieben, bis es sie schier zu ersticken drohte. Bis der Erste seinem Unmut Luft gemacht und „Buh!“ gerufen hatte.

Da hatten sie dann alle eingestimmt, erst verhalten, noch unsicher, dann aber immer mehr immer kräftiger.

Aber es hatte eine Weile gedauert, bis der Chor der Buh-Schreier lauter geworden war als seine Stimme, die übers Mikrofon verstärkt worden war. Erst als Toni Bamberger, der Sitzungspräsident, rot angelaufen und schwer atmend das Zeichen gegeben hatte, ihm den Ton abzudrehen und Heiko den Hebel am Mischpult nach unten gefahren hatte, übertönte das Unmutsgejohle seine Stimme. Dann waren Herbert und Eberhard gekommen und hatten ihn nachdrücklich und unsanft aus der Bütt gedrängt.

Er hatte keinen Widerstand geleistet, denn er hatte erreicht, was er erreichen wollte. Er hatte die ausgelassene Stimmung in den Vorhof der Hölle verwandelt. Als Herbert und Eberhard ihn zwischen den Tischreihen nach draußen drängten, hatte er sich übelste Beleidigungen anhören müssen, von denen „Spaßbremse“, „Arschgeige“ und „dumme Sau“ noch die harmlosesten gewesen waren. Der Inhalt mehrerer Gläser Bier und anderer Getränke hatte sich über ihn ergossen und natürlich auch Herbert und Eberhard getroffen, die eigentlich gar nichts dafür konnten. Die Leute waren innerhalb von Minuten von einer ausgelassen-fröhlichen Stimmung in eine tiefe Enttäuschung geworfen worden. Und die machte sich zunehmend in Aggression Luft. Hätten Herbert und Eberhard ihn nicht hinaus geleitet – niemand hätte dafür garantieren können, dass er hier ohne ernsthafte Blessuren rausgekommen wäre. Aber das war ihm letztendlich egal, schließlich hatte er es einkalkuliert, dass sie ihn kreuzigen würden.

An der Saaltür hatte ihm Eberhard einen kräftigen Schubs gegeben, der ihn in die frische Nachtluft befördert hatte, und ihm „Du blödes Arschloch!“ nachgerufen. Herbert hatte den Kopf geschüttelt und gefragt: „Wie konntest du das nur machen?“

Eine Antwort hatte er nicht abgewartet und war in den Saal zurückgegangen. Eine Antwort war auch gar nicht nötig. Jeder wusste ja, warum er das gemacht hatte.

Er hatte es ihnen gezeigt. Ihnen den Spiegel vorgehalten, in den sie gerade an einem solchen Tag am wenigsten zu blicken bereit waren. Die Heuchler, die damals Mitleid bekundet hatten, um wenig später zur Tagesordnung überzugehen und die neue Kampagne zu planen.

Und heute hatte er ihnen die Wahrheit gesagt. Wieder zog er an seiner Zigarette, die fast schon bis zum Filter aufgeraucht war. Er bedauerte nur, dass er nicht mehr dazu gekommen war, den letzten Teil seiner Büttenrede vorzulesen. Der hatte es ja auch noch einmal in sich.

Er grinste wieder.

Es war sein letztes Empfinden. Den heftigen Schlag, der ihn am Kopf traf, nahm er nur noch unbewusst war. Bewusstlos stürzte er auf den eiskalten Betonboden.

Beim zweiten Hieb mit der schweren Eisenstange hörte sein Herz auf zu schlagen. Zwei weitere Schläge verwandelten seinen Kopf in eine unförmige Masse aus zersplitterten Knochen, Blut und Hirnflüssigkeit.

Donnerstag, 19. Februar
– Weiberfasching –

Jedes Jahr zur gleichen Zeit,
ist der Narr stets gern bereit,
dem Alltag einmal zu entfliehn
und lustisch durch die Stadt zu ziehn!

„Freut mich, dass du wieder dabei bist!"

Herbert legte Richard breit grinsend die fleischige Rechte auf die Schulter.

„Letztes Jahr hat sich keiner getraut, deinen Part als Protokoller zu übernehmen. War schließlich deine Rolle. Und in diese großen Fußstapfen wollte keiner treten."

Richard Mühlberg nickte, ohne etwas zu entgegnen.

Herbert Eisenkrämer fuhr fort, ohne die Einsilbigkeit seines Gesprächspartners zu bemerken.

„Und dieses Jahr wollte der Tobias dann in die Bresche springen. Aber da haben wir ganz klar gesagt: Das ist Richards Rolle, die bleibt unbesetzt, bis er wieder dabei ist. Schön, dass du wieder mitmachst."

„Jaja", sagte Richard, „ich freu mich auch."

Aber es klang eher freudlos. Herbert fiel das nicht weiter auf, denn er schwadronierte weiter über die vergangenen Jahre, als Richard den Protokoller in der Prunksitzung gegeben und mit seinem gereimten Rückblick auf das Jahresgeschehen manche verbale Spitze auch gegen die Kommunalpolitik abgeschossen hatte.

Dann war vor zwei Jahren auf einmal Schluss. Richard hatte sich zurückgezogen, nachdem seiner Tochter Annika bei einem Autounfall ums Leben gekommen war. Richard jedoch war felsenfest davon überzeugt gewesen, dass es kein Unfall war, sondern Selbstmord. Und er hatte Tobias Bamberger dafür verantwortlich gemacht.

Na schön, Tobias war ein Casanova, der nichts anbrennen ließ. Und wahrscheinlich hatte er auch Annika angebaggert. Zumindest so lange, bis er sie da hatte, wohin er sie haben wollte. Und danach ließ er sie fallen wie eine heiße Kartoffel. So wie er es mit allen anderen gemacht hatte. Aber das war doch jedem bekannt, dachte Herbert.

Richard hatte Annika gewarnt. Aber sie wollte nicht auf ihren Vater hören. Sie war der Meinung, dass bei ihr alles anders sein würde. Dass Tobias sie wirklich liebte. Und jetzt war sie tot.

Aber es gab keine Anzeichen dafür, dass Annika sich wegen Tobias das Leben genommen haben könnte. Kein Abschiedsbrief. Und an diesem Abend hatte es etliche Glatteisunfälle gegeben, die überwiegend mit Blechschäden oder zumindest nur leichten Verletzungen ausgegangen waren. Anders bei Annika: Sie war in einer Kurve geradeaus gegen einen Baum gefahren. Sie konnte nur noch tot aus dem völlig zertrümmerten Fahrzeug geborgen werden. Die Straße war glatt. Ein Unfall. Tragisch, aber eben ein Unfall.

Allerdings hatte auch niemand die Frage gestellt, warum Annika mit knapp hundert Stundenkilometern auf glatter Straße in die Kurve gefahren war, warum es keine Anzeichen für einen Bremsversuch gegeben hatte. Ein Unfall eben, wie er immer wieder passiert. Überhöhte oder nicht angepasste Geschwindigkeit auf eisglatter Fahrbahn, wie es in den Polizeimeldungen dann hieß. Tragisch, weil vermeidbar. Aber das Leben musste weitergehen.

„Ich hab mich wirklich gefreut, als Toni sagte, dass du doch noch kurzfristig zum Programm beitragen willst. Klasse!"

Wieder nickte Richard Mühlberg.

„Dann sehen wir uns ja morgen zur Generalprobe."

„Nee, da kann ich nicht kommen. Ich hab mir das ja wirklich auf den letzten Drücker überlegt. Und jetzt muss ich noch an der Rede feilen. Das ist nicht so einfach, wenn man zwei Jahre pausiert hat. Da werde ich morgen Abend noch ziemlich zu tun haben."

„Klar, versteh ich ja. Aber wir müssen das doch irgendwie ins Programm einpassen", gab Herbert zu bedenken.

„Ja, schon klar. Aber ich hab mit Toni drüber gesprochen. Er muss ja nur fünfzehn Minuten einblocken. Und ich muss wissen, an welcher Stelle ich dran bin. Ich meine, ich mach das ja nicht zum ersten Mal. Das klappt schon."

„Na klar, denk ich auch. Also bis Samstagabend!"

Herbert verabschiedete sich.

„Ja, bis Samstagabend", murmelte Richard vor sich hin. „Ihr werdet euch noch wundern."

Richard Mühlberg machte sich wieder auf den Weg. Er hatte auf dem Rückweg von der Schule nach Hause noch an der Sparkasse gehalten, um Bargeld zu ziehen. Da war er mit Herbert Eisenkrämer zusammengetroffen. Die Begegnung war ihm eigentlich nicht angenehm gewesen. Schließlich wollte er keinen Verdacht erregen oder sich doch noch verplappern. Oder seine Wut und Verachtung gegen die heuchlerische Gesellschaft hinausschreien. Dafür wäre Herbert auch der falsche Ansprechpartner gewesen. Sie beide waren von Kind auf befreundet. Und Herbert hatte ihm in seiner schwersten Stunde, nach Annikas Tod, und vor allem in der nicht minder schweren Zeit danach, immer zur Seite gestanden, ihm geholfen, ihn unterstützt, ja: auch getröstet. Herbert tat ihm leid: Auch er würde am Samstagabend sein blaues Wunder erleben. Und dann wäre es wohl mit ihrer Freundschaft aus.

Aber das musste er riskieren, musste es in Kauf nehmen. Er hatte nur noch das Ziel, ihnen heimzuzahlen, was sie ihm angetan hatten. Was danach kommen würde, war ihm fast schon egal. Was ihm wichtig gewesen war, hatte er verloren, war ihm genommen worden. Wozu also Bedenken?

Richard Mühlberg fuhr sich mit der Hand über sein Gesicht, als wollte er aufkommende Zweifel beiseite wischen. Nein, er würde es tun. Alles war vorbereitet. Er durfte jetzt nur keinen Fehler machen.

Er hatte sich alles genau überlegt. Ha, wie hatte Toni am Sonntag geglotzt, als er ihm beim Bier an der Theke bei „Tassos" eröffnet hatte, er wolle wieder eine Büttenrede halten. Als Protokoller. Tonis Augen hatten sich geweitet, dass man hätte meinen können, er wollte seine Augäpfel auf den Boden fallen lassen.

„Ja supper", hatte Toni nach einigen Augenblicken völliger Überraschung gesagt, in denen sein geöffneter Mund lediglich ein schleifendes Geräusch beim Einatmen von sich gegeben hatte. „Des is ja supper. Ritschie, isch bin völlisch überrascht. Ja klasse, des du widder debei bist", hatte er dann im breiten südhessischem Dialekt gesagt. „Des find isch klasse, dass du wieder zu uns gefunne hast. Ei mer kann sich doch aach net ewich verstecke. Komm, komm darauf trinke mer noch ein'n! Komm, Lore, mach uns noch emol zwei Weize und zwei Ouzo", forderte er die Bedienung auf.

Anton, genannt Toni Bamberger, bemühte sich immer redlich, seine Herkunft aus der Wetterau zu verbergen und möglichst hochdeutsch zu reden. Außer wenn er als Sitzungspräsident dem Elferrat vorstand und die Prunksitzungen leitete oder bei anderen karnevalistischen Gelegenheiten auftrat. Da war das „Gebabbel“ quasi Hofsprache. Toni babbelte aber auch, wenn er besonders leutselig sein wollte oder überrascht war. Und jetzt war er überrascht.

Richard Mühlberg trank das Weißbier und den Ouzo und ging nach Hause. Sein Plan schien aufzugehen.

Zwei Tage ließ er nichts von sich hören. Dienstagabend dann rief Toni an und wollte wissen, ob er noch rechtzeitig mit seiner Büttenrede fertig werden würde. Richard hatte das bejaht, aber gesagt, es sei ein ziemliches Stück Arbeit. Schließlich sei er ja fast zwei Jahre aus dem Geschäft raus gewesen. Aber es werde schon klappen. Zur Generalprobe schon? Nein, aber bis Samstagabend. Ja, versprochen. Dann beendete Mühlberg das Gespräch.

Richard wusste, dass sich Toni alle zehn Finger nach einem guten Büttenredner lecken würde. Büttenreden sind so etwas wie die Königsklasse unter den karnevalistischen Programmpunkten. Natürlich sind auch die Tanzeinlagen, vor allem die der Gardemädchen, optische Höhepunkte einer jeden Sitzung. Aber der Büttenredner ist letztlich doch etwas Besonderes, dachte Richard. Der gereimte Rückblick auf das Jahresgeschehen, die in Versform verpackten Seitenhiebe auf die „Großkopferten“, die sich das nach dem Motto „gute Miene zum bösen Spiel“ gefallen lassen mussten – das war für ihn Karneval.

Und auch Toni mochte es, wenn die Leute neben akrobatischen Tanzeinlagen, schwingenden Mädchenbeinen und humorvollem Bänkelgesang auch mit Büttenreden zum Lachen gebracht wurden. Aber gute Redenschreiber, bei denen es nicht nach dem Motto klingt „Reim dich, oder ich fress dich!“ waren dünn gesät. Er, Richard, war einer, der dieses dichterische Kunsthandwerk verstand. Das wusste auch Toni. Und Richards Fehlen bei der Prunksitzung im vergangenen Jahr hatte sich schon qualitativ bemerkbar gemacht. Das wusste Richard.

So würde Toni keine Probleme machen, nur um Richard wieder in der Bütt zu haben und ihm wie verabredet kurz vor der Sitzung mitteilen, wann sein Beitrag eingeplant war. Richard hatte sich nur noch ausbedungen, vor der Pause dran zu sein. Toni wollte ihn ja lieber im zweiten Teil des Programms haben, um die Leute noch ein bisschen mehr für den Höhepunkt anzuheizen. Aber Richard hatte sich durchgesetzt. Er konnte

Toni ja nicht sagen, dass es ihm nicht um einen schönen Abend ging und dass er nicht bis spätabends warten wollte, ehe er Abrechnung halten konnte.

Und dann würde sich Toni wundern, war sich Richard sicher. Was danach kommen würde? Das war Richard egal.

Auf dem Rückweg von der Sparkasse, wo er Herbert getroffen hatte, nach Hause ließ Richard zum x-ten Male seinen Plan im Kopf Revue passieren.

Heute war Weiberfasching. Toni gehörte zu denen, die am Abend die in der Narrhalla versammelte Frauenschaft zu bedienen hatten. Das war Sache des Elferrats und einiger Vereinsverantwortlicher, zu denen auch Tobias, Tonis Sohn, gehörte. Richard hatte dem Elferrat, dem Vorstand, nie angehört, und so bestand auch nicht die Gefahr, dass er unangenehmen Fragen ausgesetzt wurde, die er nicht beantworten wollte: *Wie kommt's, dass du wieder dabei bist? Hast du das mit Annika endlich überwunden? Was dürfen wir denn von deiner Büttenrede erwarten? Wem trittst du denn auf den Fuß oder vors Schienbein?*

Auch Toni konnte nicht weiter fragen. Richard grinste. Sie sollten meinen, er sei wieder in den Kreis der großen, närrischen Familie zurückgekehrt. Sie sollten sich wundern.

***

Toni konnte sein Glück an diesem Sonntagmorgen gar nicht fassen. Vor lauter Freude hatte er nach Richards Abgang an der Theke noch zwei Weißbiere getrunken und war in gehobener Stimmung nach Hause gefahren. Das heißt: Gefahren war er selbst nicht, dazu war er zu vorsichtig. Mit vier Weizen und zwei Ouzo war der Lappen unweigerlich weg, wenn er in eine Polizeikontrolle geraten würde. Deshalb kam seine Frau um die Mittagszeit in die Gaststätte. Dann aßen sie zusammen. Anderen gegenüber bezeichnete er dies immer als großzügige Geste gegenüber seiner Frau, die am Sonntag nicht dazu verdammt sein sollte, in der Küche zu stehen und zu kochen.

Nach Richards Eröffnung, wieder eine Büttenrede zu halten, war Toni in gehobener Stimmung, und das Bier schmeckte wieder. Immerhin hatte er am Abend zuvor in der Fremdensitzung des Karnevalsvereins im Nachbarort Herborn repräsentieren müssen. Und es war so spät oder besser so früh am Sonntag geworden, dass er überlegt hatte, den Frühschoppen diesmal ausfallen zu lassen.

Aber die Kampagne erforderte von ihren Repräsentanten, dass sie nicht schwächelten. Und so war er am Sonntagmorgen wieder an der Theke präsent. Und dann kam Richard mit dieser tollen Botschaft.

Toni rieb sich die Hände. Endlich hatte Richard die leidige Angelegenheit mit Annika überwunden und war wieder einer von ihnen. Seine Büttenreden hatten Pfeffer und waren gut geschrieben. So gut, dass der CVS, der Carnevalverein Sinn, von zahlreichen Nachbarvereinen um seinen Protokoller beneidet wurde.

Aber Toni wusste auch, dass er bei Richard am Ball bleiben musste. Spätestens am Dienstag würde er bei ihm nachhaken. Und das tat er auch. Ja, bestätigte ihm Richard, er sei dran. Aber nach der langen Pause, falle es ihm noch etwas schwer, Herr über den Stoff zu werden, denn er wollte nicht nur das vergangene Jahr Revue passieren lassen, sondern auch das davor liegende, als er schon nicht mehr dabei gewesen sei.

„Zwei Jahre in zehn Minude. Is des dann ze schaffe?" hatte Toni gefragt.

Jaja, hatte Richard geantwortet, aber bei der Generalprobe am Freitag könne er mit der Rede noch nicht dabei sein, und wenn er ihn jetzt noch lange von der Arbeit abhalte, dann werde es am Ende doch nichts mehr.

„Frohes Schaffen, mach's gut", hatte Toni ihm zugerufen und eingehängt.

Richard wieder im Ensemble. Toni war glücklich. Vor allem auch deshalb, weil damit die lästigen Gerüchte von Tobias' Schuld an Annikas Tod nun wohl endgültig der Vergangenheit angehörten. Richard hatte die Sache ad acta gelegt und wollte wieder mitmischen. Und das war, so schätze es Toni ein, auch gut so. Nur wenige waren über die Rückkehr des „verlorenen Sohnes" informiert worden. Die „Ratsherren" natürlich. Aber ansonsten niemand. Schließlich sollte es ja eine Überraschung werden. Ein Knüller.

Diesmal hatte er ein wirklich tolles Programm organisiert, wie es schon seit Jahren nicht mehr da gewesen war. Die beiden heimischen Zeitungen waren von ihm extra informiert worden, dass Außergewöhnliches geboten werde. Neben der Garde würde es noch fünf weitere Tanzdarbietungen geben, die über der Qualität vergangener Jahre lagen. Für musikalische Akzente würde das bewährte Mundart-Trio „Die drei Missgebärtcher“[1] sorgen. Dazu drei Büttenreden, nun ja, der B1-und C2-Kategorie. Und sein Sohn Tobias als „Eintagsflieger auf Mallorca“. Aber dafür nach zwei Jahren der Abstinenz den Protokoller!

Niemand konnte so gut wie Richard das örtliche Geschehen eines Jahres satirisch-karnevalistisch aufs Korn nehmen. Er war ein guter Redenschreiber, dessen Reime nicht so gewollt klangen. Dazu besaß Richard die Fähigkeit, in die Rollen derjenigen zu schlüpfen, die er karikierte. Er ahmte ihren Tonfall, Dialekt, ihre Gesten und ihre Haltung nach. Und schon alleine diese mimische Darstellung brachte die Leute zum Lachen.

Dabei war Richard aber bei allen Spitzen, die er verbal abschoss, nie ehrverletzend, schlug nicht unter die Gürtellinie, weshalb er von allen geachtet wurde. Selbst von denen, denen seine protokollarischen „Giftpfeile“ galten.

Toni wurde von Glückshormonen schier durchgeschüttelt bei dem Gedanken, wenn er dem närrischen Volk den zurückgekehrten Sohn ankündigen würde: „Zwei Jahre hammer ihn entbehre müsse, jetz isser widder unner uns. Was wär die Sinner Fassenacht ohne unsern Protokoller? Begrüße Sie mit mir unsern Richard Mühlberg mit dem Rückblick off zwei Jahre Ortsgeschehe! Narrhalla-Marsch!“

So oder so ähnlich würde er ihn ankündigen. Und das närrische Auditorium würde ihm, Anton Bamberger, zu Füßen liegen, dass er es geschafft hatte, Richard wieder zurückzuholen.

Aber jetzt musste er erst einmal den Weiberfasching erfolgreich hinter sich bringen.

---

[1] Landläufig für „Missgeburt“, hier so viel wie „Die drei Missgeburten“. Was auf den ersten Blick wie eine verbale Verunglimpfung klingt, ist im Sinner Dialekt tatsächlich auch als Liebkosung zu verstehen. Ungefähr so, wie ein Bayer die Schlitzohrigkeit eines anderen anerkennend mit „Ah Hund isser scho!“ kommentiert.

Freitag, 20. Februar

Tobias Bamberger hörte mit sichtlicher Beruhigung von seinem Vater, das Richard wieder auftreten wollte. Dann war ja wohl diese schlimme Sache von vor zwei Jahren ausgestanden. Unangenehme Geschichte mit Annika. Sie war ein süßes Mädel, aber er hatte nie einen Hehl daraus gemacht, dass er an einer festen Bindung oder gar an einer Ehe nicht interessiert war. Zumindest noch nicht. Vielleicht auch nie. Die Liebe fürs Leben? So etwas gab es in Romanen und Filmen.

Ihm stand nicht der Sinn danach, monogam zu leben. Warum auch? Die Mädchen waren ihm schon immer nachgelaufen, seit er die Pubertät hinter sich hatte. Mit seinen dunklen Locken, der athletischen Figur und der stets sonnengebräunten Haut verkörperte er das Idealbild eines Latin Lovers. Und diese Rolle spielte er gerne und ausgiebig.

Zum ersten Mal hatte er sie mit sechzehn gespielt. Nach der damaligen Prunksitzung hatte ihn Evelyn in der Kostümkammer vernascht. Sie war fünfunddreißig und eine attraktive Erscheinung. Und diese erste Lehrstunde war eine intensive gewesen, weil Evelyn mehr als nur ein kurzes Vergnügen wollte. Zwei Jahre später war sie unbekannt verzogen, nachdem sich ihr Mann nach einem weiteren Seitensprung von ihr getrennt hatte.

Aber Tobias hatte damals erkannt, dass er auf Frauen eine ungeheure erotische Ausstrahlung ausübte. Nicht nur auf reife Frauen. Er bemerkte auch, dass ihn der weibliche Teil seiner Altersgruppe anhimmelte. Und so hatte er beschlossen, neben einem regulären Liebesleben in einer mehr oder weniger langfristigen Beziehung seine erotische Initialzündung der damaligen Prunksitzungsnacht jedes Jahr wieder mit einer neuen Spontaneroberung zu feiern. Annika Mühlberg war auch eine solche Spontaneroberung. Zu dumm, dass sie mehr erwartet hatte. Als er ihr klargemacht hatte, dass es eben nur ein One-Night-Stand war, hatte sie sich mit unendlich traurigen und ungläubigen Augen abgewendet. Aber er hatte ihr nie ein Leben an ihrer Seite versprochen oder ihr Hoffnungen darauf gemacht. Sie hatte sich das eingeredet, dass es mehr sein könnte als ein einmaliges Vergnügen. Er war doch ehrlich gewesen, meinte er.

Der Unfalltod Annikas hatte zunächst einiges Aufsehen erregt. Nicht zuletzt, weil ihr Vater ihn dafür verantwortlich gemacht hatte. Es sei ein Selbstmord wegen verschmähter Liebe gewesen, hatte Richard behauptet.

Aber die polizeiliche Untersuchung hatte nichts dergleichen bestätigen können. Kein Abschiedsbrief, der eine Selbsttötung hätte untermauern können. Unfall auf eisglatter Straße. Pech einfach.

Und so hatte sich die Aufregung bald nach der Beerdigung Annikas gelegt. Tobias' Erschrecken über das Ereignis war nach einigen Wochen der Erkenntnis gewichen, das es für ihn ein Leben nach Annikas Tod geben müsse. Und so war er in den alten Trott verfallen. Im nächsten Jahr hatte er eine Kerbe für Daniela gemacht, die aber ebenfalls keine längerfristigen Absichten gehabt hatte.

Und in diesem Jahr hatte er Corinna ins Visier genommen. Sie war neu zur Garde gestoßen. Corinna entsprach voll und ganz seinem Beuteschema: lange, dauergewellte blonde Haare und eine Figur, die ... eben einfach außergewöhnlich. Und dass sie zu feiern verstand, hatte sie schon im November beim Sturm auf das Rathaus unter Beweis gestellt. Damals hatte er sie zu seiner „Kerbe" für die aktuelle Kampagne erkoren.

Dass sie eigentlich mit Kevin Breitkreutz liiert war und Kevin mehr ein Mann der Taten als des Wortes war, interessierte ihn nicht. Gestern Abend hatte er bei der Weiberfaschingssitzung seine Fühler ausgestreckt und das Garn gewoben, in dem sich Corinna verfangen sollte. Das war nicht ganz so schwer: Kevin Breitkreutz war nicht anwesend, denn beim Weiberfasching waren Männer nicht zugelassen, mit Ausnahme des Bedienungspersonals, das vom Siebener-Rat und einigen freiwilligen Helfern gestellt wurde. Seit Jahren hatte sich Tobias dabei beteiligt. Nicht dass er besonders gern anderen Leuten Getränke und Häppchen servierte – viel lieber ließ er sich selber bedienen – aber für ihn war der Weiberfasching die Kontaktbörse und das Anbahnungsinstitut für seine amourösen Karnevalsabenteuer.

Begünstigt wurde das Ganze in diesem Jahr noch durch die Terminierung des Kampagnenhöhepunkts. Seit vergangener Woche waren Semesterferien, und er konnte morgens so lange schlafen wie er wollte. Das nutzte er an diesem Freitag weidlich aus, nachdem er erst gegen vier Uhr morgens vom Weiberfasching nach Hause gekommen war.

***

„Ich fahr dann jetzt."

Carla Mühlbergs Worte klangen fast unbeteiligt. Richard sah von seinem Mittagessen auf. Seine Frau hatte den Mantel übergezogen und eine kleine Reisetasche in der rechten Hand. Er schaute wieder auf seinen Teller mit den Bockwürstchen und dem Kartoffelsalat, in dem er mit der Gabel herumstocherte.

„Du bleibst also dabei, morgen Abend nicht mitzukommen?"

„Ja."

„So wenig ist dir Annika wert?"

Carla Mühlberg presste die Lippen zu einem Strich aufeinander und wollte wütend auffahren, besann sich aber und sagte so ruhig wie es ihr unter den gegebenen Umständen möglich war: „Sie ist mir so viel wert, dass ich ihr die Ruhe gönne. Wie viel ist sie dir wert? So wenig, dass du sie wieder an die Öffentlichkeit zerrst? Dass sie wieder zum Gesprächsthema wird? Dass es wieder heißt, sie hätte sich selbst umgebracht?"

„Aber sie hat Selbstmord begangen", brauste Richard Mühlberg auf. „Und Tobias hat sie dazu getrieben, der Lump. Er ist für ihren Tod verantwortlich. Und dafür soll er büßen. Er und sein Vater und alle anderen, die sich schützend vor ihn gestellt haben."

Carla Mühlberg sah zu Boden. „Tu, was du für richtig hältst. Ich möchte damit nichts zu tun haben."

Sie wollte gehen, blieb an der Küchentür aber noch einmal stehen und drehte sich zu ihm um. „Du hast dich in deinen Rachegedanken verrannt. Du bist blind geworden. Warum lässt du Annika nicht endlich ihre Ruhe? Hilfst du einer Toten, wenn du sie vor aller Augen und Ohren exhumierst? Sie hat ihren Frieden gefunden. Warum lässt du ihn ihr nicht? Weil du selbst keinen Frieden findest? Weil du ihn nicht suchst?"

Sie ging, und er blieb finster brütend zurück. Seit Annikas Tod hatten er und seine Frau sich immer mehr entfremdet. Er konnte und wollte nicht verstehen, dass sie sich mit dem Tod ihrer Tochter so schnell abgefunden hatte. Nicht dass er ihr unterstellte, sie habe Annika nicht geliebt. Aber im Gegensatz zu ihm hatte sie sich ohne Annika im Alltag wieder eingerichtet.

Er dagegen konnte den Schlag, der vor zwei Jahren so unvermutet über die kleine Familie hereingebrochen war, nicht verwinden. Als die Nachricht von ihrem angeblichen Unfall ihn und seine Frau erreichte, war er innerlich und äußerlich zusammengeklappt. War für Wochen unfähig, zu unterrichten. Nur mit Mühe hatte er sich dann wieder einigermaßen gefangen. Aber gleichzeitig war in ihm die Trauer der Wut gewichen. Er war sich sicher: Annika hatte sich aus Enttäuschung über Tobias Bamberger das Leben genommen. Für Richard Mühlberg zählte nicht, dass der für einen Selbstmord eigentlich übliche Abschiedsbrief gefehlt hatte. Dass alles auf einen tragischen Unglücksfall hindeutete.

Für ihn war dieser Rotzlöffel Bamberger verantwortlich. Und das sollte er morgen Abend zu spüren bekommen. Er und die anderen Sakkoträger vom Siebener-Rat, die damals mitgeholfen hatten, Tobias aus der Schusslinie zu ziehen. Auch der Bürgermeister, der nach der Beisetzung beim Beerdigungskaffee eine Rede gehalten hatte, die auf „The Show must go on" hinausgelaufen war.

Annika! Der Gedanke an seine tote Tochter trieb ihm wieder die Tränen in die Augen. Sie war sein Ein und Alles gewesen. Auch wenn sie sich oft gestritten hatten, unterschiedlicher Meinung waren. Sie waren trotzdem eine verschworene Gemeinschaft. Mit 1,3 hatte sie ihr Abitur gemacht, wollte Medizin studieren. Aber nicht, um irgendwo als Hausärztin zu arbeiten oder in einem Krankenhaus.

Nein, Annika wollte den Armen dieser Erde helfen. Mit dem Idealismus der Jugend, der es für möglich hält, die Welt aus den Angeln zu heben, hatte sie sich dieser Aufgabe verschrieben. Er selbst hatte ihr das ja immer wieder gepredigt: Der Starke muss dem Schwachen helfen, nicht ihn ausnutzen oder ausbeuten. Musste er sich da wundern, dass sie sich das zu Herzen genommen hatte? Dass sie für ein kleines bisschen mehr Gerechtigkeit auf der Welt sorgen wollte.

Und während andere nach dem Abitur ein Jahr in den USA oder Australien verbrachten und von New York, den Stränden Floridas, San Francisco oder dem Grand Canyon schwärmten, hatte sie sich einer Hilfsorganisation angeschlossen, für die sie in den Slums von Manila arbeitete, für die Kinder von Smokey Mountain, die auf einem rauchigen Müllberg nach ihrem Lebensunterhalt suchen.

Wie oft hatte er, der seit Jahren keine Kirche von innen gesehen hatte, gebetet, dass ihr nichts passieren möge, dass sie wieder heil zurückkehrte. Und: Sie war gesund und euphorisiert durch ihre Arbeit mit den Ärmsten der Armen nach einem Jahr wieder nach Hause gekommen – um dann an ihren Gefühlen für diesen arroganten Schönling zu scheitern. Als es darauf ankam, hatte sie keinen Starken an ihrer Seite, der die Schwache schützte.

Als es darauf ankam, als sie seinen Schutz, seine Hilfe gebraucht hatte, hatte er versagt, hatte nicht wahrgenommen, wie es um sie stand. Die Augen liefen ihm über, und seine zusammengepressten Lippen bebten. Annika, dachte er und hielt die Hände vor sein Gesicht.

Einen Moment saß er in seine Trauer versunken da. Dann wischte er sich über das Gesicht. Aber ich werde es ihnen heimzahlen, dachte er, und der Gedanke an die Rache richtete ihn wieder auf. Aber er musste bei seiner Linie bleiben. Planmäßig vorgehen.

Als er nach der Schule gegen 13.30 Uhr nach Hause gekommen war, hatte ihm Carla das Essen auf den Küchentisch gestellt. Während er aß, hatte sie ihre kleine Reisetasche geholt und sich den Mantel übergezogen. Er hatte gehofft, dass sie ihm zur Seite stehen würde. Doch sie wollte nichts damit zu tun haben. Für sie war Annika tot. Oder besser gesagt: in einem anderen, besseren Leben. „Den Toten soll man ihre Ruhe gönnen“, hatte sie gesagt, als er ihr mitteilte, was er gegen die anderen plante.

Aber er ließ sich nicht davon abbringen. Er wollte die anderen genau an der Stelle treffen, an der es sie am meisten verletzte: Wenn man ihnen ihren Karneval versaute. Und dazu hatte er, der erfahrene Karnevalist, das richtige Mittel. Die Büttenrede, die nicht nur weichgespülte Sticheleien enthalten würde.

Er räumte Teller, Besteck und Wasserglas in die Spüle und holte die Klassenarbeiten aus seinem Aktenkoffer, die er heute noch korrigieren wollte, um am Wochenende freie Hand zu haben. Nach zwei Stunden hatte er die Arbeit erledigt und legte die Mappe mit den korrigierten Bögen zurück in seinen Koffer.

Für einen Moment lehnte er sich in seinen Bürostuhl zurück und lächelte. Toni Bamberger saß jetzt schon auf heißen Kohlen, wartete auf seine Nachricht, wie es mit der Büttenrede stand. Aber Toni konnte noch ein bisschen warten.

Jetzt kam erst einmal Barny, ihr Schnauzer-Cocker-Mischling an die Reihe, der schon sehnsüchtig auf seinen Spaziergang wartete. Richard Mühlberg zog sich gerade seine Windjacke über, als das Telefon klingelte. Er schaute kurz auf das Display. Tonis Handy. Richard Mühlberg grinste, während ihn Barny erwartungsvoll anschaute und hechelte. Er nahm die Leine und trat aus der Haustür. Von ihrem Wohnhaus an der

Ballonbuche hatte er es nur ein paar Schritte bis zu „seinem Berg“. Denn die knapp 350 Meter hohe Erhebung am Südrand des Ortes hieß ebenfalls Mühlberg und bildete auf ihrer Höhe die Grenze zwischen dem ehemaligen Herzogtum Nassau und dem Königreich Preußen.

„Auf, zu den alten Schmugglerpfaden“, forderte er Barny auf, der sofort in schnellem Galopp auf den Waldweg einbog, der auf die Höhe führte. Es war frostig-kalt, die Sonne senkte sich langsam auf die Höhen des Westerwaldes herab. In einer Stunde würde es dunkel sein. Aber es schreckte ihn nicht, bei Dunkelheit durch den Wald zu gehen. Das gab ihm die Sicherheit, allein zu sein und niemandem zu begegnen, der ihn im Nachdenken stören würde. Und für einige Zeit vergaß Richard Mühlberg seine Rachegedanken. Barny hatte lange auf seinen Spaziergang warten müssen. Und nun forderte er unablässig von seinem Herrchen, dass der das Stöckchen werfen sollte, das der Hund am Wegrand aufgefischt hatte.

Doch bald holten die finsteren Gedanken Richard Mühlberg wieder ein. Mit Annika war er, als sie noch ein Kind gewesen war, hier herauf gestiegen, hatte ihr vom kleinen Bären erzählt, der sich hin und wieder oben auf der Höhe über einem Holzfeuer ein paar Würste briet. Dann hatten sie gemeinsam nach der Feuerstelle gesucht. Und weil sie keine finden konnten, hatte Annika vermutet, dass der kleine Bär seine Spuren ausgelöscht hatte, weil ja Feuer machen im Wald eigentlich verboten ist. Sie waren dann weitergegangen und hatten sich vorgestellt, dass der kleine Bär mit ihnen wanderte und sich mit ihm unterhalten. Und jedes Mal hatte Annika gestrahlt, wenn sie dann nach Hause kamen.

Zum ersten Mal seit ihrem Tod ging er wieder diesen Weg auf die Höhe hinauf.

Als Richard Mühlberg nach knapp zwei Stunden Spaziergang sein Haus wieder erreichte, atmete er tief durch. Nun war der nächste Schritt in seinem Plan angesagt: Er würde Toni endgültig für die Generalprobe absagen.

***

„Ritschi, endlisch, Kerle nochema, isch hab disch aach scho e paarmal versucht azuruffe, aber du bist net ran gegange.“

Toni hatte wieder einmal seinen Wetterauer Präsidenten-Dialekt hervorgezaubert.

„Wie sieht's dann aus mit der Büttered? Kommst du nachher zur Generalprobe?"

Richard Mühlberg schmunzelte. „Nee, zur Probe, des klappt net. Ich bin noch am Feilen an der Rede. Aber die wird rechtzeitig fertig. Pass auf: Plan mich für 21.30 Uhr ein. Die Rede dauert knapp zwölfeinhalb Minuten."

„Haste denn aach e paar Knaller drin?" krächzte es vom anderen Ende der Leitung.

„Das kracht schon", versicherte Mühlberg.

„Supper", freute sich Bamberger, „aber kommste dann vor der Sitzung zu Worscht un Weck?"

„Worscht und Weck" war die obligatorische Einleitung der Prunksitzung. Während der Siebener-Rat vor Veranstaltungsbeginn noch die letzten organisatorischen Einzelheiten besprach, sorgten einige Frauen für die Verköstigung, mit Würstchen, Brötchen und Kartoffelsalat.

„Nee, Toni, ich hab noch einen Stapel Arbeiten zu korrigieren. Das will ich vorher erledigt haben. Aber ich bin pünktlich zur Sitzung da. Versprochen!"

„Na, dann bis dann denn dann. Helau", verabschiedete sich Toni.

Du mich auch, dachte Richard, sagte aber laut: „Helau!"

***

Alles war sehr gut gelaufen. Toni war zufrieden. Der Ablauf war gut choreografiert, lobte er sich insgeheim selbst. Der Wechsel von Tanzgruppen, Büttenreden, Sketschen und musikalischen Einlagen stimmte. Und doch war die Sache noch nicht rund. Natürlich, zum Ende des ersten Teils fehlte der entscheidende Programmpunkt: Richard Mühlberg als Protokoller. Das Comeback des Jahres.

Aber Richard hatte ihm mitgeteilt, dass er noch an den Feinheiten feilen würde. Und es war ja wirklich sehr kurzfristig, dass der Ritschi sich eingeklinkt hatte. Da musste man verstehen, dass er heute Abend zur Generalprobe nicht dabei war. Eine Viertelstunde hatte Toni deshalb ins Programm eingeplant, ohne den Inhalt dieser knapp fünfzehn Minuten zu kennen. Aber der Ritschi würde das schon machen.

Trotzdem. Anton Bamberger hatte ein komisches Gefühl. Vielleicht weil es noch eine Unbekannte in seiner närrischen Rechnung gab, und

Richard Mühlberg hatte einen kurzen Schluck aus dem Wasserglas genommen, um für das Folgende stimmlich präpariert zu sein. Seine Rede kam nun zum Höhepunkt seiner Anklage gegen die feine Gesellschaft, die seine Tochter auf dem Gewissen hatte und die Verantwortung dafür leugnete und vertuschte.

Da sitzen sie, die Biedermeier,
schaukeln befriedigt ihre Eier.
Benimmt sich einer mal daneben,
dann kostet's eben mal ein Leben.

Richard Mühlberg holte tief Luft. Er schaute in die Runde, die ihn ungläubig anstarrte.

Tobias heißt der üble Bengel,
tötete nen wahren Engel.
Nicht direkt, das muss man sagen,
weil's ja war ein Unfall-Wagen.

Ein Raunen ging durch die Reihen. Aber allesamt waren die Zuhörer noch zu überrascht, glaubten zunächst nicht, was sie da gerade gehört hatten.

Vertuscht das Ganze durch den Vater,
der sich gab als Rechtsberater.
Der Toni weiß, wie man sie schmiert,
dass möglichst keinem was passiert.

Tonis anfänglich zufrieden lächelndes Gesicht zeigte jetzt den Ausdruck sprachlosen Entsetzens. Er glaubte, sich verhört zu haben. War Richard plötzlich verrückt geworden?

Nur der Engel weilt im Himmel,
nach dem Genuss von Tobis Pimmel.
Drum der Mantel des Verdeckens,
statt des Ausdrucks des Erschreckens.

Die Leute im Saal hatten sich mittlerweile von ihrer ersten Überraschung erholt. Das Raunen wurde stärker. Einzelne Buh-Rufe wurden laut.

Lügen, heucheln und verdecken,
man kann darüber nur erschrecken,
dass die Honoratioren
allesamt die Scham verloren!

Es blieb nicht bei Buh-Rufen. Die Ersten machten ihrer Empörung Luft, indem sie Richard mit übelsten Schimpfnamen bedachten. „Arschloch" und „Drecksack" waren dabei die beliebtesten. Derweil war auch Toni gedämmert, dass er reagieren musste.

Herbert hatte mittlerweile seinen Platz im Rat verlassen. Auch er war empört, wollte aber verhindern, dass es zu mehr kam als zu verbalen Entgleisungen gegen seinen alten Freund Richard.

Toni wedelte heftig zu Eberhard Pitschek im Saal, der sich jetzt ebenfalls Richtung Bühne aufmachte.

„Saft abdrehen! Schalt ihm doch endlich den Ton ab!" schrie Toni Heiko am Mischpult zu. Das Gesicht des Sitzungspräsidenten hatte mittlerweile eine gefährliche Rotfärbung angenommen. Er war auf hundertachtzig. Und das war noch steigerungsfähig.

Auch Manni, dieser alte Sack:
Nach außen immer Hochglanzlack,
doch innen rabenschwarz beseelt,
zählt für ihn nur schnelles Geld.

Bis hierhin kam Richard. Heiko Semlitsch, der Toni zunächst mit großen Augen und offenem Mund angestarrt hatte, zog jetzt mit ungewohnter Schnelligkeit den Regler für Richards Mikro runter. Der konnte die nächste Strophe seiner Generalabrechnung zwar noch beginnen, doch ohne Mikro ging sie unter, zumal sich im Saal unten der Sturm des Unmuts mittlerweile zu einem „Kyrill" der Empörung verstärkt hatte.

Herbert und Eberhard packten Richard, zerrten ihn von der Bütt weg und von der Bühne runter und drängten den auch keinen nennenswerten Widerstand leistenden Mann zum Eingang hinaus. Er hatte ihnen den Spiegel vorgehalten, wie sie es nicht erwartet hatten. Zwar war er nicht zu

Ende gekommen mit seiner Rede, aber das hatte er einkalkuliert und deswegen seine Reime auf weniger wichtige Personen nach hinten geschoben.

Schade nur, dass er Manni nicht noch einen weiteren Stich mitgeben konnte. Aber zumindest Tobias und Toni waren nicht ungeschoren davon gekommen.

Richard war zufrieden und lächelte, während er vor dem Pfarrsaal an seiner Zigarette danach zog. Noch einmal in seinem Leben war er so richtig zufrieden. Ein letztes Mal.

Sonntag, 22. Februar

Tobias und Corinna taumelten in einander gehakt ins Freie. Corinna kicherte immer noch über den Witz, den ihr Tobias beim Rausgehen erzählt hatte. Die kalte Luft der Spätwinternacht war fast angenehm, wirkte erfrischend für die vom Sekt erhitzen Köpfe der beiden. Etwas unsicher staksten sie die Treppe hinab, und Tobias führte sie zielstrebig in den Schatten, den die Straßenlaterne unterhalb der Küche warf.

Beflügelt vom Alkohol, entlud sich das jetzt vor allem vor den anderen im Saal zurückgehaltene Verlangen in einem wilden Kuss. Dann sah die leicht beschwipste Corinna Tobias an und fragte: „Woher wusstest du eigentlich, dass ich als Schottin komme?"

Tobias lächelte. „Instinkt. Der Instinkt des Wolfs."

Corinna schürzte die Lippen. „Kannst du denn so ein Wolf sein?"

„Wenn du nicht von mir verlangst, auch noch den Mond anzuheulen."

Wieder machte sie einen Schmollmund und blickte auf seinen karierten Rock.

„Stimmt das eigentlich, dass bei den Schotten da nichts drunter ist?"

Tobias grinste. „Dass musst du schon selber feststellen."

„Das werd ich", kicherte Corinna, hockte sich vor ihn, lüftete den bis über seine Knie reichenden grün-blau karierten Rock und fand die Legende bestätigt, auch wenn Tobias kein Schotte war.

***

„Eine Sauerei, was hat sich der Richard dabei nur gedacht", stieß Eberhard mit leicht belegter Zunge hervor, „ich versteh nicht, wie er so was tun konnte."

Toni war nur mit halbem Ohr dabei. Er musterte nochmals die verbliebenen Besucher der Prunksitzung. Was er sah, beruhigte ihn etwas. Bei Richards Rede war die Empörungskurve über dessen Unflätigkeiten förmlich nach oben geschnellt. Aber das musste nichts heißen. Nach einigem Nachdenken konnte der eine oder andere auf die Idee kommen, Richards Behauptungen zu hinterfragen. Doch die Reaktionen unmittelbar nach Ende der Sitzung und auch jetzt – immerhin war es schon kurz nach halb drei Uhr nachts – ließen eher den Schluss zu, dass von Nachdenken nicht die Rede war.

Nach Richards unrühmlichem Abgang war relativ schnell die Feierstimmung zurückgekehrt. Und auch jetzt sah er keinerlei Anzeichen dafür, dass irgendjemand auf kritisches Hinterfragen aus war. Die Kapelle ging in die letzte Runde, nur noch wenige waren auf der Tanzfläche in Bewegung, und auch an den Tischen saßen nur noch ein paar einsame Hartgesottene.

„Jaja“, sagte er zu Eberhard, „eine Sauerei. Aber lassen wir uns dadurch nicht die Stimmung vermiesen. Komm, wir nehmen noch einen Absacker an der Sektbar!“

Eberhard nickte automatisch und trottete hinter Toni her, obwohl er eher schon den Eindruck erweckte, dass ein weiterer Absacker unnötig war.

***

„Was tragen Schottinnen eigentlich unterm Rock?“ war Tobias’ Frage, nachdem er sich einige Zeit Corinnas Wellness-Programm hingegeben hatte.

„Musst du halt rausfinden“, antwortete sie grinsend und drehte sich um.

Tobias lupfte den rot-grün karierten Rock und ließ dann jenen brunftigen Zufriedenheitslaut hören, den Alfred Biolek in seinen Kochsendungen manchmal von sich gab, wenn er den Wein zum gerade in Produktion befindlichen Braten probierte.

Oberhalb der halterlosen Nylons gewahrte Tobias einen zum Rock passenden, grün-rot karierten String-Tanga, der bedienerfreundlich an den beiden Seiten mit zwei Druckknöpfen besetzt war. Corinna hatte sich tatsächlich auf alles vorbereitet.

Jetzt kilts, dachte Tobias schmunzelnd.

Corinna hatte sich auf das Geländer vor ihr gestützt. Sie hörte das plopp-plopp der beiden Druckknöpfe und fühlte einen kühlen Luftzug zwischen den Beinen. Als sie Tobias hinter sich spürte, schloss sie verzückt die Augen. Trotz der lausigen Kälte durchlief sie ein wohligwarmer Schauer. Dass über ihr in der Küche das Licht angegangen war und einen fahlen Schein auf die Umgebung warf, nahm sie, nachdem sie die Augen wieder geöffnet hatte, zunächst nur vage wahr.

Während Tobias hinter ihr seine Hüftbeweglichkeit unter Beweis stellte, versuchte sie dieses seltsame Bündel zwei Schritte vor ihr einzuordnen, das sich in dem schwachen Lichtschein abzeichnete. Wer hat denn da seinen alten Mantel hingepfeffert? dachte sie zunächst, während sich ihr Lustgefühl steigerte. Aber mit dieser Steigerung war es schnell vorbei. Je mehr sich ihre Augen an das dämmrige Licht gewöhnten, umso mehr weiteten sie sich vor Schrecken.

Aus dem scheinbar zusammengeknüllten Mantel schauten auf der der rechten Seite zwei Unterschenkel hervor. Links am Kragen gewahrte sie nun einen Kopf – oder das, was von ihm übrig geblieben war – einen Kopf, dessen Oberteil weit aufklaffte und dessen bleiches Gesicht den Ausdruck völligen Unverständnisses zeigte. Die aufgerissenen Augen und der weit geöffnete Mund waren ein Spiegelbild abgrundtiefen Erschreckens, das in einer Sekunde schockgefrostet worden sein musste.

Es war das schreckensbleiche Antlitz von Richard Mühlberg, das in einem See aus Blut lag, der sich auf dem harten, frostigen Boden ausgebreitet hatte.

„Aaahhh“, kam es aus Corinnas Schreck geweiteten Mund. Was Tobias völlig falsch deutete.

„Jetzt schon? Ich fang doch grade erst an!“

Der unartikulierte Ausruf wiederholte sich, jetzt aber etwas lauter. Tobias nahm Tempo auf. Ein drittes „Aaahhh“ ging in einen schrillen Schrei über, der nur noch durch ein ruckartiges Atmen unterbrochen wurde. Tobias war entsetzt. Er spürte, wie er zum Ziel kam und sich gleichzeitig Corinnas Körper zunehmend verkrampfte. Er sprang zurück und starrte die junge Frau nur noch entgeistert an. Corinna schrie, als ob sie gepfählt würde, wobei sie immer noch nach vornüber gebeugt auf das Geländer gestützt dastand. Zu keiner Bewegung fähig.

„Was ist los, hör auf zu schreien“, zischte Tobias. Vergeblich, denn Corinnas markerschütternde Schreie hallten weithin, waren aufgrund der Hauptwindrichtung wohl noch in Wetzlar zu hören.

„Was ist los, verdammt“, raunzte Tobias, der zunächst schnell Corinnas Schottenrock wieder in Falten fallen ließ und dann neben sie sprang. Was er sah, ließ seinen Atem stocken. Da lag – ja, es war kein Zweifel – Richard Mühlberg in seinem Blut. Tobias erster Gedanke, nachdem er die Situation erfasst hatte, war: Alibi?

Dann übergab er sich in die Büsche.

Mittlerweile waren in der Nachbarschaft die ersten Fenster erhellt. Irgendjemand schrie: „Aufhören, ihr Idioten, sonst ruf ich die Polizei!“

Tobias, der keuchend vor den Büschen stand und sich mit einem Taschentuch über den Mund wischte, dachte: Beides am besten. Die Polizei muss kommen. Und wenn doch diese blöde Kuh endlich mit ihrem bestialischen Geplärre aufhören würde ...

Tatsächlich stand Corinna noch immer vornüber gebeugt und schrie sich die Seele aus dem Leib. Da im Saal die Musik aufgehört oder zumindest noch einmal eine Pause eingelegt hatte, war auch dort der nicht unerhebliche Lärmpegel vor dem Gebäude gehört worden. Alles rannte, sofern dazu in der Lage, nach draußen. Toni, der nach Richards Rede für den Rest der Veranstaltung ohnehin nur noch in der Kategorie „Katastrophe“ dachte, war der Erste, der bei den beiden in der halbdunklen Ecke ankam.

„Was ist hier um Gottes willen los? Warum schreit die so?“ presste er mit kaum zurück gehaltener Wut über den nächtlichen Aufruhr hervor, der mittlerweile die gesamte Nachbarschaft auf die Straße oder zumindest in die offenen Fenster getrieben hatte, um zu sehen, was da um kurz vor drei Uhr morgens los war. Erst Richards verfluchte Büttenrede und jetzt auch noch dieser Aufruhr.

Corinnas Schreien war mittlerweile in ein unartikuliertes, hysterisches Schluchzen übergangen. Noch immer hing sie am Treppengeländer, aber Ursula, Tonis Frau, hatte die Szene erfasst und bemühte sich jetzt, sie zu beruhigen und in den Saal zu bringen. Dabei fiel ihr Blick auf die blutige Leiche. Mein Gott, das ist ja Richard, dachte sie und schloss für einen Moment vor Entsetzen die Augen. Dann fasste sie sich wieder, bekreuzigte sich und schob Corinna, die immer noch von Weinkrämpfen geschüttelt wurde, mit sanftem Nachdruck vom Geländer weg und in den Saal.

Tobias sah seinen Vater schwer atmend an. Noch immer rebellierte sein Magen, krampfte sich zusammen, und er hatte das Gefühl, sich wieder übergeben zu müssen.

„Was ist?“ schrie ihn Toni jetzt an.

Tobias schluckte und deutete dann mit einer Kopfbewegung zur Mauer.

„Richard, da liegt Richard“, war das Einzige, was er rausbrachte, bevor er sich wieder ruckartig umdrehte und auch die letzten Reste von

Schnitzelbrötchen, Bockwurst, Weizenbier und Sekt den Büschen anvertraute.

Toni machte einen Schritt nach vorn, und seine Augen weiteten sich vor Schreck. Sein Mund öffnete sich, er wollte etwas sagen, aber er brachte erst einmal nichts hervor.

„Das ist ... das ist ... mein Gott!"

Inzwischen waren auch die anderen herangetreten und sahen die Leiche. Das gleiche ungläubige Entsetzen machte sich in den gleichen hilflosen Worten Luft, die Toni wieder ein bisschen aus seiner Starrheit weckten. Etwas muss getan werden, dachte er, die Polizei muss her.

„Wer hat ein Handy dabei?" fragte er in die Runde. „Tobias, hast du dein Handy einstecken?"

Der nickte nur kraftlos.

„Los, ruf die Polizei an! Das hier ist kein Unfall. Das ist Mord oder Totschlag."

Tobias zückte sein Mobiltelefon aus der Innentasche seiner schottischen Weste und hielt es seinem Vater hin. Sein Atem ging immer noch keuchend, und er war unfähig zu sprechen.

Toni riss ihm das Handy aus der Hand, tippte die Notfallnummer und wartete.

„Ja, Bamberger, guten Abend oder besser guten Morgen. Ich muss Ihnen einen Leichenfund melden. Nein, keine Schnapsleiche. Hier ... hier ist ein Verbrechen geschehen!"

Toni gab die genaue Straßenbezeichnung durch und beendete das Gespräch.

„Kommt Leute, geht in den Saal. Die Polizei wird gleich kommen. Wir sollen hier nichts anrühren. Auf, geht rein!" forderte er das versammelte Häuflein der Restfeiernden auf, die mittlerweile im wahrsten Sinne des Wortes ernüchtert und immer noch fassungslos vor der gespenstischen Szenerie standen und wie am Boden festgefroren schienen. Erst nach mehrmaliger Aufforderung durch den Sitzungspräsidenten gingen sie beinahe wie in Trance zurück in den Saal, um das Eintreffen der Beamten zu erwarten.

***

Walter Lohmann war sauer. Um 3.05 Uhr hatte das Telefon bei ihm geklingelt. Er wusste, was das bedeutete. Um diese Zeit rief niemand bei ihm an, außer Hiller, der Bereitschaft hatte. Und das war kein gutes Zeichen. Kriminalhauptkommissar Lohmann schlüpfte so schnell, aber auch so leise wie es ging, aus dem Bett, um Anne nicht zu wecken, und ging in den Flur. Er schaffte es, das Telefon vor dem vierten Klingeln aufzunehmen, nachdem sein Kopf im Dunkeln mit einem hässlichen Aufschlaggeräusch gegen die halb geschlossene Schlafzimmertür gestoßen war, und meldete sich: „Lohmann!“

„Hiller! Tut mir leid, dass ich dich deiner Nachtruhe berauben muss. Aber wir haben einen Toten“, meldete sein Kollege.

Lohmann verdrehte die Augen. „Eine Leiche? Wohl ne Schnapsleiche?“

„Nein, der Mann wurde aller Wahrscheinlichkeit nach getötet. Mord oder Totschlag. Jedenfalls kein Unfall.“

„Wo?“

Hiller nannte ihm die Adresse.

„Okay, ich bin in einer halben Stunde da.“

Mord oder Totschlag am Faschingssamstag. Närrisch, dachte Lohmann, der sich selbst als Karnevalsabstinenzler bezeichnete.

Und jetzt stand er hier im bunt geschmückten Saal, in dem ein Häuflein Elend von knapp fünfzehn Personen darauf wartete, vernommen zu werden. Hiller, der schon vor ihm am Tatort eingetroffen war, informierte ihn zunächst über den Stand der Dinge. Zuvor hatte Lohmann sich einen kurzen Eindruck vom Zustand der Leiche gemacht. Allerdings aus der Entfernung, da die Spurensicherung immer noch bei der Arbeit war.

„Also“, sagte Hiller, während er auf seinen Notizblock blickte, „der Tote heißt Richard Mühlberg, ist 54 Jahre alt und wurde gegen 2.45 Uhr gefunden. Und zwar von Tobias Bamberger und Corinna Bernhardt. Das sind die beiden Herrschaften da und da.“

Hiller deutete auf Tobias und Corinna, die an einem Tisch vor der Bühne saßen. Lohmann betrachtete die beiden. Während der junge Bamberger zwar blass und geistesabwesend wirkte, aber doch irgendwie einigermaßen gefasst, bot die junge Frau ein Bild des völligen Zusammenbruchs. Blass war kein Ausdruck für ihr Gesicht. Sie war kalkweiß, hatte Schweißtropfen auf der Stirn und zitterte, obwohl man sie in einen Mantel und eine Decke gehüllt hatte, die sie mit verkrampften Fingern vorn zusammenhielt.

„Die haben die Leiche gefunden. So wie es aussieht, waren die beiden mal eben vor die Tür getreten, um ...“

Hiller hüstelte anzüglich und sah wieder auf seinen Block.

„Irgendwelche verwertbaren Spuren?“ fragte Lohmann und schaute sich die kleine Runde der ratlos und verunsichert blickenden Menschen an, die noch vor ein paar Stunden ausgelassen gefeiert hatten.

„Blut, Hirnflüssigkeit, das Ganze gemischt und in gefrorenem Zustand. Die Spurensicherung arbeite noch dran. Ach, und das ...“ Hiller zückte einen Plastikbeutel aus der Manteltasche und hielt ihn Lohmann vor die Nase. Er enthielt Corinnas grün-rot-karierten String-Tanga.

Lohmann nickte. „Dafür brauchen wir wohl kaum einen DNA-Abgleich“, sagte er und sah zu Corinna rüber.

„Der Arzt hat ihr eine Beruhigungsspritze gegeben, bevor er raus zu der Leiche ist“, berichtete Hiller.

„Die dürfte für die nächsten Stunden keine ergiebige Gesprächspartnerin sein. Am besten, man bringt sie nach Hause. Hast du ihre Adresse?“

„Ja, und ihr Lebensgefährte ist auch schon benachrichtigt worden. Der müsste eigentlich jeden Moment kommen.“

Da hatte Hiller recht. Kevin Breitkreutz betrat in diesem Moment den Saal. Er machte seinem Namen alle Ehre. Knapp zwei Meter groß und massig wie ein alter Eichenschrank, stand er in der Tür und sah sich zunächst im Saal um. Er gewahrte Corinna und etwas entfernt von ihr Tobias. Sein Kinn schob sich wütend nach vorne, und seine dunklen Augenbrauen zogen sich zusammen, was nichts Gutes verhieß. Mit Riesenschritten stapfte er auf Tobias Bamberger zu, packte den darauf nicht gefassten jungen Mann mit beiden Händen am Kragen seiner karierten Schottenweste, zog ihn hoch, ehe jemand eingreifen konnte, stellte ihn auf seine Füße und verpasste ihm eine solche Ohrfeige, dass sich Tobias beinahe einmal um sich selbst drehte und auf dem Biertisch landete, vor dem er eben noch gesessen hatte.

Lohmann und Hiller, die unweit der Szene gestanden hatten, griffen sofort ein, bevor der wuchtige Breitkreutz aus dem eher filigran gearbeiteten Bamberger Kleinholz machen konnte.

„Sind Sie verrückt?“ blaffte Lohmann den Riesen an, „Was fällt Ihnen ein, sich hier wie ein Preisboxer aufzuführen?“

Breitkreutz sah Lohmann, der knapp fünfzehn Zentimeter kleiner war, im wahrsten Sinne des Wortes von oben her an und fragte ihn mit einem wütenden Blick, der verriet, dass die Lage noch nicht als entspannt bezeichnet werden konnte: „Wer sind Sie denn?"

„Kriminalhauptkommissar Lohmann, Kripo Dillenburg!"

Es schien, als habe man wie bei einem Ballon mit einem Schlag aus Breitkreutz sämtliche Luft rausgelassen. Er sackte in sich zusammen und wirkte dadurch kaum noch größer als Lohmann.

„Polizei? Ja dann ... Ich wollte meine Freundin abholen."

„Und warum machen Sie das nicht und schlagen stattdessen die Leute hier zusammen?"

Breitkreutz blickte von Lohmann zu Tobias, und die Wut kam wieder hoch. „Weil ... weil ... dieser blöde Hühnerficker ... keine ist vor ihm sicher. Und die blöden Hühner laufen ihm nach wie Brad Pitt. Jede macht er an. Dieses Jahr diese, nächstes Jahr ne andere. Er nimmt keine Rücksicht, ob er damit ne Beziehung kaputt macht, dieser notgeile Bastard. Fragen Sie doch mal rum!"

Dann fiel sein Blick auf Corinna, die immer noch apathisch auf der Bank saß und zitterte. Aus seinen Augen verschwand der wütende Blick und machte einer Art Mitleid Platz. Da saß seine Freundin, und sie war am Ende ihrer nervlichen Kräfte. Zögerlich ging er zu ihr hin, setzte sich neben sie.

„Corinna!"

Er musste ihren Namen dreimal wiederholen, ehe sie zu ihm aufsah. In ihrem Blick lagen Schrecken, Unsicherheit, Scham, Schuldgefühl und ehrliches Bedauern. Eine Mischung, bei der man schon sehr hart gesotten sein musste, um nicht zu verzeihen.

Breitkreutz atmete schwer. Dann schlang sie ihre Arme um seinen Hals und presste ihren Kopf an seine Brust, an der drei Corinnas Platz gehabt hätten. Er legte seine muskelbepackten Arme, die bei anderen locker Beine abgegeben hätten, um sie. Sie weinte. Er sagte. „Komm, wir gehen nach Hause!"

Und sie gingen zusammen.

„Immerhin, noch ganz gut gelaufen", stellte Hiller fest.

„Bis auf den kleinen Bamberger", meinte Lohmann mit einem Seitenblick auf Tobias, der sich mittlerweile etwas erholt hatte. Seine rechte

Wange war dick und rot geworden und bildete einen merkwürdigen Kontrast zu seinem blassen Gesicht.

„Es hat offensichtlich keinen getroffen, der's nicht verdient hat. So auf den ersten Blick", murmelte Hiller.

Toni Bamberger hatte sich inzwischen neben ihnen aufgebaut.

„Und den lassen Sie einfach laufen?" fragte er mit einem schnellen Blick auf Kevin, der gerade Corinna rausführte.

Lohmann drehte sich zu ihm um und nahm jetzt zum ersten Mal Anton Bamberger wahr. Bamberger war gut fünfzehn Zentimeter kleiner als der Kommissar, dafür aber beinahe kugelrund, was ihm bei einigen Zeitgenossen hinter vorgehaltener Hand auch den Spitznamen „laufender Kubikmeter" eingebracht hatte. Er war Anfang fünfzig, hatte einen akkurat gestutzten dunklen Vollbart, in den sich schon kräftig Grau gemischt hatte, und einen beinahe kahlen Schädel, den nur an den Seiten und am Hinterkopf ein stoppelkurzer Haarkranz zierte. Ein bisschen erinnerte ihn Lohmann an Sean Connery, nur eben kleiner und sehr viel dicker. Dem roten Kopf nach schien es für Bamberger angezeigt, etwas mehr auf seinen Blutdruck zu achten.

„Es liegen keine Haftgründe vor. Wenn Tobias Bamberger Anzeige wegen Körperverletzung erstattet, werden wir den Fall natürlich weiter verfolgen. Und wer sind Sie?" fragte Lohmann.

„Anton Bamberger. Tobias ist mein Sohn."

„Aha", entgegnete Lohmann und musterte ihn.

„Ja, ich bin hier der Verantwortliche. Also der Sitzungspräsident", erwiderte Bamberger etwas ungehalten, so als ob jeder wissen müsse, wer er sei. Schließlich war sein Bild ja oft genug in der Zeitung. Zumindest im Karneval: Toni mit dem Bürgermeister beim Sturm aufs Rathaus, Toni im Elferrat, Toni bei Ordensverleihungen, Toni als Gastredner bei benachbarten Karnevalsveranstaltungen usw.

Doch Lohmann blieb unbeeindruckt. „So, so. Dann erzählen Sie mir mal, was hier passiert ist."

Doch bevor Toni loslegen konnte, wandte sich Lohmann an Hiller. „Wir brauchen die Personalien und Adressen von den verbliebenen Leuten hier. Für weitere Nachfragen: Ich denke, es ist jetzt zwecklos, die Leute eingehend zu befragen. Aber in den nächsten Tagen. Kümmere dich darum. Außerdem müssen wir wissen, wer heute Abend sonst noch hier anwesend war, soweit das überhaupt feststellbar ist. Aber wir müssen es zumindest versuchen."

„Ist in Arbeit", sagte Hiller und machte sich an dieselbe.

Lohmann wandte sich wieder Bamberger zu. „Jetzt noch mal. Was ist hier passiert?"

„Also: Es war gegen Viertel vor drei. Die Musik hatte gerade eine Pause gemacht. Da hörten wir dieses entsetzliche Geschrei. Wir ... also alle stutzten einen Moment. Jeder dachte wohl: Was ist denn da los? Aber das Geschrei hörte nicht auf. Da rannten wir nach draußen. Und da sahen wir's dann."

„Was?"

„Na was? Tobias und Corinna standen da. Corinna schrie wie am Spieß. Und vor ihnen lag Richard."

„Und dann?"

„Dann? Dann bin ich hin, um mich zu überzeugen, was da passiert war. Dann hab ich die Polizei angerufen. Und dann sind wir rein, um auf Sie zu warten."

„Hm. Ist Ihnen irgendetwas aufgefallen?"

„Aufgefallen? Aufgefallen! Ich hab den zusammengekrümmten Körper eines Mannes gesehen, der mein Freund war. Sein Schädel war völlig zertrümmert. Überall Blut. Das ist mir aufgefallen. Und ich musste mich zusammennehmen, um die Leute wieder geordnet in den Saal zurückzuführen. Mehr war nicht."

Lohmann blickte zur Seite und überlegte. Mehr war nicht? „Was hat Richard Mühlberg gemacht? Ich meine hier."

„Gemacht? Na, er war Teil des Programms. Er hat eine Büttenrede gehalten."

„Mehr nicht?"

„Mehr nicht!"

„Wann?"

„Was wann?"

„Wann hat er die Büttenrede gehalten?"

„Na, vor der Pause."

„Konkret?"

„Gegen 21.30 Uhr."

Lohmann schüttelte den Kopf.

„Entschuldigen Sie, wenn ich das etwas seltsam finde. Da hält jemand ne Büttenrede. Und kurz darauf ist er tot. Können Sie sich das erklären?"

„Nein, nein! Überhaupt nicht."

„Wer könnte Ihrer Meinung nach ein Motiv haben, Richard Mühlberg umzubringen?"

Toni war langsam am Ende seiner Kräfte. „Ich weiß es nicht! Ich kenne keinen! Ich wüsste keinen! Es gibt keinen!"

„Gut. Das wär's. Fürs Erste. Ich werde sicher noch einige Fragen an Sie haben. Wie kann ich Sie erreichen?"

Toni griff in sein Portemonnaie und zückte eine Karte. „Hier. Da haben Sie meine Büro- und meine Privatnummer. Kann ich jetzt gehen?"

Lohmann nickte, und Toni Bamberger ging zu seinem Sohn.

Ihre Arbeit war für heute Nacht getan. Die Sicherung der Spuren oblag nun den Kollegen. Als Lohmann und Hiller den Saal verließen und in die kalte Nachtluft traten, stand sie vor ihnen, in einen dicken Wintermantel mit Kapuze gehüllt: Dr. Caroline Bergkamp, Oberstaatsanwältin bei der Staatsanwaltschaft Wetzlar. Offenbar hatte sie am Wochenende Bereitschaftsdienst und war über den Fall benachrichtigt worden.

„Morgen Herr Lohmann", grüßte sie, während sie mit lässig vorgelegter Hand ein Gähnen unterdrückte. „Was haben wir denn? Sagen Sie's in knappen Worten. Ich hab noch einen langen Rückweg."

„Ein Toter, Name, Alter und Herkunft bekannt, Schädel eingeschlagen, noch kein Tatverdächtiger und noch kein Motiv. Erste Zeugen befragt. Immer noch kein Motiv. Wir arbeiten dran."

Dr. Bergkamp nickte gedankenverloren. „Na, das wird ein schönes Stück Arbeit", meinte sie. „Herr Lohmann, Sie halten mich auf dem Laufenden?"

„Selbstverständlich", nickte Lohmann, und Hiller nickte zur Bekräftigung mit.

„Dann gute Nacht erst mal", verabschiedete sich Dr. Bergkamp und schlenderte, den Mantel enger um ihre schlanke Figur ziehend, wieder zu ihrem Wagen. Als sie an dem Mann vorbeiging, der gerade die Treppe zum Pfarrsaal hinauf hastete, murmelte sie: „Morgen Prohaska. Na, mal wieder den Polizeifunk abgehört? Sie wissen doch, das ist nicht erlaubt. Servus!"

Der Mann blieb verdutzt stehen, schaute ihr nach, wandte sich dann aber zu den beiden Beamten, die immer noch oben auf der Treppe standen.

Bei dem Namen Prohaska war auch Lohmann zusammengezuckt. Er hörte schon die Fragen, die jetzt noch überwiegend unbeantwortbar waren.

„Oha, die Öffentlichkeit", sagte er zu Hiller, „die vierte Gewalt im Staate nähert sich."

Und da schallte es ihnen auch schon fröhlich-leutselig entgegen: „Grias aich. I hob g'hert, es gibt a Leich'?" grinste der Mann die beiden Beamten an. Prohaska war Anfang vierzig. Er hatte einen leichten Überbiss und seine gegelten Locken nach hinten gekämmt. Er trug trotz der Kälte weiße Tennisschuhe, Jeans und einen olivgrünen Parka im Schimanski-Stil. Über die linke Schulter hing seine Fototasche, Block und Kugelschreiber hatte er schon in der rechten Hand.

Lohmann stutzte und ließ dann ein wehmütiges Lächeln sehen. „Der Herr Prohaska vom mobilen Einsatzkommando der heimischen Presse. Na, mal wieder Polizeifunk abgehört? Mein lieber Prohaska, das ist strafbar!"

„Wo werd ich denn? Naa, naa. Sog mer: Die Spotz'n homs vo die Dächa g'zwitschert", grinste der Journalist, den es vor über zwanzig Jahren aus nicht mehr bis ins Letzte zu klärenden Umständen in die Provinz an der Dill verschlagen hatte. Gerüchten zufolge war er beim Wiener Kurier gewesen und hatte Knall auf Fall gekündigt. Angeblich weil er aufgrund einer Recherche Ärger mit der Wiener Unterwelt bekommen hatte. Andere meinten zu wissen, dass er aus Liebe einer deutschen Touristin gefolgt sei und es ihn dadurch an den Fuß des Westerwaldes verschlagen habe. Allerdings war er nach wie vor ledig, was eher auf die dritte Variante hindeutete, die ebenfalls als Erklärung dafür herhalten musste, dass ein Wiener das Lahn-Dill-Gebiet dem schönen Österreich vorzog: Nämlich, dass er schlicht und ergreifend irgendwann als Student in Gießen hängen geblieben war und schließlich seine Brötchen nach gescheitertem Studium im Journalismus verdiente.

Aber Prohaska war wirklich gut. Wenn er eine Spur von einer Geschichte hatte, dann ließ er nicht locker, bis er die Sache rund hatte. Und so manches Mal hatte er dabei auch der Polizei einen Wink oder Tipp geben können, der dann zur Aufklärung eines Falles beitrug. Lohmann wusste: Es war ein Geben und Nehmen.

„Können's scho irgendwos verkünden?" fragte Prohaska und kritzelte auf seinem Block noch einmal schnell hin und her, um zu prüfen, dass der Kugelschreiber bei dieser elenden Kälte auch wirklich funktionierte.

„Verkünden? Ich bin doch kein Engel", entgegnete Lohmann.

„Na, net wirklich. I moan, homs scho wos, Herr Kommissär?"

Wenn Prohaska gut aufgelegt war – und jetzt war er angesichts einer ungewöhnlichen Story gut aufgelegt –, nannte er Lohmann immer „Herr Kommissär", so wie Heinz Rühmann als Dr. Matthäi in der Friedrich Dürrenmatt-Geschichte „Es geschah am hellichten Tag" bezeichnet wurde.

Lohmann seufzte. „Wir haben einen Toten, ein Mann, der offensichtlich gewaltsam zu Tode gekommen ist. Mehr gibt's noch nicht."

„Woar's a Mord?"

„Können wir noch nicht sagen. Nichts ist ausgeschlossen, nicht einmal ein Unfall. Mehr dazu gibt's morgen oder übermorgen. In einer Pressemitteilung oder in einer Pressekonferenz. Wahrscheinlich. Vielleicht aber auch nicht."

„Des is net vui", gab sich Prohaska unzufrieden und wandte sich dem Saal zu.

„Der Tote reicht erst mal", meinte Lohmann zugeknöpft und verabschiedete sich mit Hiller von dem Journalisten, der ihm zwar manchmal mit seiner Fragerei auf die Nerven ging, den er aber eigentlich gut leiden konnte. Vielleicht weil er ihn irgendwie an Urlaub in den österreichischen Bergen erinnerte. Jeder macht eben seinen Job. Und ich muss einen Mörder finden, dachte Lohmann.

„Also, bis morgen früh", wollte sich Lohmann von Hiller verabschieden.

„Sagen wir in fünf Stunden?" meinte Hiller

Lohmann stutzte geistesabwesend und nickte dann. „Ja, ungefähr."

***

Lohmann erwachte aus einem tiefen Schlaf und schreckte hoch. Als er sich bewusst wurde, dass er in seinem Bett lag, sank er beruhigt in sein Kopfkissen zurück. Er hatte einen merkwürdigen Traum gehabt. Anne und er waren in den Sommerurlaub gefahren. Er stand mit ihr auf einem Berg irgendwo in den Alpen, aber der Berg stand komischerweise mitten in einem tiefblauen Meer. Bruchstückhaft erinnerte er sich, dass er sagte, sie müssten nun zurück. Und dann war er auf einmal im Wasser und schwamm. Komischerweise wurde er dabei überhaupt nicht nass. Dann merkte er, dass seine Frau fehlte. Als er zurück sah, erblickte er Anne immer noch auf dem Berg stehend und ihm zuwinkend. Er drehte um und schwamm zurück. Aber so sehr er sich auch anstrengte, er kam dem Berg nicht näher. Er schwamm, und Anne winkte. Er schwamm Zug um Zug, und der Berg blieb doch so weit entfernt wie vorher. Plötzlich war das Wasser über ihm, er sah nur noch ein helles Blau, in das sich die Reflektionen von Sonnenstrahlen verwoben, und etwas schnürte ihm die Luft ab. Er wand sich und versuchte wieder nach oben zu kommen, aber es gelang ihm nicht. Die helle Oberfläche verschwand immer weiter über ihm. Er drohte in einer fürchterlichen Finsternis zu versinken. Das ist nicht wahr, schrie er innerlich – und erwachte.

Er schaute schlaftrunken auf seinen Wecker. Das Zifferblatt zeigte 8.07 Uhr. Knapp drei Stunden hatte er geschlafen. Drei Stunden Schlaf und einen anstrengenden Zwölf-Stunden-Tag vor sich. Der erste Tag nach einem ungeklärten Todesfall war einer der wichtigsten in der Aufklärung. Er und Hiller mussten Indizien sammeln, Zeugen befragen, Erkenntnisse mit der Spurensicherung abgleichen. Was sie jetzt übersahen oder nicht beachteten, konnte am Ende das entscheidende Puzzlestück zur Aufklärung des Falles sein. Die ersten vierundzwanzig Stunden der Recherche waren oft entscheidend. Für ihn begannen sie spätestens jetzt.

Sein Blick fiel auf Annes Bett. Es war leer. War sie im Bad oder schon aufgestanden? Er kam langsam zu sich und registrierte jetzt anhand des Klirrens und Klimperns in der Küche, dass Anne sich um das Frühstück kümmerte.

„Fünf Minuten noch“, sagte er zu sich selbst und schloss die Augen. Als er sie wieder öffnete, schreckte er erneut hoch. Er war wieder eingeschlafen. Wie spät war es? Er schaute auf den Wecker. 8.16 Uhr. Gott sei Dank, noch im grünen Bereich, dachte er und raffte sich auf. Er ging in die Küche, wo Anne gerade fertig wurde, den Tisch zu decken. Sie sah ihn an, umarmte ihn und sagte: „Mein armer Hase, guten Morgen. Haben sie dich heute Nacht rausgeklingelt?“

„Morgen“, sagte Lohmann und gab ihr einen Kuss. „Ja, ich musste heute Nacht raus“, grummelte er, während er sich setzte und sich mit beiden Händen das Gesicht massierte.

Sie nahm ihm gegenüber am Küchentisch Platz und fragte, obwohl sie wusste, dass er morgens alles andere als gesprächig war: „Was war denn los?“

„Wir haben einen Toten“, antwortete Lohmann kurz angebunden, wobei er sich eine Tasse Kaffee einschüttete.

Anne schrak hoch. „Um Gottes Willen, wo denn?“

„In Sinn.“

Sie sagte nichts, sah ihn aber auffordernd an, wie er bei einem Blick über den Rand der Kaffeetasse bemerkte, aus der er gerade einen Schluck nahm. Resignierend stellte er die Tasse ab und seufzte: „Also gut. Da gibt es in Sinn einen Toten. Gestern Abend hat er in einer Karnevalsveranstaltung noch eine Büttenrede gehalten. Ein paar Stunden später wurde er tot aufgefunden.“

„Ermordet?“ wollte Anne wissen.

„Wahrscheinlich. Sein Schädel war zertrümmert, und er lag in einer Lache von Blut und ...“

„Oh bitte, keine weiteren Details“, unterbrach ihn Anne, die vor Entsetzen eine Hand vor den Mund legte. „Habt ihr schon eine Spur?“

Lohmann strich Butter auf ein Toastbrot und schüttelte dabei den Kopf. „Nichts. Null. Keine Spur, keinen Verdächtigen, kein Motiv. Bisher. Ein junger Mann und eine junge Frau haben ihn gefunden. Gegen Viertel vor drei. Sie waren gerade beim ...“

Lohmann räusperte sich, was Anne ein Schmunzeln entlockte. „Sie haben gepoppt“, sagte sie.

„Sie haben was?“

„Gepoppt. Kommt aus dem Kölnischen und wird gerne von jüngeren Leuten benutzt, wenn von Geschlechtsverkehr die Rede ist. Klingt wahrscheinlich nicht ganz so vulgär wie das aus dem Mittelhochdeutschen stammende Vögeln oder das noch drastischere Ficken. Oder wie ihr Polizisten das gerne schamvoll-abgekürzt nennt: Sie hatten GV, oder?“

Lohmann verdrehte die Augen. Anne war Lehrerin. Die musste das ja wissen. „Ja doch. Und im Dunkeln sahen sie dann die Leiche da liegen.“

Anne zuckte wieder zusammen. „Schrecklich. Wisst ihr schon, wer der Tote ist?“

„Er heißt Richard Mühlberg. Mehr weiß ich noch nicht."

„Mühlberg, Mühlberg", sinnierte Anne, „Richard Mühlberg? Irgendwie kommt mir der Name bekannt vor."

„Na ja, ich muss jetzt los", sagte Lohmann, während er den letzten Bissen eines Toasts in den Mund schob und mit dem Rest seines Kaffees nachspülte.

„Wann kommst du heute nach Hause?"

Lohmann sah sie mit einem traurigen Blick an. „Ich kann's nicht absehen. Wir müssen noch etliche Zeugen befragen. Das kann dauern. Das Problem ist: Wir haben noch kein Motiv und noch weniger einen Tatverdächtigen."

Anne seufzte. „Ich weiß. War ne blöde Frage. Aber ich hatte mich so auf einen gemütlichen Sonntag gefreut und darauf, dass wir endlich über unseren Sommerurlaub sprechen."

„Ja, schon. Aber ich kann's ja jetzt auch nicht ändern. Vielleicht schaffe ich's ja früh genug. Wir können das doch auch noch heute Abend bereden. Ich meld mich auf jeden Fall mal."

Er gab Anne einen Kuss, den sie erwiderte, und ging. Ja, der Sommerurlaub. Der lag ihm schwer im Magen. Anne wollte eine Entscheidung von ihm. Immer wieder hatte er die hinausgezögert, in der Hoffnung, Anne würde doch noch von ihrem Wunsch abrücken. Aber danach sah es überhaupt nicht aus. Mit Ausnahme ihres ersten gemeinsamen Urlaubs nach der Hochzeit waren sie immer in die Alpen gefahren. Er liebte Oberbayern, Österreich, Almen und Almhütten, Tannen und Gebirgspfade, Wildbäche, die Gemütlichkeit, das gute Weißbier, Wandern, Schnitzel in allen Variationen, Schweinshaxen, Knödel, Gipfel, die klare Luft und die klaren Seen. Temperaturen, die erträglich waren, auch wenn man sich bewegte, also unter dreißig Grad Celsius.

In diesem Jahr feierten sie Silberne Hochzeit. Und Anne wollte „back to the roots". Urlaub am Mittelmeer. Und möglichst in Kroatien. Das sei der Geheimtipp der Saison, und außerdem seien sie ja schon quasi auf ihrer Hochzeitsreise dort gewesen.

Kroatien versprach Hitze, Schweiß und Temperaturen über dreißig Grad Celsius.

Aber jetzt war es Februar und saukalt. Im Moment wären dreißig Grad gar nicht so schlecht, dachte Lohmann, während er seinen eiskalten Wagen bestieg.

***

Als Lohmann um kurz vor neun seinen Parkplatz an dem noch recht neuen Polizeigebäude in der Dillenburger Hindenburgstraße anfuhr, sah er, dass Hiller schon da war. Oder noch. Sein Kollege saß an seinem Schreibtisch und las in der Sonntagsausgabe der Zeitung.

„Moin“, grüßte Lohmann. „Na, der Tote dürfte ja wohl noch nicht drin stehen.“

„Moin, nee, aber in der Online-Ausgabe steht schon was. Der Prohaska war wieder mal fleißig. Hab’s dir schon auf deinem Schirm hochgeladen. Kaffee ist fertig. Nur der Täter fehlt noch.“

„Reicht mir erst mal, wenn der Kaffee heiß ist. Das andere kriegen wir schon“, meinte Lohmann, hängte seinen Mantel an den Kleiderhaken und setzte sich an seinem Computer, um den Bericht in der Online-Ausgabe der Zeitung zu lesen:

Tod eines Narren, las Lohmann die Überschrift. „Na toll, für hiesige Verhältnisse vielleicht ein bisschen hart formuliert.“ Dann las er weiter:

Furchtbares Ende einer Karnevalsveranstaltung: Ein 54-Jähriger wurde heute Nacht tot vor dem Pfarrsaal der katholischen Pfarrgemeinde in Sinn aufgefunden. Vermutlich ist er einem Gewaltverbrechen zum Opfer gefallen. Näheres konnte die Polizei heute Nacht jedoch noch nicht berichten. Man könne weder Mord noch Totschlag noch einen Unfall ausschließen, erklärte der zuständige Beamte gegenüber dieser Zeitung. Näheres werde man erst Anfang der Woche mitteilen können, da ja auch noch die Obduktion des Toten ausstehe. Vieles deutet jedoch darauf hin, dass der 54-Jährige getötet wurde. Ein Augenzeuge, der beim Auffinden des Toten zugegen war, berichtete von einer großen Blutlache. Das könnte auf ein Gewaltverbrechen hindeuten. Eine Bestätigung seitens der Polizei gibt es bisher jedoch noch nicht.

„Spekulation, reine Spekulation“, raunzte Lohmann und las den Rest des Berichts, den ein Foto vom Pfarrsaal bei Nacht schmückte:

Sitzungspräsident Anton Bamberger vom veranstaltenden Karnevalsverein zeigte sich erschrocken. „Eine furchtbare Sache, wir alle sind zutiefst erschüttert über den Tod von ... (hier hatte Prohaska wie in solchen Fällen üblich den Namen weggelassen und durch den Buchstaben M. ersetzt). *Ich kann mir überhaupt nicht vorstellen, dass irgendjemand M.*

ermordet haben kann. M. war allseits beliebt, jeder schätzte ihn. Ich kann nur sagen, es ist unfassbar.“

„Über die Toten nur Gutes“, grinste Lohmann. „Mal sehen, ob das bei unseren Ermittlungen so bleibt.“

„Was meinst du zu dem Bericht?“ fragte Hiller.

„Saubere Arbeit von dem Prohaska. Aus nahezu null Informationen hat er einen satten Bericht mit Foto formuliert. Aber gut ist der Artikel, das muss ich sagen, bis auf die Annahme, dass es ein Tod durch Fremdverschulden ist.“

„Ist es doch wohl auch. Ich meine, was für ein Unfall sollte da passiert sein, dass der Mühlberg mit derart eingeschlagenem Schädel tot auf dem Pflaster liegt?“

„Hast schon recht, aber das wiederum kann der Prohaska nicht wissen, auch wenn er mit irgendwelchen Zeugen gesprochen haben will. Egal, was haben wir also?“

Hiller zählte auf: „Wir haben einen Toten. Richard Mühlberg, 54 Jahre, Lehrer am Beruflichen Gymnasium in Dillenburg für Englisch und Deutsch, verheiratet, eine Tochter, die allerdings vor zwei Jahren bei einem Verkehrsunfall ums Leben kam. Mühlberg war eine echte Größe im Sinner Karneval und darüber hinaus, weil er aufgrund seiner spitzen Büttenreden gerne auch von anderen Vereinen in der Umgebung gebucht wurde. Nach dem Tod seiner Tochter hatte er sich jedoch aus dem öffentlichen Geschehen zurückgezogen und tauchte erst vor knapp einer Woche wieder auf, um den gestrigen Abend mit einer Büttenrede zu bereichern.“

„Verheiratet“, sinnierte Lohmann. „Hast du seine Frau schon erreicht?“

„Nee. Die ist zu einer Verwandten verreist, sagte mir der Bamberger. Ich hab aber noch nicht herausfinden können, wo die wohnt. Der Bamberger war da keine Hilfe. Aber ich hab bei Mühlbergs angerufen und auf den Anrufbeantworter gesprochen, dass sie sich umgehend melden soll, wenn sie wieder zu Hause ist.“

„Und seine Tochter starb vor zwei Jahren bei einem Unfall?“

„Ja, sie war auf eisglatter Fahrbahn von der Straße abgekommen und mit hoher Geschwindigkeit gegen einen Baum geprallt. Sie fuhr einen Kleinwagen, einen Fiat Punto, und hatte keine Chance. Ich meine, bei der Geschwindigkeit. Knapp hundert Stundenkilometer.“

Lohmann trommelte nachdenklich mit den Fingern seiner rechten Hand auf die Schreibtischplatte. „Was noch?“ fragte er weiter.

„Nicht viel. Soweit der Notarzt feststellen konnte, muss der Tod zwischen 21 und 23 Uhr eingetreten sein. Es handelt es sich um einen Schädelbruch. Hervorgerufen ..."

„... durch den berühmten, aber uns bislang unbekannten stumpfen Gegenstand", unterbrach ihn Lohmann. „Das ist nicht viel. Noch kein Motiv erkennbar. Wie sagte Frau Dr. Bergkamp? Wird ne harte Arbeit. Wo fangen wir an?"

„Ich hab gehört, dass die Sitzung gestern Abend gefilmt wurde."

Lohmann, der gerade in Nachdenken versunken war, schreckte hoch: „Vom Fernsehen?"

„Nee, privat. Ein gewisser Georg Schultze. Der ist jedes Jahr für die Aufzeichnung der Sitzungen zuständig."

„Dann kümmer du dich um diesen Schultze, und ich werd mir mal den jungen Bamberger vorknöpfen, und anschließend befragen wir zusammen diese Corinna Soundso. An die Arbeit!"

Hiller rief sofort bei Schultze an, während Lohmann die Nummer von Bamberger wählte, der im Haus seiner Eltern wohnte. Am anderen Ende hob jemand ab, und eine Frauenstimme sagte: „Bamberger!"

„Kriminalpolizei Dillenburg, Kriminalhauptkommissar Lohmann mein Name. Spreche ich mit der Mutter von Tobias Bamberger?"

„Ja."

„Ist Ihr Sohn zu sprechen?"

„Der schläft noch. Es ist ja heute Nacht sehr spät geworden, und dann konnte er lange nicht einschlafen. Der Schock halt. Man sieht ja nicht jeden Tag eine Leiche."

„Wohl wahr", meinte Lohmann, „aber ich müsste ihn noch einiges fragen."

„Dann muss ich ihn wohl wecken", hörte Lohmann die etwas missmutige Stimme einer besorgten Mutter.

„Das wäre sehr nett. Aber er muss sich nicht beeilen. Ich wäre in einer knappen halben Stunde bei Ihnen. Sagen wir gegen halb zehn?"

Die Frau murmelte ein wenig freundlich klingendes „Ja" und verabschiedete sich.

„Keine gute Nachricht", kam es von Hiller, der sein Gespräch schon früher beendet hatte.

„Hä?"

„Die Bänder sind verschwunden."

„Welche Bänder?“

„Na, die Videobänder. Die Kassetten, die Schultze gestern Abend aufgenommen hatte.“

„Verdammte Sauerei“, entfuhr es einem wütenden Lohmann, „vielleicht die einzige Chance, etwas über das Motiv zu erfahren. Wieso verschwunden?“

„Schultze hatte die Bänder gestern Abend schon beschriftet und in seine Fototasche gepackt. Heute Morgen wollte er sie rausholen, und da waren sie verschwunden. Kurz bevor ich bei ihm anklingelte, hatte er Bamberger angerufen und ihm das mitgeteilt.“

„Tobias Bamberger?“

„Nee, dem Alten. Der wollte die Bänder heute Morgen unbedingt vorbeigebracht bekommen.“

„Das ist ja interessant. Was wollte der alte Bamberger denn mit den Bändern?“

„Das wusste der Schultze auch nicht. Der Bamberger scheint alle im Griff zu haben. Was der sagt, wird gemacht und nicht viel nach dem Warum gefragt. So jedenfalls mein Eindruck.“

„So, so, der alte Bamberger. Na, ich hab um halb zehn ein Rendezvous mit seinem Sprössling. Da kann ich den Alten ja mal danach fragen.“

Das Telefon klingelte. Hiller ging ran. „Moment, ich geb Ihnen den mal gleich“, hörte Lohmann seinen Kollegen sagen.

„Der Prohaska“, flüsterte Hiller, während er das Gespräch rüberlegte.

„Servus, Herr Kommissär“, meldete sich der gut aufgelegte Journalist ein breitestem Wienerisch, „wie geht’s, wie steht’s?“

„Servus! Der Herr Prohaska, schlafen Sie denn eigentlich nie?“

„Schlofen konn i, wenn i tot bin. Apropos, Herr Kommissär, gibt’s wos Neies bezüglich der Leich’n von heit Nocht?“

„Nix Neues. Sie haben ja schon alles geschrieben, was es derzeit dazu zu sagen gibt. Wir ermitteln. In alle Richtungen. Wir müssen uns noch mit der Staatsanwaltschaft kurzschließen. Wahrscheinlich gibt’s morgen im Laufe des Tages eine Pressekonferenz. Oder am Dienstag. Mehr kann ich Ihnen im Moment nicht sagen.“

„Herr Kommissär, jetzt enteischens mi oba. I hob denkt, Sie hätten den Täter schon“, frotzelte Prohaska.

„Ja, klar, und in Wien wär er wahrscheinlich schon verurteilt“, spielte Lohmann den Ball lachend zurück.

„Naa, wissen’s, in Wien würd mer sich Zeit loss’n. Da stirbt jeden Tag a Narr oder zwei. Also, i meld mi wiada. Servus!“

***

Als er aufwachte, hatte er einen traumlosen Schlaf hinter sich. Nach diesem furchtbaren Ereignis war der ohnehin kurz genug gewesen. Er fühlte sich wie zerschlagen. Er musste wieder würgen, als die Bilder der Nacht langsam vor seinem geistigen Auge erschienen. Richard, der ihm Zigarette rauchend den Rücken zudrehte, als er den ersten Schlag führte. Wie der sich im Fallen halb zu ihm umdrehte und ihn kurz mit ungläubigen Augen ansah. Als ihn der zweite Schlag im Umsinken gegen die Schläfe traf, der dritte und vierte Schlag den schon am Boden liegenden Mann erneut mit voller Wucht am Kopf erwischte und der Schädel unter dem Hieb krachte. Das Blut, das in Sekundenschnelle eine Lache unter dem Kopf des Toten bildete.

Er schloss die Augen, sah sich selbst vor dem Toten stehen, mit der blutigen Eisendeichsel in der Hand. Erschrocken, ratlos, hilflos.

Doch nur für ein paar Sekunden. Er hatte sich umgeschaut und niemanden gesehen. Keiner hatte mitbekommen, dass er soeben Richard Mühlberg erschlagen hatte. Er hatte fieberhaft überlegt. Was sollte er tun? Für einen Moment war er versucht, in den Saal zu gehen und zu berichten, was er getan hatte, so entsetzt war er über seine Tat.

Doch nur für einen Moment. Schnell verwarf er diesen Gedanken wieder. Richard hatte ihn dazu gezwungen. Ja! Richard war selbst schuld an seinem Tod. Er hatte ihn doch gar nicht umbringen wollen, es war eine Tat des Augenblicks. Quasi im Affekt. Wäre Richard vernünftig gewesen, wäre das gar nicht passiert. Richard war selbst schuld an seinem Tod. Sollte er dafür sein Leben opfern und ins Gefängnis gehen? Die Antwort hatte er schnell parat: Nein!

Noch einmal hatte er sich umgesehen. Aber alle waren wieder im Saal, die Straße unterhalb des Pfarrsaals wirkte wie ausgestorben.

Mit geschlossenen Augen sah er wieder alles vor sich. Wie er auf die Leiche blickte und ein leichter weißer Schimmer ihn auf Richards Jacketttasche aufmerksam machte.

Die Büttenrede, schoss es ihm durch den Kopf. Sie konnte Rückschlüsse auf den Täter geben. Er musste sie entfernen.

Er schluckte. Das Zuschlagen in einem Anfall von Rage war das eine. Aber die blutüberströmte Leiche zu berühren war etwas anderes. Er näherte sich vorsichtig dem verkrümmten Körper, genau darauf achtend, nicht mit der Blutpfütze in Berührung zu kommen. Er bückte sich und griff mit spitzen Fingern nach dem Manuskript in Richards Jackettasche, zog es heraus und schnellte zurück, als habe er in die Flamme eines Feuers gegriffen.

Er steckte das Papier in seine Jackentasche und versteckte die Deichsel unter einem der Büsche, um sich durch den Seiteneingang in die Garderobe zu schleichen und seinen Mantel zu holen. Er hatte Glück. Auch hier war niemand zu sehen. Er schlich die Treppe hinauf in die Garderobe, nahm seinen Mantel vom Haken und tastete sich vorsichtig die Treppe wieder hinunter. Unbewusst nahm er ein Stöhnen war, das aus der Kostümkammer nebenan zu hören war. Es kam ihm merkwürdig bekannt vor, doch beachtete er es nicht weiter. Er hatte jetzt Wichtigeres zu tun. Sein Denken war jetzt einzig und allein auf Existenzsicherung ausgerichtet.

Er erreichte den Flur und trat unbemerkt durch den Nebeneingang wieder auf den Hof. Unter dem Busch holte er die Deichsel hervor. Erst jetzt fiel ihm auf, dass sie mit Blut behaftet war. Erschrocken sah er an sich herunter. Hemd und Jacke waren ebenfalls mit Blut bespritzt. Sein Atem ging schneller. Er musste jetzt klug handeln.

Wieder sah er sich um. Niemand war zu bemerken. Das Schicksal war auf seiner Seite. Nach Hause. Erst mal nach Hause, da war er sicher. Er musste die Spuren beseitigen. In seiner behandschuhten Hand hielt er noch immer die Deichsel. Sie musste verschwinden, er konnte unmöglich mit dem Eisenstück bis nach Hause laufen. Jeder, dem er begegnete, würde sich am nächsten Tag, wenn der Mord bekannt wurde, daran erinnern, dass er ihn mit einem Eisenstück gesehen hatte. Weg also damit. Er sah sich um und bemerkte die Büsche auf dem Nachbargrundstück unterhalb des Saals. Er schob die Deichsel zwischen die Äste eines Kirschlorbeerstrauchs, so weit, dass sie nicht bemerkt werden konnte. Plötzlich ...

Die Tür der gegenüberliegenden Gaststätte öffnete sich mit einem lauten Krachen, das ihn zusammenzucken und an Ort und Stelle erstarren ließ. Das Restaurant spie vier, fünf junge Leute aus, die lachend und schwatzend in Richtung Parkplatz verschwanden. Sie hatten ihn gar nicht bemerkt. Der Schatten, den die Büsche unter der Straßenlaterne warfen und unter denen er stand, hatte ihn einfach verschluckt.

Er atmete tief durch, wartete, bis die johlende Bande in zwei Autos verschwunden und mit quietschenden Reifen um die Ecke gebraust war. Dann hastete er nach Hause.

Er öffnete die Augen. Nein, es war kein Traum, es war Wirklichkeit. Bittere, harte Wirklichkeit. Es war der Morgen nach der Prunksitzung. Der Morgen, nachdem er Richard Mühlberg getötet hatte. Er leckte sich mit der Zunge über die trockenen Lippen und atmete tief durch. Er ließ sich das ganze Geschehen noch einmal durch den Kopf gehen und atmete erleichtert auf.

Nichts würde man ihm beweisen können, ja, man würde nicht mal auf ihn als möglichen Täter kommen, da war er sich sicher. Keine Fingerabdrücke an der Tatwaffe, denn er hatte Handschuhe getragen. Kein Motiv, denn das Manuskript der Büttenrede, dass einen Rückschluss auf den Täter geben konnte, war in seiner Hand. Und dass niemand an das Original herankommen konnte, dafür hatte er noch in der Nacht gesorgt. Den Anzug, den er getragen hatte, Hemd und Schuhe, hatte er der grauen Mülltonne anvertraut, die am Mittwoch geleert werden würde. Den Mantel, der zu gut und zu teuer zum Wegwerfen war, wollte er am Montag eigentlich in die Reinigung bringen, entschied sich dann aber doch für die Mülltonne. Keine Spuren, die auf ihn als Täter schließen würden.

Nur die Deichsel, die musste verschwinden. Sicher war sicher. Vielleicht bot sich nachher beim Aufräumen eine Möglichkeit. Vielleicht hätte er sie doch mitnehmen sollen, anstatt sie im Gebüsch zu verstecken. Aber der Fehler ließ sich sicher wieder gutmachen.

Trotzdem, er musste darauf gefasst sein, dass die Polizei ihn befragen würde. Und für diesen Fall musste er gewappnet sein. Morgen würde er die nächsten Schritte einleiten.

***

„Was heißt das?"

Toni Bamberger war schon wieder auf hundertachtzig. Und das bei schmerzendem Kopf. Er hatte eine schlechte Restnacht hinter sich. Als Toni mit Tobias und Ursula gegen vier Uhr nach Hause gekommen war, hatten sich seine Frau und sein Sohn sofort ins Bett gelegt. Er aber konnte noch nicht schlafen. Die Sache nahm ihn ziemlich mit. Immerhin, Richard war ja mal sein Freund gewesen. Nicht sein bester, aber immerhin ein ziemlich guter Freund.

Aber was immer sie beide auch verbunden haben mochte, Richard hatte dieses Band gestern Abend mit seiner Büttenrede gekappt. Dass Mühlberg nun tot war, war entsetzlich, aber die Büttenrede konnte Toni ihm nicht verzeihen. Die Gedanken flogen ihm förmlich wie Sturmwolken am Herbsthimmel durchs Hirn. Er hatte eine Flasche seines guten italienischen Merlot entkorkt, und das erste Glas Rotwein ließ ihn etwas ruhiger werden.

Die Gedankenwolken stürmten nicht mehr, sie zogen langsamer. Er konnte wieder geordnet denken. Richard hatte ihn und Tobias frontal angegriffen, in aller Öffentlichkeit lächerlich gemacht. Er konnte sich schon ausmalen, was am Montag in der Zeitung stehen würde. Die junge Journalistin hatte nach dem Eklat ja schon versucht, ihn in der Pause zu interviewen. In ihren Augen konnte er ganz klar die Worte „Skandal“ und „Sensation“ lesen. Er hatte sie zwar abgewimmelt, aber der Mord an Richard – und es war hundertprozentig Mord – gab der ganzen Angelegenheit eine neue Dimension.

Beim dritten Glas Rotwein wurde er noch ruhiger. Und als er den Rest aus der Flasche ins Glas gegossen hatte, war er sich sicher, alles im Griff zu haben. Am Vormittag würde ihm Georg die DV-Bänder der Videoaufzeichnung bringen, und damit wäre schon mal ein wichtiges Beweisstück in seinen Händen. Alles gut also. Und wenn die Polizei dann danach fragen würde? Tja, Pech, ein Bandfehler, kam bei diesen Kassetten schon einmal vor. Gerade das Band, auf dem die Büttenrede sein musste, hatte am Anfang geknittert. Bandsalat. Nichts drauf.

„Prost“, sagte er zu sich selbst und goss den edlen Tropfen hinunter. Beim Aufstehen merkte er, dass er doch – positiv ausgedrückt – eine ziemliche Bettschwere erreicht hatte, und verzog sich ins Schlafzimmer, wo er sich in Hemd, Hose und Socken aufs Bett warf und – Ursulas unwilliges Brummen bei seinem geräuschvollen Einschweben ignorierend – sofort einschlief.

Das Klingeln des Telefons riss ihn gegen halb neun Uhr aus seiner Betäubung. Er taumelte schlaftrunken in den Flur. Das Klingeln kam ihm heute merkwürdig schrill vor, was aber letztlich an seinem Brummschädel lag. Auf dem Weg zum Telefon wurde er etwas wacher, und ihm kamen die Ereignisse der Nacht wieder in Erinnerung. Wer konnte das jetzt sein? Am liebsten hätte er das Kabel aus der Wand gerissen, aber er wusste: Er musste rangehen. Die in der Nacht zurecht gelegten Alibis könnten jederzeit durch Unvorhergesehenes ins Wanken gebracht werden. Er musste auf dem Laufenden sein.

Er hob ab und nannte seinen Namen mit einer Stimme, die sich nach einem vorhergehenden Gurgeln mit Glasscherben anhörte: „Bamberger!"

„Georg hier. Toni, bist du's?" kam die bange Frage aus dem Hörer.

„Wer sonst? Joe Cocker vielleicht? Mir ist die Stimme ein bisschen abhanden gekommen. Rufst du an wegen der Bänder? Bring sie vorbei, aber mach hin! Oder hast du sie schon eingeworfen? Ich schau gleich mal nach."

Doch Georgs folgende Worte ließen Toni zu einer Salzsäule erstarren. Er wurde abwechselnd rot und blass. Sein Puls beschleunigte sich bedenklich, und er verfiel in ein kurzatmiges Schnaufen, das nicht für eine ausreichende Sauerstoffversorgung der vitalen Organe sprach.

Am anderen Ende der Leitung stammelte ein zerknirschter Georg Schultze Erklärungen, die ihm, Toni Bamberger, nur eines vermittelten: Die Sache lief aus dem Ruder. „Du Idiot, wie kannst du dir nur die Videos klauen lassen?" platzte es aus ihm heraus.

„Toni, ich kann mir das auch nicht erklären. Die Bänder muss mir jemand unbemerkt aus der Fototasche genommen haben", greinte Georg.

„Wieso konnte jemand unbemerkt an die Tasche?" tobte Toni.

„Herrgott", stieß Georg hervor, „ich bin doch auch nicht die ganze Zeit im Saal gewesen. Manchmal muss ich doch auch für kleine Jungs. Das muss jemand ausgenutzt haben."

„Und du bist sicher, dass es die Bänder von gestern Abend sind?"

„Ja, hundertpro. Ich hab sie ja gleich beschriftet, damit es später keine Verwechslungen gibt oder ich alles noch mal durchsehen muss. Vier DV-Cassetten, jeweils eine Stunde lang. Weg!"

Dieser Idiot, dachte Toni. Warum konnte er nicht besser aufpassen. Und auch noch beschriftet. Da musste der Dieb ja nicht lange suchen.

„Es tut mir leid", setzte Georg wieder an.

„Ja, ja, tschüss!" blaffe Toni und knallte das Telefon auf die Feststation.

Sein Hirn begann fieberhaft zu arbeiten. Was tun? Jetzt war Krisenmanagement angesagt. Wer klaute schon die Bänder, wenn er damit nichts Bestimmtes vor hatte? Zu dumm, dass er sich nicht schon gestern von Georg die Videobänder hatte geben lassen. Aber er hatte zu spät daran gedacht. Und dann war Georg schon weg. Er hatte ihn noch in der Nacht zu Hause angerufen und ihm deutlich gesagt, dass er die Bänder am Morgen unbedingt haben wollte.

„Jaja", hatte Georg gemurmelt, der schon in den ersten Schlaf gefallen war. „Ja, ich bring sie dir morgen früh." Dann hatte er grußlos aufgelegt.

Und jetzt waren die Aufzeichnungen von der Sitzung weg, verschwunden, geklaut. Irgendjemand hatte Verwendung dafür. Irgendjemand, der die Büttenrede zu seinem Vorteil – und gegen ihn und Tobias – ausnutzen wollte. Dessen war sich Toni sicher. Aber wer?

Natürlich konnte ihm Georg auch etwas vorgespielt haben, und er hatte die Bänder noch. Aber das traute er ihm nicht zu. Dazu war Georg eine zu ehrliche Haut.

Vier Bänder, vier Stunden. Es musste also nach Mitternacht gewesen sein. Um 20.11 Uhr, zu närrischer Zeit, hatte das Programm begonnen. Gegen Mitternacht war es zu Ende gegangen. Eine abschließende Polonaise durch den Saal. Georg hatte daran nicht teilgenommen und seine Kassetten beschriftet. Dann war er, weil nach Programmende Selbstbedienung angesagt war, sicher zur Theke gegangen und hatte sich ein Pils bestellt. Das erste des Abends, denn solange er filmte, trank er nur Wasser oder Apfelschorle. „Sonst kann ich die Schärfe nicht einstellen", sagte er immer schmunzelnd, obwohl er natürlich mit dem Autofocus arbeitete.

Also war er nach dem Beschriften der Kassetten zur Theke gegangen und hatte seine Fototasche an seinem Stuhl hängen lassen. Warum auch nicht? Niemand würde auf die Idee kommen, dass in ihrer Gesellschaft irgendjemand was klauen würde.

Georg war zur Theke gegangen und hatte seine Kameratasche unbeaufsichtigt gelassen, während die meisten anderen in einer Polonaise durch den Saal und zwischen den Tischreihen hindurch tanzten. Es konnte jemand aus dieser Schlange gewesen sein. Aber wer? Am unauffälligsten wäre es sicher für den Letzten des Bandwurms gewesen, an Georgs Platz auszuscheiden und sich, während die anderen mehr auf die fröhliche Schar achteten, über die Tasche hermachen. Aber genausogut konnte auch jemand aus der Mitte ausgebrochen sein.

Er ging ins Bad, um sich frischzumachen. Als er sich gerade rasierte, hörte er unten das Telefon klingeln. Wer mochte das jetzt sein? Es war

Karnevalssonntag und noch nicht mal neun Uhr. Eine unchristliche Zeit, um Leute, die sich am Abend und in der Nacht zuvor um das Allgemeinwohl verdient gemacht hatten, anzurufen dachte er. Seine Frau war unten, die würde rangehen. Trotzdem: Wer rief denn jetzt schon an?

Die vergangene Nacht! Es war wie verhext. Toni strengte all seine Gedanken an, versuchte sich an die Szene zum Abschluss des Programms zu erinnern. Aber es gelang ihm nicht, auch nur annähernd irgendjemanden herauszufiltern, dem er zutrauen könnte, die Kassetten aus Georgs Tasche gestohlen zu haben. Es waren zu diesem Zeitpunkt einfach noch zu viele Leute im Saal.

Aber irgendjemand hatte Verwendung dafür. Irgendjemand, der ihm oder Tobias oder ihnen beiden an den Karren fahren wollte. Nur wer? Die Ungewissheit machte ihn ganz krank. Es blieb ihm nichts anderes übrig, als abzuwarten, ob die Bänder auftauchten. Und bei wem.

Aber abwarten und nichts tun können machte ihn krank.

Ursula klopfte an die Badezimmertür.

„Ja, was ist?“ kam es unwirsch von Bamberger.

„Das war der Kommissar von heute Nacht. Er will um halb zehn hier sein und mit Tobias sprechen.“

Bamberger zuckte zusammen. Jetzt ging’s los. Jetzt hieß es Nerven behalten.

„Ja, ist gut, ich weiß Bescheid.“

***

Tobias saß mit geschwollener und rot angelaufener rechter Wange, aber ansonsten bleichem Gesicht auf der Couch im großen Wohnzimmer, als Lohmann eintrat und grüßte. Kein Wunder, dachte der Kommissar, erst dieser Anblick des toten Mühlberg, der mit glasigen Augen und zertrümmertem Schädel in einer Lache von Blut und Gehirnflüssigkeit lag, und sich dann die Seele aus dem Leib gekotzt. Tobias nickte auf Lohmanns Gruß und brachte nicht mehr als ein kaum hörbares „Tach“ heraus.

Links neben ihm, in der anderen Ecke der Couch, hatte es sich Toni Bamberger bequem gemacht. „Guten Morgen, Herr ... wie war noch mal der Name?“ grüßte er.

„Lohmann. Kriminalhauptkommissar Lohmann, Kripo Dillenburg. Aber das hatte ich Ihrer Frau schon gesagt.“

„So, na ja. Gut. Sie wollen mit meinem Sohn sprechen?“

Bamberger sprach in einem verbindlichen Ton, doch Lohmann bemerkte dahinter das Abweisende. Der Polizist war ihm herzlich unwillkommen.

„Stört es Sie, wenn ich dabei bin?“

„Keineswegs, Herr Bamberger, ich hätte da auch noch eine Frage an Sie. Doch zunächst zu Ihnen“, wandte sich Lohmann an den Jüngeren. „Wie geht es Ihnen?“

„Nicht besonders“, kam die schwache Antwort.

„Das ist ja wohl nach diesem Erlebnis auch verständlich. Er ist immer noch ziemlich geschockt“, meinte der alte Bamberger kurz angebunden.

„Klar, aber wir haben mutmaßlich einen Mord aufzuklären. Und da muss ich Ihrem Sohn eben ein paar Fragen stellen. Schließlich hat er ja die Leiche gefunden.“

„Er nicht allein, Corinna war auch dabei“, murrte Bamberger senior.

„Richtig“, lächelte Lohmann, „aber im Gegensatz zu Ihrem Sohn brauchte Frau Bernhardt eine Beruhigungsspritze. Deshalb wird sie später befragt.“

Mit Corinna Bernhardt hatte er für nachmittags einen Termin ausgemacht. Sie wollte allerdings lieber ins Präsidium kommen, um diese für sie auch peinliche Angelegenheit nicht zu Hause in Gegenwart ihres Freundes besprechen zum müssen.

„Also, bitte“, sagte der alte Bamberger, verschränkte die beiden Arme vor seiner Brust, kreuzte die Beine übereinander und blickte zum Kommissar. Die personifizierte Abweisung.

Lohmann fragte: „Sie haben die Leiche gefunden. Wie ist das abgelaufen?“

Tobias Bamberger räusperte sich zweimal, ehe er zu erzählen begann: „Also, die Corinna und ich, uns war’s drinnen zu warm geworden, und da wollten wir mal rausgehen an die frische Luft. Und da lag der Richard dann da. Corinna sah ihn zuerst und fing ganz furchtbar an zu schreien. Da hab ich ihn dann auch bemerkt. Und kurz darauf kamen auch schon die anderen aus dem Saal.“

„Ein bisschen genauer hätte ich’s dann schon ganz gerne. Also: Sie kamen raus. Was passierte dann?“

Tobias druckste herum. „Na ja, wir haben dann so ein bisschen rumgeknutscht.“

„Das heißt, Sie sind intim geworden."

„Das tut doch hier nichts zur Sache", blaffte der alte Bamberger dazwischen.

Lohmann sah ihn aus leicht zusammengekniffenen Augen an und meinte etwas ungehalten: „Was etwas zur Sache tut oder nicht, Herr Bamberger, lässt sich beim jetzigen Stand unserer Ermittlungen noch gar nicht sagen. Wir haben am Tatort verschiedene Spuren gesichert. Auch von ... Körpersäften. Und das waren nicht nur Blut und Hirnflüssigkeit."

Tobias wurde noch um eine Spur bleicher und fing wieder an zu würgen. Doch er bekam sich wieder unter Kontrolle.

Lohmann fuhr fort: „Es ist für uns schon notwendig, feststellen zu können, ob nach der Tat noch jemand anders am Tatort gewesen ist als Ihr Sohn und Corinna Bernhardt. Daher muss ich den genauen Hergang wissen, auch wenn das für Ihren Sohn vielleicht nicht angenehm ist."

Damit wandte er sich wieder dem Jüngeren zu. „Also, sind Sie mit Frau Bernhardt intim geworden? Die genauen Praktiken brauchen Sie mir nicht mitzuteilen."

„Ja, wir haben ... aber nicht lange. Wir, wir hatten Geschlechtsverkehr, ja ..."

„Was passierte genau?" bohrte Lohmann weiter.

„Ich dachte erst, sie stöhnt vor Lust. Aber auf einmal fing sie an zu schreien. Ich wollte sie beruhigen, schließlich war es mitten in der Nacht. Und sie hat entsetzlich geschrien, hat sich gar nicht mehr eingekriegt. Und dann sah ich die Leiche auch."

„Und dann?"

„Ich dachte, die Polizei muss kommen. Dann musste ich kotzen. Dann kamen die Leute aus dem Saal mit meinem Vater. Und dann hab ich wieder gekotzt. An mehr kann ich mich nicht mehr erinnern. Nur noch daran, dass plötzlich dieser Breitkreutz mich aufzerrte und mich zusammenschlug."

„Wofür er noch mit einer Anzeige wegen Körperverletzung rechnen kann", raunzte Bamberger senior.

„Darf ich Ihnen die Durchwahl des zuständigen Kollegen geben?" fragte Lohmann nicht ohne Ironie. „Immerhin hat Ihr Sohn ja mit Breitkreutz' Freundin ..."

„Das ist kein Grund für eine solche Gewalttat."

„Sicher. Weiter. Dann kamen Sie also dazu, Herr Bamberger“, wandte sich Lohmann jetzt an den Senior. „Was geschah dann weiter?“

„Ich ... wir alle ... sahen die Leiche. Meine Frau kümmerte sich dann um Corinna, und ich rief mit Tobias’ Handy die Polizei. Dann sind wir alle wieder in den Saal, um auf Sie und Ihre Kollegen zu warten.“

„Haben Sie am Tatort irgendetwas angefasst oder verändert?“

„Natürlich nicht. Herr Kommissar, ich bin Anwalt, habe somit Jura studiert und bin in kriminalistischen Dingen nicht völlig unbewandert. Sie können davon ausgehen, dass ich weiß, wie man sich in einem solchen Fall verhalten muss.“

„Ist klar“, schmunzelte Lohmann. „Hatte Richard Mühlberg Feinde? Ist Ihnen da etwas bekannt?“

Toni Bamberger schüttelte den Kopf. „Der Richard war ein feiner Kerl und mit jedem gut dran. Wenn es nicht gerade ein Schüler war, dem er eine Fünf geben musste, dann hatte er sicher keine Feinde. Er hat vor zwei Jahren seine einzige Tochter durch einen tragischen Verkehrsunfall verloren und sich dann aus dem Karneval ausgeklinkt. Bis vor ein paar Tagen. Wir alle waren froh, dass er wieder mitmischte. Feinde? Ich wüsste nicht, wen. Richard war bei allen beliebt.“

„Trotzdem ist er jetzt tot.“

„Unter uns werden Sie den Täter schwerlich finden“, brummelte Bamberger.

„Man weiß nie“, orakelte Lohmann und beendete das Gespräch. „Gut, das war’s fürs Erste.“

Er wandte sich zum Gehen, drehte sich aber noch einmal um und sah den alten Bamberger an.

„Ach, eine Frage habe ich doch noch. Warum wollten Sie eigentlich die Videobänder von der gestrigen Sitzung so schnell haben? Wofür brauchten Sie die?“

Bamberger blickte ihn überrascht an und ließ für einen kurzen Moment Unsicherheit erkennen. Dann verzog er seinen Mund zu einem Lächeln. „Die Videobänder? Ach so, die von gestern Abend? Nur so, es interessierte mich einfach, die Sitzung mal von der anderen Seite sehen zu können. In den vergangenen Jahren hab ich das immer verpasst. Bis man dazu kommt, sich das mal in Ruhe anzuschauen, beginnen meist schon die Vorbereitungen für die nächste Kampagne. Und dann ist das vorbei.“

„Hm“, brummte Lohmann, „da Sie ja in juristischen und kriminalistischen Dingen nicht ganz unbewandert sind, wissen sie ja auch, dass die Bänder eventuell Beweismaterial sind. Und wie Sie ebenfalls wissen, sind die Bänder verschwunden. Sollten Sie irgendwie erfahren, wo die Videos sind oder wer sie hat, sollten Sie uns unbedingt sofort informieren.“

„Selbstverständlich“, sagte Bamberger und stand auf. „Aber Moment, jetzt hätte ich auch noch eine Frage. Können wir wieder in den Saal?“

„Warum?“

„Na, der wird ja auch wieder für andere Veranstaltungen gebraucht. Vielleicht für den Beerdigungskaffee nach Richards Beisetzung. Wir müssen also da aufräumen. Und wir sind ja alle berufstätig. Eigentlich war schon für heute Mittag vorgesehen ...“

„Ja, ich verstehe schon“, unterbrach ihn Lohmann. „Aber ich kann Ihnen da jetzt noch nichts sagen. Ich brauche erst den Bericht der Spurensicherung. Wenn die da fertig sind ...“

„Aber es geht doch nur um den Saal“, fuhr nun Bamberger dazwischen.

Lohmann überlegte kurz. „Gut. Rufen Sie mich mal nach 14 Uhr an. Vielleicht kann ich Ihnen bis dahin mehr sagen.“

Bamberger nickte missmutig und brummte. „Wenn’s eben nicht anders geht, muss ich meine Leute solange hinhalten.“

„Ja, das müssen Sie wohl, tut mir leid.“

Lohmann verließ das Haus und brummte auf dem Weg zu seinem Wagen vor sich hin: Irgendetwas ist bei denen nicht koscher. Wir müssen unbedingt wissen, wie die Sitzung abgelaufen ist. Da liegt der Schlüssel.

***

13.56 Uhr. Corinna Bernhardt betrat das Polizeigebäude. Der Beamte am Eingang erklärte ihr den Weg zu Lohmanns und Hillers Büro im zweiten Stock. Punkt zwei Uhr stand sie vor der Tür und klopfte, nachdem sie noch einmal tief Luft geholt hatte. Auf das „Herein, bitte!“ betrat sie zögernd den Raum.

„Guten Tag“, grüßte sie, „ich bin Corinna Bernhardt. Wir haben einen Termin.“

„Bitte, nehmen Sie Platz“, sagte Lohmann und wies auf einen Stuhl vor seinem Schreibtisch. Sie setzte sich, während Hiller links von ihr einen Stuhl für sich zurechtrückte. Corinna Bernhardt hatte sich dezent geschminkt und ihre blonden Strähnen zu einem Pferdeschwanz zusammengebunden. Ein wenig erinnerte sie ihn an eine deutsche Schauspielerin, aber er kam gerade nicht auf ihren Namen. Ein wirklich schönes Mädchen, kein Wunder, dass dieser Casanova Bamberger so scharf auf sie war, dachte Lohmann und bemerkte dann den unsicheren Blick, mit dem sie abwechselnd ihn und seinen Kollegen anblickte.

„Frau Bernhardt, bitte schildern Sie uns doch einmal, was heute Nacht vor dem Saal passiert ist“, begann Lohmann das Gespräch und erkannte sofort, dass die Frage unpassend formuliert war, denn das dezent gebräunte Gesicht von Corinna Bernhardt lief fast schlagartig rot an, und sie stotterte verlegen: „Ja ... also ...ich weiß nicht, was ich sagen soll.“

Hiller schaltete sich ein: „Frau Bernhardt, wir sind nicht hier, um moralische Fragen zu erörtern. Wir haben vermutlich einen Mord zu klären. Uns interessiert nicht, was Sie und Herr Bamberger gemacht haben, sondern was Sie beobachtet haben.“

„Haben Sie noch nicht mit Herrn Bamberger, ich meine Tobias, gesprochen?“ fragte sie in der Hoffnung, dessen Angaben müssten ausreichend sein, um sie von weiteren Aussagen zu entlasten.

„Schon“, kam es von Lohmann jetzt etwas ungeduldig, „aber Sie sind vermutlich die Erste nach dem Täter, die den toten Richard Mühlberg gesehen hat. Wir müssen einfach wissen, was Sie gesehen haben, was Ihnen vielleicht aufgefallen ist. Schauen Sie, wie mein Kollege schon sagte: Wir haben hier wahrscheinlich einen Mord aufzuklären, und wir haben bisher noch kein Motiv.“

„Glauben Sie, dass ich es Ihnen liefern kann?“

„Das wird sich zeigen. Aber dazu müssen wir wissen, was Sie gesehen haben.“

Corinna nickte. „Also, wir kamen raus, Tobias und ich. Wir waren beide ziemlich angeschwippst und haben rumgekichert. Dann sind wir an die Ecke des Gebäudes, wo der Treppenabgang in den Keller ist und einige Büsche stehen. Da ist es ziemlich dunkel, und man wird nicht so leicht gesehen. Dann ...“

Sie räusperte sich verlegen.

„Bitte keine Details zu Ihrem ...“

Lohmann wurde jetzt selbst verlegen. Wie sollte er formulieren, was er meinte, ohne ihr zu nahezutreten?

„Ganz ohne ist das aber schwierig“, meinte sie etwas schnippisch. „Also: ich hatte mich auf das Geländer des Treppenabgangs gestützt. Tobias war ... hinter mir. Da sah ich was auf den Treppenstufen liegen. Ich dachte zuerst, da hätte jemand einen alten Mantel hingeworfen. Aber mittlerweile hatten sich meine Augen etwas an die Dunkelheit gewöhnt. Ich sah genauer hin und erkannte Arme und Beine, die aus dem Mantel herausragten.“

Sie schluckte. „Und dann das Gesicht mit dem stieren Blick. Und da war so viel Blut und ...“

Die letzten Worte versanken in einem Schluchzen.

„Und dann?“ fragte Lohmann nach einer kurzen Pause weiter.

„Dann fing ich fürchterlich an zu schreien.“

„Und dann?“ drängte nun Hiller.

„Dann war nichts mehr. Ich bin erst wieder zu mir gekommen, als ich im Saal saß und Kevin reinkam und Tobias eine gesemmelt hat.“

Lohmann trommelte mit den Fingern auf den Schreibtisch. Er hatte gehofft, irgendetwas zu erfahren, was sie weiterbrachte. Aber das war nicht mehr, als ihm Tobias Bamberger schon gesagt hatte.

„Warum waren Sie allein bei der Veranstaltung? Ich meine, ohne Ihren Freund“, fragte Lohmann, um irgendwie das Gespräch in Gang zu halten.

„Aber er war doch mit“, wunderte sich die junge Frau.

„Moment, er kam doch, um Sie dann abzuholen.“

„Ja, schon. Aber er war während des Programms im Saal. Mir zuliebe. Weil ich doch auch einen Auftritt hatte. Aber er hat’s nicht so mit Karneval und ist nach dem Programm nach Hause.“

„Dann sind Sie also allein dageblieben?“

Sie schaute wieder verlegen unter sich. „Ja, ich wollte dann mit einer Freundin, die auch in der Garde tanzt, nach Hause fahren. Weil ich nicht gerne nachts alleine nach Hause laufen wollte. Obwohl wir ja nicht weit vom Pfarrsaal entfernt wohnen.“

„Wo?“

„Herborner Straße 46.“

„Wie heißt Ihre Freundin?“

„Lisa. Lisa Stojanowitsch.“

„Kannten Sie Richard Mühlberg?“ wollte Hiller wissen.

„Was heißt kennen? Er war am Beruflichen Gymnasium in Dillenburg mein Lehrer in Deutsch und Englisch. Ein netter Typ, der sich auch um die Schwächeren kümmerte. Aber dann hab ich einige Jahre nichts mehr mit ihm zu tun gehabt. Bis Kevin und ich vor knapp zwei Jahren hierher zogen."

„Dann trafen Sie ihn wieder?" hakte Lohmann ein.

„Ja. Vor etwa einem Jahr bin ich zum CVS gestoßen. Wir hatten im vergangenen Jahr die Prunksitzung besucht. Ich war früher schon mal Gardetänzerin in Oberscheld. Und da hab ich wieder Blut geleckt ..."

Sie unterbrach sich und schluchzte: „Ich meine, da hab ich wieder Interesse bekommen und angefragt, ob ich mitmachen könnte."

„Und dadurch kamen Sie wieder in Kontakt mit Richard Mühlberg?"

„Ja, das heißt, nein. Nicht sofort. Eine Woche vor der Sitzung hieß es dann auf einmal, dass er wieder eine Büttenrede hält. Nach dem Tod seiner Tochter vor zwei Jahren hatte er sich zurückgezogen."

„Wissen Sie, warum?"

Corinna wiegte den Kopf. „Nur was die Gerüchteküche sagt."

„Und was sagt die?"

„Mühlbergs Tochter Annika war an Aschermittwoch vor zwei Jahren, nachts auf eisglatter Straße, bei einem Verkehrsunfall ums Leben gekommen. So lautete die offizielle Darstellung."

„Gibt es auch eine inoffizielle?"

„Ja, die von Richard Mühlberg. Er war fest davon überzeugt, dass Annika Selbstmord begangen hat."

Lohmann und Hiller staunten sich an.

„Sie soll sich selbst getötet haben?" fragte Lohmann. „Warum?"

„Aus Liebeskummer. Sie war bei diesem Karneval die Auserkorene von Tobias Bamberger. Aber ihr ging es, anders als ihm, nicht um einen One-Night-Stand. Sie war richtig in ihn verschossen. Und als sie kapierte, dass er an ihr kein echtes Interesse hatte, sondern nur an einer schnellen Nummer, hat sie sich umgebracht, indem sie gegen einen Baum fuhr. Schuld an ihrem Tod sind Tobias Bamberger und sein Vater, der geholfen hat, das Ganze als Unfall darzustellen. So lautet die Version von Richard Mühlberg." Corinna hob entschuldigend die Hände. „Aber bitte, das weiß ich nur vom Hörensagen."

Dann lächelte sie.

„Aber den beiden Bambergers hat er gestern kräftig eingeschenkt."

„Wie meinen Sie das?“ ließ sich nun wieder Hiller hören.

„Na, in seiner Büttenrede.“

„Was war denn mit der Rede?“ hakte Lohmann nach.

Corinna beugte sich verschwörerisch ein wenig zu ihm vor, wodurch Lohmann Gelegenheit bekam, festzustellen, dass sie eine seiner Meinung nach für die kalte Jahreszeit etwas zu offenherzige Bluse unter der Daunenjacke trug.

„Na, der Mühlberg hat doch genau das in seine Rede verpackt.“

„Den Tod seiner Tochter?“ fragte Hiller.

„Ja, auch.“

„Also, ein bisschen deutlicher müssten Sie schon werden.“

Corinna sah ihn kurz an und dann wieder zu Lohmann. „Also, zuerst fing alles ganz normal an. Ich meine mit der Büttenrede. Dann plötzlich nahm Mühlberg einzelne Leute aufs Korn. Zuerst den Bürgermeister, der angeblich irgendetwas mit Sado-Maso macht.“

„Deftig“, sagte Hiller.

„Und die Leute im Saal haben genauso gestaunt wie Sie. Jedenfalls bekam dann Tobias sein Fett weg. Ich krieg das jetzt nicht mehr so zusammen. Es war ja gereimt. Aber Mühlberg beschuldigte ihn ziemlich offen, am Tod seiner Tochter schuld zu sein. Ich weiß nur noch, dass er sagte: Nur der Engel weilt im Himmel, nach dem Genuss von Tobis Pimmel.“

Hiller grunzte, was ihm einen verweisenden Blick Lohmanns einbrachte.

Corinna fuhr fort: „Er hat zwar Annikas Namen nicht genannt, aber jeder wusste, wer gemeint war. Und dann hat er in einer weiteren Strophe den alten Bamberger beschuldigt, das Ganze vertuscht zu haben.“

„Und weiter?“ drängte Hiller.

Corinna zuckte die Schultern. „Mehr gibt’s nicht. Die Leute waren erst ziemlich verdutzt und wurden dann immer wütender. Es wurde gepfiffen und geschrien. Ein richtiger Tumult. Ich hab dann nichts mehr verstanden. Ich meine von der Rede. Aber der alte Bamberger stand oben zwischen seinem Elferrat auf der Bühne und hatte einen Kopf wie ein frisch gekochter Hummer. Er ruderte wild mit den Armen in der Luft herum. Tobias war aufgesprungen und kaum noch zu bändigen. Er wollte sich auf Mühlberg stürzen. Dem hatte man nämlich mittlerweile den Ton abgedreht und führte ihn aus dem Saal. Der alte Bamberger kam von der

Bühne und drängte sich hinter Mühlberg her. Tobias wurde von zwei oder drei von seinen Freunden gehalten. Ich glaube, der hätte in diesem Moment Kleinholz aus ihm gemacht. Der war völlig außer sich."

Und kaum hatte sie das gesagt, blickte sie auch schon erschrocken zu Lohmann auf, dann zu Hiller und wieder zu Lohmann.

„Mein Gott, glauben Sie ...? Hab ich Ihnen jetzt ein Motiv geliefert?" fragte sie und wurde um eine deutliche Spur bleicher.

„Vielleicht. Vielleicht auch nicht", wiegelte Lohmann ab. „Wissen Sie, so wie Sie das jetzt geschildert haben, da kann man schon einmal wütend sein, wenn man so durch den Kakao gezogen wird. Aber deswegen begeht man ja nicht gleich einen Mord. Trotzdem, Sie haben uns schon sehr geholfen."

Corinna nickte. „Kann ich dann gehen?"

„Eine Frage noch. Ist Ihnen am Tatort irgendetwas aufgefallen? Vielleicht im Nachhinein? Etwas, dem Sie in der Nacht keine Bedeutung beigemessen haben?"

Corinna schüttelte den Kopf. Dann kam ihr ein Gedanke, und sie lief wieder rot an. „Na ja", meinte sie verlegen, „da war noch was."

„Was?"

„Mein Höschen!"

„Ihr ...?" gab sich Lohmann überrascht. Er hatte auf ein weiteres überraschendes Indiz gehofft.

„Ja", druckste sie herum. „Es war weg."

„Wie weg?"

„Na weg!" Sie verdrehte die Augen. „Ich hatte es ausgezogen, und als Kevin mich nach Hause brachte, fiel mir das wieder ein. Weil ... es war eben kalt. Wir sind dann noch mal bis zur Polizeiabsperrung an die Treppe und zu den Büschen. Aber es war weg. Ich vermute, dass es irgendein Fetischist an sich genommen hat. Wer sollte sonst dafür Verwendung haben?"

Hiller gluckste und sagte: „Spurensicherung!"

„Bitte?"

„Wir haben es am Tatort sichergestellt. Es ist noch bei der Spurensicherung. Sobald wir den Bericht haben, erhalten Sie es natürlich zurück."

Corinna grinste, zum ersten Mal an diesem Tag.

„Ach, wissen Sie was, behalten Sie es, oder werfen Sie es weg. Ich möchte eigentlich nicht mehr an diese Nacht erinnert werden. Mein

Freund und ich, wir wollten eigentlich im August zur Heideblüte nach Schottland. Aber ich glaube, im Moment steht er nicht so auf schottisch-kariert."

Sie stand auf.

Lohmann hatte noch etwas auf dem Herzen: „Wenn ich fragen darf? Wie geht es denn privat?"

Wieder grinste Corinna, diesmal aber verlegen. „Ich weiß noch nicht. Kevin brummt nur, kaum dass er mal Ja und Nein sagt." Dann schüttelte sie den Kopf, und eine Träne quoll aus ihrem Auge.

„Ich war so blöd. Die anderen Mädels hatten mich ja gewarnt. Aber der Kerl sieht einfach zu gut aus."

Sie wischte sich die Träne weg und schaute Lohmann an. „Na ja, ich muss da noch einiges an Vertrauen wieder aufbauen."

„Sollten Sie Hilfe brauchen, Sie wissen, wo Sie uns erreichen können."

Lohmanns Blick war so vielsagend, dass sie beinahe wütend wurde und heftig antwortete: „Sie meinen, Kevin würde mich verdreschen? Da täuschen Sie sich aber in ihm. Er ist zwar groß und stark, und, ja, er hat Tobias heute Nacht eine geballert. Aber er würde mich nie schlagen. Er ist nur ... tief verletzt. Ich weiß nicht, wie ich das wieder gutmachen kann."

Wieder traten ihr die Tränen in die Augen. Lohmann entgegnete etwas verlegen: „Ich wünsche Ihnen, dass Sie das schaffen."

„Wir", ergänzte Hiller.

„Wenn wir noch Fragen haben sollten, melden wir uns bei Ihnen. Vielen Dank und auf Wiedersehen."

Sie nickte, verabschiedete sich von Lohmann und Hiller und ging hinaus. Auf dem Weg zum Auto, das sie auf dem Parkplatz der Polizeistation abgestellt hatte, überkam sie beinahe die Verzweiflung, und sie musste sich die Tränen aus den Augen wischen. Wie sollte sie das mit Kevin wieder in Ordnung bringen, wenn ...?

Sie und Tobias waren ziemlich angetrunken und nur noch wild aufeinander gewesen. In diesem Rausch hatten sie nicht einmal die selbstverständlichste Vorsicht walten lassen. Sie hatten kein Kondom benutzt! Was, wenn Tobias HIV-infiziert war? Es wurde ihr eiskalt und gleichzeitig glühend heiß.

Sie zitterte, als sie den Schlüssel ins Türschloss ihres zehn Jahre alten Opel Corsa steckte. Im Wagen setzte sie sich zwar hinters Steuer, war jedoch nicht in der Lage, zu fahren. Die Gedanken wirbelten ihr durch den Kopf. Wenn Tobias Aids hatte, konnte sie sich infiziert haben. Hat er nicht, beruhigte sie sich. Aber ihr nächster Gedanke: Und warum sollte er nicht? Seine Karnevalseroberungen waren sicher nicht die einzigen sexuellen Kontakte, die er übers Jahr hatte. Wenn er es da mit dem Verwenden von Kondomen genauso locker sah wie gestern Nacht, war die Chance groß, dass er sich irgendwo das Virus geholt hatte.

Andererseits: Tobias war auch ein schlauer Kerl. Warum sollte er das Risiko eingehen und ungeschützt mit irgendeiner pennen? Gestern Nacht, das war eine Ausnahme. Aus dem Rausch geboren, redete sie sich ein. Jedenfalls würde sie gleich morgen einen Test machen. Sie wollte Gewissheit haben. Neuerdings gab es ja diese Schnelltests. Sie war es auch Kevin schuldig. Und so lange würde sie eben ihre Tage haben. Er rechnete eh nie mit.

Aber: Wollte er überhaupt noch mit ihr schlafen, nachdem, was gestern Nacht passiert war? Wieder schossen ihr die Tränen in die Augen. Entschlossen wischte sie sie weg und startete den Motor.

***

„Bingo“, grinste Hiller, „das könnte tatsächlich ein Motiv sein.“

„Du meinst die beiden Bambergers? Ich weiß nicht“, gab sich Lohmann skeptisch. „Der Junge? Der Alte? Beide zusammen?“

„Weiß ich auch noch nicht. Aber haben wir was Besseres?“

Lohmann schüttelte den Kopf.

„Eben. Mühlberg hat die beiden Bambergers mit seiner Büttenrede ganz schön in den Sack gehauen und bloßgestellt. Rufschädigung, Rufmord und so weiter. Du hast ja gehört, wie erregt die beiden waren. Warum sollte sich daraus nicht ein Totschlag oder Mord ergeben haben?“

Lohmann wiegte den Kopf. „Vielleicht hast du recht. Aber das würde eher auf den alten Bamberger zutreffen.“

„Warum?“

Lohmann verzog den Mund. „Würdest du mit deiner neuesten Eroberung zum Schäferstündchen gerade da hingehen, wo du ein paar Stunden vorher einen Menschen erschlagen hast?“

„Ich nicht. Aber andererseits ist das natürlich auch ein glänzendes Alibi. Er entdeckt die Leiche in einer Situation, die für jeden – na, sagen wir – schon ein bisschen peinlich wäre. Keiner möchte das so erleben. Umso eher würde man annehmen, dass er nichts mit der Sache zu tun hat.“

„Vielleicht hast du recht“, zeigte sich Lohmann immer noch skeptisch. „Sag’ mal, so eine Büttenrede ist doch meistens ziemlich lang. Die lernt man doch auch nicht immer auswendig. Da müsste doch dann ein Manuskript vorhanden sein.“

Hiller nickte. „Vielleicht hat die Spurensicherung was. Ich ruf gleich mal an.“

Doch noch ehe Hiller die Nummer gewählt hatte, ging die Tür auf, und Willi Grabowski, Leiter der Spurensicherung, trat ein. Grabowski war Anfang fünfzig, eins achtzig groß, hatte kurze, graue Haare und einen grauen Stoppelbart und sah noch relativ sportlich aus. Lohmann beneidete Grabowski immer um die Tatsache, dass dieser noch keinen Bauchansatz erkennen ließ. Im Gegensatz zu Lohmann. Annes früheres Kosewort für ihn, „Häschen“, hatte sich im Laufe der Jahre in „Hase“ verwandelt.

Bei Hase fiel ihm ein, an wen ihn Corinna erinnerte: Nina Hoss, die er ein paar Jahre zuvor in „Die weiße Massai“ gesehen hatte. Anne wollte damals unbedingt in den Film und hatte ihn mitgenommen: „Damit du mal was anderes siehst!“

Grabowski knallte einen Hefter auf Lohmanns Schreibtisch. „Da, der vorläufige Bericht der Spurensicherung zum Tötungsdelikt Mühlberg“, blaffte er. Grabowski war sauer. Sein freies Wochenende war gelaufen. Und als eingefleischter Karnevalist ist er wohl wenig erfreut, dass es ausgerechnet einen Humor-Kollegen erwischt hat, schoss es Lohmann durch den Kopf.

„Die Langversion lese ich heute Abend zu Hause. Vielleicht kannst du mir erst einmal die verbale Kurzfassung geben“, sagte er.

Willi Grabowski sah unbewegt zum Fenster raus, als habe er die Frage überhaupt nicht gehört.

„Bitte, Willi“, sagte Lohmann.

Grabowski drehte sich widerwillig zu ihm um und begann, wobei er sich mit den Unterarmen auf Lohmanns Schreibtisch stützte und die Hände faltete.

„Also: viel ist es nicht. Man könnte meinen, der Täter habe die Tat langfristig vorbereitet. Und doch glaube ich, dass es eher spontan passiert ist.“

„Der Glaube gehört in die Kirche. Bitte nur Fakten“, forderte Lohmann.

Grabowski sah ihn mit einem finsteren Blick an, fuhr dann aber fort: „Fakten? Hier hast du Fakten! Wir haben einen String-Tanga gefunden. Den können wir wohl ohne DNA-Test dieser jungen Frau zuordnen, die es mit diesem Latin-Lover-Typ bei dieser Saukälte vor dem Pfarrsaal getrieben hat. Die Spermaspuren dürften auch eindeutig dem jungen Casanova zuzuordnen sein. Um sicherzugehen, wenn’s denn nötig ist, müssten wir die DNA der beiden Kopulationspartner mit den Spuren vergleichen.“

„Weiter“, forderte Lohmann.

„Weiter? Nix weiter. Mehr gibt’s nicht.“

„Wie, mehr gibt’s nicht?“

„Nichts, was auf einen Täter hinweisen würden. Ich will der Obduktion natürlich nicht vorgreifen. Richard Mühlberg wurde mit einem stumpfen Gegenstand erschlagen. Den haben wir nicht gefunden. Der Täter muss ihn also mitgenommen oder versteckt haben. Wir haben seit Tagen trockenes, eiskaltes Winterwetter. Es waren keine Fußspuren auf dem harten Plattenboden im Umfeld des Tatorts nachweisbar.“

Lohmann stieß hörbar den Atem aus. „Und was ist mit dem Redemanuskript?“

„Was für ein Redemanuskript?“

„Na, Mühlberg hat doch eine Büttenrede gehalten und verschiedene Leute angegriffen. Da muss er doch ein Redemanuskript irgendwo in der Tasche gehabt haben.“

„Vielleicht hat er seine Rede auswendig gelernt. Wir haben jedenfalls keins gefunden“, grantelte Grabowski.

„Moment, das haben wir gleich.“ Lohmann suchte die Nummer von Corinna Bernhardt heraus und wählte. Nach fünf Pieptönen wurde am anderen Ende abgehoben.

„Breitkreutz“, meldete sich die Stimme des Kleiderschranks in unfreundlichem Ton.

„Herr Breitkreutz, hier Kriminalhauptkommissar Lohmann, kann ich bitte Frau Bernhardt sprechen?“

Kurze Pause.

„Corinna? Aber die ist doch bei Ihnen“, wunderte sich Breitkreutz.

„Nicht mehr. Sie ist vor einer Viertelstunde weg.“

„Sie ist aber noch nicht da. Oder warten Sie, jetzt hör ich ihren Wagen.“

Lohmann hörte ein Geräusch, als wenn die Sprechmuschel zugehalten würde. Dann ein unterdrücktes „Corinna, hier ist noch mal der Kommissar“. Dann dauerte es ein paar Sekunden.

„Bernhardt hier. Herr Lohmann?“

„Ja, Lohmann. Frau Bernhardt, es hat sich da noch eine wichtige Frage ergeben. Hat Herr Mühlberg seine Büttenrede frei vorgetragen, oder hatte er ein Manuskript?“

„Er hatte ein Manuskript. Er hat sie abgelesen.“

„Danke, Frau Bernhardt. Auf Wiederhören.“

Als er aufgelegt hatte, sah Lohmann Hiller und Grabowski an. „Wenn Mühlberg seine Rede vom Blatt abgelesen hat, muss er sie auch bei sich gehabt haben, als er wenige Minuten später erschlagen wurde. Davon müssen wir jedenfalls ausgehen. Da das Manuskript bei ihm nicht gefunden wurde, muss es der Täter mitgenommen haben.“

Lohmann wandte sich an Grabowski: „Willi, ihr müsst euch die Sachen von diesem Mühlberg noch einmal genau ansehen. Ob sich irgendwelche Spuren an der Kleidung ergeben. Sicher hatte Mühlberg das Manuskript in irgendeiner Mantel- oder Jackentasche. Da muss es Spuren geben, auch wenn der Täter Handschuhe anhatte. Also, bitte, schaut noch mal nach.“

„Und das Ergebnis hättest du gerne gestern!“

„Muss nicht sein. So schnell bist selbst du nicht. Aber wenn ich vielleicht morgen im Laufe des Tages wieder was von dir hören könnte, wäre ich dir sehr verbunden“, säuselte Lohmann.

„Helau und Auszugsmarsch!“ entgegnete Grabowski und verließ das Büro.

„Doch die Bambergers?“ fragte Hiller.

„Weiß nicht. Aber die Lösung liegt in der Büttenrede, da geh ich jede Wette ein. Das Manuskript ist verschwunden. Die Videokassetten sind weg. Das sieht stark danach aus, dass jemand nicht möchte, dass von der Büttenrede etwas für die Nachwelt erhalten bleibt.“

„Aber es haben doch so viele ohnehin gehört“, wandte Hiller ein.

„Ja, aber du weißt doch: Jeder hört was anderes. Ohne stichhaltigen Nachweis nützt das wenig.“

„Du sprachst eben zu Willi von Mord.“

„Ja, ich weiß, für uns ist es erst einmal ein Tötungsdelikt. Mord, Totschlag, fahrlässige Körperverletzung mit Todesfolge. Vielleicht Unfall oder Notwehr. Ich weiß, wir sammeln Indizien und urteilen nicht. Aber im Moment deutet für mich alles auf Mord hin. Der Täter hat mit Überlegung gehandelt. Das war sicher keine Affekthandlung.“

Lohmann blickte durchs Fenster. Die fahle Februarsonne schien herein und tauchte das Büro in ein warmes Licht.

„Die Büttenrede! Ich glaube, sie ist der Schlüssel zur Lösung. Wir müssen sehen, dass wir das Redemanuskript oder die Bänder bekommen. Oder beides. Hat sich eigentlich Frau Mühlberg noch nicht gemeldet?“

„Nee“, sagte Hiller, „die ist wahrscheinlich noch nicht zurück.“

„Wir fahren hin zu ihr“, entschied Lohmann. „Sie wollte heute Nachmittag wieder zurückkommen. Auf geht's!“

Wieder klingelte das Telefon. Bamberger senior war dran.

„Ob Sie jetzt aufräumen können?“ sagte Lohmann, und Hiller hörte interessiert zu. „Was den Saal betrifft, ja. Der Tatort bleibt weiterhin abgesperrt. Sagen Sie das ihren Leuten bitte. Der Bereich an der Kellertreppe ist tabu! Ja ... Ihnen auch.“

Während Lohmann auflegte, schmunzelte Hiller. „Den kannst du nicht leiden, oder?“

„Nee, arrogant, aufgeblasen, selbstgerecht. Eine Mischung, dir mir auf den Magen geht. Persönlich. Dienstlich ist das was anderes. Was hatte ich zuletzt gesagt?“

„Auf geht's“, antwortete Hiller.

„Also denn ...“

***

„Das ging aber schnell. Ich habe Sie doch eben erst angerufen.“

Lohmann und Hiller schauten sich erstaunt an, während sie noch ihre Dienstausweise hochhielten.

„Wieso, Frau Mühlberg, was heißt angerufen?“ fragte Lohmann.

Die Frau schien nun etwas verwirrt. „Ich verstehe nicht. Ich habe Sie doch angerufen, wegen des Einbruchs. Gerade erst, vor knapp zehn Minuten."

„Wir wissen nichts von einem Anruf von Ihnen. Ich habe Ihnen heute Morgen auf Ihren Anrufbeantworter gesprochen. Dass wir Sie dringend sprechen müssten", sagte Hiller.

„Auf den Anrufbeantworter? Den habe ich noch nicht abgehört. Ich bin eben nach Hause gekommen und habe festgestellt, dass bei uns eingebrochen wurde. Deswegen habe ich bei der Polizei angerufen."

„Moment", schaltete sich Lohmann ein, „bei Ihnen wurde eingebrochen?"

„Ja, im Arbeitszimmer meines Mannes ist die Fensterscheibe eingeschlagen."

„Haben Sie etwas angerührt?"

„Nein. Ich bin eben erst nach Hause gekommen, habe die Tür aufgeschlossen und meine Tasche in den Flur gestellt."

Sie zögerte.

„Was war weiter?" hakte Lohmann nach.

„Ich hab nach meinem Mann gerufen. Aber der ist nicht da. Wahrscheinlich noch beim Aufräumen von gestern Abend. Oder er ist mit dem Hund spazieren. Der ist nämlich auch nicht da. Dann habe ich gemerkt, dass es ziemlich zieht. Die Haustür stand ja noch offen, aber irgendwo im Haus musste noch ein Fenster oder eine Tür offen sein. Ich ging durch den Flur und sah, dass die Tür zum Arbeitszimmer meines Mannes offen stand. Ich hab Licht gemacht und reingeschaut. Da sah ich, dass alles durchwühlt war. Und die Fensterscheibe war eingeschlagen. Ich bin gleich wieder raus und habe bei der Polizei angerufen. Das ist noch keine zehn Minuten her. Und schon sind Sie da. Alle Achtung."

„Frau Mühlberg, können wir uns irgendwo setzen?"

Lohmann wollte ihr die traurige Nachricht nicht zwischen Tür und Angel um Flur überbringen. Er hasste es, Todesbotschaften zu übermitteln. Manche Angehörige brachen in Tränen aus, manche erlitten einen Nervenzusammenbruch, andere wiederum wurden stumm und starr vor Schreck. Aber immer war es eine Situation, in der ihm die Frage, ob sie denn trotzdem in der Lage seien, seine Fragen zu beantworten, absurd und unpassend vorkam.

„Ja, natürlich, kommen Sie herein. Wir gehen ins Wohnzimmer."

Sie ging voraus, und die Beamten folgten ihr, wobei Hiller über sein Handy die Tatortgruppe zwecks Spurensicherung anforderte.

Die gute Stube der Mühlbergs unterschied sich eigentlich nicht von anderen Wohnzimmern und war doch irgendwie anders. Eine Ledercouch-Kombination mit Tischchen, Regalschränke mit Büchern, gefliester Boden mit Teppichen belegt, Kamin, ein Wintergarten mit einem schweren, langgezogenen Esstisch, Bilder an den Wänden, die eine südliche Landschaft zeigten. Alles verströmte ein mediterranes Flair. Die in einem hellen, gemaserten Ocker verputzten Wände und die hellbraunen Bodenfliesen bildeten einen angenehmen Kontrast zu den dunklen italienischen Möbeln. Die über zwei Wände verteilten Bücherregale standen voll mit zum Teil uralten Bänden, wie Lohmann mit einem schnellen Blick feststellte. Hier würde Anne sich sauwohl fühlen, dachte er, und ihm fiel ruckartig ein, dass er nun endlich mit ihr den Urlaubsort für den Sommer auswählen musste. Lange genug hatte er es hinausgezögert, sie immer wieder vertröstet, in der Hoffnung, Anne würde sich doch noch für die Berge entscheiden. Aber Anne blieb hart. Sie ließ ihm nur die Wahl zwischen Kroatien und Kroatien. Sah es dort auch so aus wie auf den Bildern der Mühlbergs?

„Bitte setzen Sie sich doch. Möchten Sie etwas trinken?“ riss ihn Frau Mühlbergs Stimme aus seinem Sinnen.

„Äh, nein, aber, wenn Sie möchten?“

„Nein. Bitte sagen Sie mir jetzt, warum Sie hier sind. Wenn ich Sie recht verstanden habe, ist es nicht wegen des Einbruchs. Sie sagten, Sie hätten mir heute Morgen schon auf den Anrufbeantworter gesprochen?“

Lohmann sah Hiller hilfesuchend an, aber der blickte nur verlegen und mied Lohmanns Blick. Also wieder mal ich, dachte er.

„Frau Mühlberg, es tut mir leid, aber wir müssen Ihnen eine schlechte Nachricht überbringen.“

Die Frau wurde eine Spur bleicher und sah die beiden Beamten unsicher an.

„Also“, fuhr Lohmann fort, „Ihr Mann, Richard Mühlberg ...“

„Ja?“

„Ihr Mann wurde heute Nacht tot aufgefunden.“

Sie starrte Lohmann zunächst ungläubig an. Dann bekreuzigte sie sich. Ein Zittern ging durch ihren Körper. Ihr Kinn bebte, und sie verbarg ihr Gesicht in den Händen. Die beiden Beamten ließen sie gewähren.

Nach einiger Zeit ließ sie die Hände sinken, schluchzte und griff in die Hosentasche. Mit einem kleinen Stofftaschentuch wischte sie sich die Augen und die Nase, wobei ihr Blick an den Beamten vorbei auf den Wintergarten gerichtet war. Ihr Atem ging ruckartig. Sie hatte die Lippen zusammengekniffen, fast trotzig.

„Ich hab es gewusst", platzte es plötzlich aus ihr heraus, und sie versenkte ihr Gesicht hinter ihren Händen.

„Sie haben es gewusst?" wunderte sich Hiller.

„Moment", unterbrach ihn Lohmann, „Frau Mühlberg, fühlen Sie sich in der Lage, uns einige Fragen zu beantworten?"

„Ja, es geht schon. Bitte fragen Sie. Nein, sagen Sie mir erst, was passiert ist."

„Ihr Mann wurde vermutlich gestern Abend zwischen 21.30 Uhr und Mitternacht von einem Unbekannten niedergeschlagen. Die Kopfverletzungen waren tödlich."

„Niedergeschlagen? Ermordet? Wer war das?"

„Das wissen wir noch nicht. Bisher gibt es so gut wie keine Anhaltspunkte für das Motiv oder den Täter. Deswegen hoffen wir ja, dass Sie uns weiterhelfen können. Hatte Ihr Mann Feinde?"

„Feinde?" Sie blickte wieder zum Wintergarten. „Nein, ich wüsste nicht."

„Niemand, den er verletzt oder geschädigt haben könnte?"

„Nein, niemand. Vielleicht hat sich mal der eine oder andere seiner Schüler ungerecht behandelt gefühlt. Aber ein Mordmotiv ist da bestimmt nicht zu finden."

„Na ja, es hat ja durchaus schon Amokläufe wegen vermeintlich ungerechter Behandlung gegeben", warf Hiller ein.

„Mag sein. Aber das fällt hier sicher weg. Richard hatte ein ausgeprägtes Gerechtigkeitsgefühl. Und das hat er gerade in seinem Beruf als Lehrer zum Ausdruck gebracht. Nein, da sehe ich kein Motiv."

„Sie sagten eben, Sie hätten es gewusst. Was meinten Sie damit?"

„Nichts Bestimmtes. Das ist mir einfach so rausgerutscht."

Lohmann sah sie scharf an. „Hat es etwas mit seinem Auftritt gestern Abend zu tun?"

„Warum?"

„Hat es etwas mit der Büttenrede zu tun?"

„Ja, aber nicht so, wie Sie vielleicht denken. Ich hatte einfach ein ungutes Gefühl, als Richard sagte, er wolle wieder eine Büttenrede halten. Deshalb habe ich eben gesagt, ich hätte es gewusst."

Lohmann ließ jetzt nicht locker. „Warum hatten Sie deshalb ein schlechtes Gefühl? Warum wollte Ihr Mann wieder eine Büttenrede halten, nachdem er sich zwei Jahre zurückgezogen hatte? War es wegen Ihrer Tochter?"

Sie sah ihn erstaunt an. „Was wissen Sie von unserer Tochter? Sie ist tot."

„Ihre Tochter Annika starb vor ziemlich genau zwei Jahren bei einem Verkehrsunfall. Am späten Abend des Aschermittwoch. Ihr Mann hat nie an einen Unfall geglaubt, sondern Tobias Bamberger dafür verantwortlich gemacht. Ihr Mann glaubte, Annika habe sich selber getötet. Ist das so?"

Wieder sah sie zum Wintergarten. „Ja, es ist so."

„Warum? Was ist damals geschehen?"

„Annika hatte sich mit dem jungen Bamberger eingelassen. Jeder wusste, dass er keine ernste Beziehung wollte. Wie heißt es so schön? Er wollte nur spielen. Aber Annika hatte sich bis über beide Ohren in ihn verliebt und glaubte, dass er bei ihr bleiben würde. Am Morgen nach der Prunksitzung ging sie wie auf Wolken. Am Nachmittag kam sie verheult und völlig aufgelöst nach Hause. Er hatte ihr knallhart gesagt, dass er nicht an eine feste Beziehung denke. Aber sie wollte es nicht wahrhaben. Nachdem sie sich bei mir ausgeheult hatte, versuchte sie mehrfach, ihn zu sprechen. Zuletzt an Aschermittwoch. Sie sagte: Mama, ich will es noch mal versuchen. Wenn er dabei bleibt, dann soll's auch vorbei sein. Dann mach ich Schluss! Sie ging, bestieg ihren Wagen und fuhr weg. Es war das letzte Mal, dass ich sie lebend gesehen habe."

Die Erinnerung nahm sie sichtlich mit. Sie brauchte einen Moment, ehe sie fortfuhr: „Mein Mann hat das nie verkraftet. Annika war für ihn sein Ein und Alles. Dabei waren die beiden oft wie Hund und Katze, und dann doch wieder ein Kopf und ein ..."

„... Arsch", platzte Hiller in ihr Zögern und biss sich gleichzeitig auf die Lippen.

Aber überraschenderweise lächelte Frau Mühlberg zu ihm rüber. „Ja, ein Kopf und ein Arsch, wie man so sagt. Für Richard war klar, dass das kein Unfall war. Und er machte die Bambergers dafür verantwortlich.

Den jungen, weil er mit Annikas Gefühlen gespielt hatte, und den alten, weil er den jungen geschützt hat. Aber was sollte Toni denn anders tun?"

Lohmann verzog nachdenklich die Lippen. „Ich habe das Gefühl, dass Sie den Verlust Ihrer Tochter besser verarbeitet haben als Ihr Mann."

„Ja, da haben Sie recht. Ich bin sehr katholisch erzogen. Ich habe um Annika nicht weniger getrauert, aber ich habe Trost im Glauben gesucht. Mein Mann sucht Trost in der Rache."

„Wie meinen Sie das?"

„Nicht so, wie Sie jetzt vielleicht denken. Richard würde nie jemandem etwas antun. Ich meine körperlich. Er war Pazifist, hat den Kriegsdienst verweigert. Er würde nie gewalttätig werden. Aber er sagte damals: Dafür werden die büßen! Er hat sich daran festgebissen. Ich dachte, dass er doch irgendwann darüber hinwegkommt. Aber als er kürzlich sagte, er werde wieder eine Büttenrede halten, da habe ich geahnt: Das wird die Abrechnung."

„Wussten Sie etwas Näheres? Was war Inhalt der Rede?"

Sie sah Lohmann an. „Ja, haben Sie denn sein Redemanuskript nicht? Er muss es doch bei sich gehabt haben."

„Eben nicht. Wir hoffen, dass Sie uns weiterhelfen können."

Sie schüttelte den Kopf. „Ich weiß nichts. Er hat mir nichts gesagt, nur dass sich alle ganz schön umgucken würden, wenn er die Rede gehalten hat."

„Wo hat er die Rede geschrieben?"

„Ich vermute auf seinem Notebook im Arbeitszimmer."

Lohmann und Hiller sahen sich an. Vermutlich gab es im Arbeitszimmer kein Notebook mehr.

Es klingelte. Willi Grabowski und zwei Kollegen von der Spurensicherung standen vor der Tür und machten sich, nachdem sie in ihre weißen Einweg-Overalls geschlüpft waren, sogleich an die Untersuchung des Arbeitszimmers. Nach einer halben Stunde erstattete Grabowski einen ersten Bericht.

„Also, die Scheibe des Fensters wurde von außen eingeschlagen. Dann hat der Täter das Fenster entriegelt und ist eingestiegen. Und dann hat er alle Schränke, Regale und Behältnisse durchsucht. Keine Fingerabdrücke. Er muss Handschuhe benutzt haben. Aber auf dem Teppich haben wir ein paar Wollfasern sicherstellen können. Es scheint, dass der Kerl vorher die Schuhe ausgezogen hat und hier auf Socken rumgestiefelt ist."

„Habt ihr ein Notebook gefunden?“

„Kein Notebook.“

„Und CDs?“ fragte Frau Mühlberg dazwischen. „Mein Mann hat alles auf CDs gespeichert.“

„Wo waren die?“ fragte Grabowski.

„Im Regal neben dem Schreibtisch.“

Grabowski schüttelte den Kopf. „Keine CDs.“

„Sucht bitte weiter. Vielleicht hat er die CDs ja aus irgendeinem Grund woanders gelagert“, bat Lohmann seine Kollegen. Dann wandte er sich wieder an die Frau: „Möchten Sie, dass wir einen Arzt rufen?“

„Nein, es geht schon. Ich rufe meine Schwester an. Die kann in einer halben Stunde hier sein.“

„Bei der Sie übers Wochenende waren?“

Frau Mühlberg nickte.

„Warum waren Sie eigentlich bei ihr und nahmen nicht an der Prunksitzung teil?“

Sie sah Lohmann eine Zeitlang an. Dann sagte sie: „Ich wollte damit nichts zu tun haben. Für mich ist unsere Tochter in Gottes Hand. Sie hat ihren Platz im Himmel. Ich wollte keine alten Wunden aufreißen. Deshalb habe ich Richard klipp und klar gesagt, dass das nur seine Sache sei. Jetzt würde man Annika wieder in die Öffentlichkeit zerren. Und sie kann sich nicht mehr wehren. Das wollte ich nicht. Ich wollte nichts damit zu tun haben. Deshalb bin ich übers Wochenende zu meiner Schwester gefahren.“

„Sie sagten eben was von Ihrem Hund. Wo ist der?“

Frau Mühlberg sah sich überrascht um. „Ja, der Hund, wo ist der denn?“

Sie schaute Lohmann zunächst ratlos an.

„Ach“, kam ihr plötzlich ein Gedanke, „wahrscheinlich bei Nachbars. Ich hab ja noch nicht mit denen reden können. Die Nachbarn haben den Hund genommen, wenn wir mal zusammen länger außer Haus waren. Vielleicht, nein, wahrscheinlich haben sie ihn rübergeholt. Nach diesem schrecklichen Ereignis.“

Sie blickte sich verwirrt um. „Ich kümmere mich darum, ich schaue nach dem Hund. Vielen Dank. Ich gehe gleich mal rüber.“

Lohmann nickte, und die beiden Beamten verabschiedeten sich.

Auf dem Weg zum Wagen fragte Hiller: „Und nu?“

„Ich denke, wir sollten noch mal beim Pfarrsaal vorbeischauen. Da sind die doch gerade beim Aufräumen. Vielleicht treffen wir ja noch einen interessanten Gesprächspartner“, meinte Lohmann.

***

Tobias hastete die Stufen zum Pfarrsaal hinauf. Bis auf ein paar Kleinigkeiten hatten sie dort alles aufgeräumt. Nun wollten er und ein paar Kumpels noch ein Bier trinken und ein bisschen schwätzen. An der Theke standen schon Thorsten Müller, Henning Bauer und Eberhard Pitschek. Und Manni Geiersdörfer. Der musste eben erst gekommen sein. Manni sieht ziemlich ramponiert aus, dachte Tobias und nahm das gleich zum Anlass, ein bisschen zu sticheln.

„Na, Manni, auferstanden aus Ruinen? Hast du gestern deine Ladekapazität überschätzt?“ grinste Tobias, der mittlerweile seine alte Arroganz wiedergewonnen hatte.

Manfred Geiersdörfer ließ ein schmerzliches Lächeln sehen. „Altes Lästermaul. Mir ging's gestern halt nicht gut. Kann ja mal vorkommen. Und mir geht's jetzt auch immer noch nicht gut. Ich hab gedacht, ich komm trotzdem zum Aufräumen. Ich wollte euch helfen. Aber wie ich sehe, seid ihr ja schon fertig. Wo ist denn Toni?“

„Der ist schon nach Hause. Wahrscheinlich muss er auch seinen Schönheitsschlaf halten. Manni, in eurem Alter kann man nicht mehr so aufs Klötzchen hauen und die Nacht zum Tag machen“, ätzte Tobias und nahm eine Flasche Bier entgegen, die Thorsten ihm reichte und die er gleich ansetzte. „Prost!“

„Frechling, zwischen deinem Alten und mir ist ja altersmäßig wohl noch ein Unterschied. Prost.“

Während Geiersdörfer nur kurz an seinem Bier nippte, kam Herbert Eisenkrämer vom Bühnenraum und fragte in die Runde: „Wo soll jetzt eigentlich hier der Karton mit den Kopfmikrophonen hin?“

Tobias schlug sich an den Kopf. „Ach du je, die hab ich vorhin vergessen mitzunehmen. Stell sie doch bitte in meinen Kofferraum. Mein Wagen steht unten vor der Treppe.“

„Dann gib mir mal den Schlüssel.“

„Ist nicht abgeschlossen.“

Eisenkrämer brummte etwas vor sich hin und verschwand mit dem Karton nach draußen.

„Das war ja ein ganz hartes Ding heut Nacht“, setzte Henning an, nachdem er einen Schluck aus seiner Flasche getrunken hatte. „Erzähl doch mal. Wie war's denn mit Corinna?“

„Lass mich bloß damit in Ruhe“, winkte Tobias ab, „das war wirklich nicht schön.“

„Poppen mit Leiche, hat irgendwie was Morbides. Und Corinna?“ legte Thorsten nach.

„Hör auf! Sie hat geschrien wie am Spieß. Und dann diese riesige Blutpfütze. Und darin lag der Richard. Ekelhaft.“

„Mein Gott, das ist ja wirklich schrecklich“, stöhnte Geiersdörfer, der eine Spur blasser als vorher geworden war. „Ich glaub, ich hätte in einer Tour kotzen müssen.“

„Ungefähr so war's auch. Aber heute mundet das Bierchen wieder“, schmunzelte Tobias. „Nur dir scheint's nicht zu schmecken, Manni. Du siehst auch gar nicht gut aus. Bisschen blass für dein Alter.“

Die anderen lachten, und Geiersdörfer verdrehte die Augen. „Mann, mir geht's auch nicht gut. Ich muss mir den Magen verdorben haben. Am besten, ich mach mich wieder nach Hause und leg mich hin. Tschau!“

„Tschüss, Manni, und grüß Janette“, rief ihm Tobias etwas anzüglich hinterher, was die anderen drei mit einem unterdrückten Kichern quittierten. Geiersdörfer zuckte kurz zusammen und war versucht, stehen zu bleiben und Tobias, der offenbar wieder bestens dazu aufgelegt war, gegen andere zu sticheln, zu fragen, was er damit meinte. Aber er hatte jetzt keine Lust, sich auf irgendeinen Disput einzulassen, und ging.

Lohmann und Hiller hatten ihren Wagen in einer Seitenstraße abgestellt und gingen gerade die Treppe zum Pfarrsaal hinauf, als ihnen Herbert Eisenkrämer mit seinem Karton entgegenkam und stehen blieb, als er die beiden Beamten kommen sah. Lohmann zückte seinen Dienstausweis.

„Guten Tag, Hauptkommissar Lohmann, Kripo Dillenburg. Das ist mein Kollege Hiller.“

„Ich weiß“, sagte Eisenkrämer, „ich hab Sie beide heute Nacht schon gesehen. Eisenkrämer ist mein Name. Herbert Eisenkrämer.“

„Ah ja, Herr Eisenkrämer. Wir hätten da auch an Sie ein paar Fragen.“

„Kann ich mir denken. Fragen Sie.“

Mit einem „Tschüss, Herbert“ drückte sich Manfred Geiersdörfer an ihnen vorbei.

„Tschüss, Manni“, grüßte Eisenkrämer zurück, „du gehst schon?“

„Ja, ich bin noch nicht wieder auf dem Damm“, rief Geiersdörfer und eilte die Treppe hinab.

„Der hat sich gestern voll verausgabt“, lachte Eisenkrämer und wandte sich wieder an Lohmann. „Also, Herr Kommissar?“

„Sie haben doch Richard Mühlberg nach seiner Büttenrede nach draußen begleitet, oder?“

„Stimmt, ich und Eberhard. Eberhard Pitschek. Der ist noch oben im Saal, falls sie den auch befragen wollen.“

„Sicher, danke. Aber wie war das gestern Abend mit dem Mühlberg?“

„Tja, was soll ich da sagen? Er hat ne Büttenrede gehalten. Das hat er schon früher immer gemacht. Nur letztes Jahr nicht. Weil doch seine Tochter im Jahr davor tödlich verunglückt war. Schlimme Sache damals. Das arme Mädchen“

„Aber diesmal war die Büttenrede wohl etwas schärfer als gewohnt“, hakte Hiller nach.

Eisenkrämer grunzte. „Das kann man wohl sagen. Currywurst extra scharf mit zweimal Chili obendrauf, sozusagen. Er hat einige Leute ziemlich angerummst.“

„Aber er hat die Rede nicht zu Ende gehalten?“

„Nee, irgendwann wurd’s dem Toni zu bunt, und er ließ dem Richard den Ton abdrehen. Der hat zwar noch einen weiteren Vers zum Besten gegeben, aber der ging im allgemeinen Radau unter. Die Leute waren ziemlich sauer auf Richard. Wissen Sie, Karneval ist ja dazu da, die da oben, wie man so schön sagt, durch den Kakao zu ziehen. Das darf dann ruhig auch mal scharf und derb sein. Aber der Richard war zu weit gegangen.“

„Inwiefern?“ fragte Lohmann.

Eisenkrämer räusperte sich verlegen. „Na ja, den Bürgermeister brachte er mit Sado-Maso-Praktiken in Verbindung, und die beiden Bambergers beschoss er mit dem Vorwurf, für den Tod seiner Tochter verantwortlich zu sein. Ich meine, das geht einfach zu weit. Das geht doch ins Persönliche. Zumal das mit Annika doch ein Unfall war. Und da mussten wir ihn rausschmeißen. Zu seiner eigenen Sicherheit.“

„Warum?“

„Na, Sie fragen aber auch. Die Leute waren aufgebracht. Der Bürgermeister hat's zwar noch mit einem Lachen hingenommen, aber wohl eher, um nicht noch mehr ins Gespräch zu kommen. Gute Miene zum bösen Spiel. Aber der Toni hat getobt. Und Tobias musste von Henning und Thorsten zurückgehalten werden, sonst hätte er sich wahrscheinlich auf Richard gestürzt. Und ich weiß nicht, was dann passiert wäre."

„Neigt Tobias Bamberger zu Aggressivität?"

Herbert Eisenkrämer wurde ein wenig verlegen. „Also, ich will da niemanden reinreiten. Aber der Toby kann schon ziemlich in die Luft gehen, wenn ihm jemand aufs Füßchen tritt. Das hat er wahrscheinlich von seinem Vater. Der Toni ist auch n Krappasch."

„Ein was?" wunderte sich Hiller.

„Krappasch! So sagt man hier über jemanden, der schnell zum HB-Männchen wird und schimpft. Vor drei Jahren war Tobias mal am Sitzungsabend in eine Prügelei mit Benny Thielmann verwickelt, weil der ihn irgendwie beleidigt haben soll. Da weiß ich aber nix Genaues."

„Und Toni Bamberger? Sie sagten, der war auch ziemlich wütend?"

„Äh, Herr Kommissar, könnten wir das im Gehen weiter besprechen? Ich soll den Karton hier in Tobias' Wagen stellen, und er wird mir jetzt etwas schwer."

„Ja, klar, gehen wir."

Sie gingen die Treppen hinunter, während Herbert Eisenkrämer weitersprach. „Ja, der Toni war ziemlich sauer. Als wir Richard rausgebracht hatten und wieder in den Saal wollten, kam uns der Toni entgegen. Der war so rot angelaufen, dass ich dachte, dem platzt gleich der Schädel. Er stampfte mit Riesenschritten und vorgestrecktem Kopf an uns vorbei nach draußen. Wie ein Stier in der Arena, der zum Angriff übergeht. Ich bin dann an der Tür noch mal stehen geblieben, weil ich dachte ... na, ich dachte, vielleicht Schlimmeres verhindern zu müssen."

„Und dann?"

„Ich hörte, wie der Toni auf Richard einbrüllte: Was er sich da erlaubt habe, ihn so zu hintergehen, und wie er sich unterstehen könne, die Bambergers so in den Schmutz zu treten. Und dass er ihm, dem Richard, das heimzahlen werde, dass der dafür büßen müsse und noch einiges mehr."

„Und wie verhielt sich Herr Mühlberg?"

„Der schien ganz ruhig zu bleiben. Er sagte nur, Toni soll die Hände von seinem Kragen nehmen. Also hatte der ihn wohl gepackt. Richard sagte noch, dass sich einige noch wundern würden, was er noch zu erzählen habe. Und dass er ihn jetzt in Ruhe lassen solle."

Mittlerweile waren sie bei Tobias' Wagen angekommen.

„Und was hat Herr Bamberger dann getan?"

„Der Toni ließ von ihm ab und stampfte wieder durch den Eingang Richtung Saal. Er schoss an mir vorbei, ohne mich zu bemerken, und schrie noch: Ich mach dich fertig! Du hast unsere Familie bloßgestellt! Du bist so gut wie tot!"

„Interessant", meinte Lohmann, während Hiller durch die Zähne pfiff.

„Moment, Herr Kommissar", sagte Eisenkrämer erschrocken, wandte sich aber zunächst an Hiller. „Ach, bitte, könnten Sie mir mal den Kofferraum öffnen?"

Hiller kam der Aufforderung nach.

„Herr Kommissar, verstehen Sie das jetzt bitte nicht falsch. Der Toni war danach nicht mehr draußen. Der war dann die ganze Zeit im Saal, das kann ich beschwören. Und viele andere auch. Und da lebte Richard ja noch. Das war von dem Toni nur so dahergesagt. Das hat der nicht wortwörtlich gemeint."

„Aber vielleicht sein Sohn."

Lohmann und Eisenkrämer sahen Hiller überrascht an, der gesprochen hatte und jetzt ins Innere des Kofferraums wies. Die beiden folgten dem Fingerzeig.

„Ja, was ist denn das?" wunderte sich Eisenkrämer, stützte den Karton auf der Kofferraumkante ab und wollte zugreifen.

„Finger weg!" rief Lohmann, der jetzt wieder zu Hiller blickte. „Markus, geh doch mal bitte in den Saal und hol mir Tobias Bamberger raus."

Hiller nickte und hastete die Treppe hinauf.

„Das ist doch ...", stammelte Eisenkrämer, unfähig den Gedanken, der ihm durch den Kopf schoss, zu Ende auszusprechen.

„Ja, das könnte das Tatwerkzeug sein", sagte Lohmann ruhig und blickte auf ihre Entdeckung. Auf dem Boden des Kofferraums von Tobias Bambergers Golf lag ein deutlich mit Blut beschmiertes Metallstück, offensichtlich eine Eisendeichsel.

***

„Nein, nein, nein. Ich weiß es nicht, ich weiß es nicht.“

Eine halbe Stunde, nachdem ihn der Blick in den Kofferraum seines Wagens belehrt hatte, dass er in einer ziemlichen Klemme steckte, saß Tobias Bamberger in Lohmanns Büro und wischte sich nervös mit einem Papiertaschentuch über seine schweißigen Hände. Vor ein paar Minuten waren mit einem Scanner seine Fingerabdrücke aufgenommen worden. Er steckte in der Scheiße und wusste nicht wie er da wieder rauskommen sollte. Dabei hatte er doch nichts getan!

Er war in einem verzweifelten Zustand. Der Schrecken der Nacht, Breitkreutz' Ohrfeige, deren Folge er jetzt noch unangenehm und schmerzhaft an der Wange spürte. Es war ihm am Morgen noch so übel, dass er bis zum frühen Nachmittag außer Mineralwasser nichts in den Magen bekommen hatte. Dann das kurze Zwischenhoch, als sie sich zum Aufräumen im Pfarrsaal getroffen hatten und er ein wenig zur lockeren Stimmung des Vorabends zurückgefunden hatte, als das Bier wieder schmeckte. Und dann der bittere, tiefe Fall mit dem Eisenteil in seinem Kofferraum.

Seine Selbstsicherheit hatte er völlig verloren. Vor Lohmann saß nun ein Häufchen Elend. Immerhin war ihm erlaubt worden, seinen Vater anzurufen, der jeden Moment eintreffen musste. In dieser Situation brauchte er jemanden, der ihm auch juristischen Beistand leisten konnte.

„Können Sie uns erklären, wie die Deichsel in den Kofferraum Ihres Wagens gekommen ist?“ war die wiederholte Frage des Kommissars.

Er konnte nur antworten: „Ich weiß es nicht.“

„Junger Mann, das Eisenstück ist wahrscheinlich das Tatwerkzeug. Also strengen Sie sich mal ein bisschen mehr an. Überlegen Sie! Wie kommt es in Ihren Wagen?“

„Ich weiß es wirklich nicht. Die Deichsel muss mir jemand in den Wagen gelegt haben. Er war ja nicht abgeschlossen. Ich hab das Ding nicht angefasst. Es muss mir jemand reingelegt haben.“

„Wer sollte das getan haben?“

„Ich weiß es nicht.“

„Wann sind Sie heute zum Pfarrsaal gekommen?“

„Wir haben uns um 15 Uhr getroffen.“

„Und weiter?“

„Dann haben wir angefangen, aufzuräumen. Das heißt, ich bin mit dem Mischpult und der übrigen Tonanlage zu unserem Vereinsraum in der alten Schule gefahren, wo die Sachen gelagert werden. Dann bin ich zurück und hab die restlichen Getränkekästen, also die vollen, zum Vereinsraum gebracht. Dann bin ich wieder zurück. Gegen 16 Uhr war ich wieder am Pfarrsaal. Die anderen waren mit Aufräumen fertig, die meisten Helfer schon gegangen. Wir wollten aber noch mit ein paar Leuten zusammen quatschen und eine Kasten Bier alle machen."

„Wer war noch da?"

„Eberhard Pitschek, Herbert Eisenkrämer, Thorsten Müller und Henning Bauer. Wir waren vorne an der Theke. Ach ja, und kurz war auch noch der Manfred Geiersdörfer bei uns. Ansonsten? Ich weiß nicht. Ich hab nicht so drauf geachtet."

„Dann müsste Ihnen also jemand zwischen vier und Viertel nach vier die Deichsel in Ihren Wagen gelegt haben. Denn gegen Viertel nach vier kamen wir."

Helau, dachte Hiller ob des unfreiwilligen Reims.

„Ja, genau! Moment, der Geiersdörfer, Manni Geiersdörfer. Der muss raus sein, als Sie gerade kamen. Vielleicht hat der was gesehen. Jemanden, der an meinem Wagen war."

„Geiersdörfer? Ach, das war der Mann, der heute Nachmittag einen etwas lädierten Eindruck machte?"

„Genau! Fragen Sie den mal!"

„Wir werden das überprüfen, obwohl es nicht sehr wahrscheinlich klingt", sagte Lohmann und forderte Hiller auf, Manfred Geiersdörfer anzurufen. Dann wandte er sich wieder an Bamberger.

„Andere Frage: Wo waren Sie am Samstag während der Pause?"

„Zuerst im Saal. Dann auf der Toilette."

„Über eine halbe Stunde lang?"

„Es war eben ein ziemlicher Harndrang."

„Bitte was?"

Tobias sah ihn verständnislos an.

„Na, es war ein ziemlicher Harndrang."

Dann merkte er die Freudsche Fehlleistung. „Andrang, ich meinte Andrang. Oh Mann, ich bin ganz durcheinander. Es waren ziemlich viele Leute, die aufs Klo wollten. Wie immer in der Pause. Und ich musste ziemlich lange warten."

„Und dann? Ich meine, was haben Sie dann gemacht?"

„Na, ich bin wieder zurück in den Saal. Das heißt, nein, ich bin erst mal nach draußen gegangen, frische Luft schnappen."

„Hat Sie jemand gesehen? Kann das jemand bezeugen?"

Tobias schüttelte den Kopf. „Ich weiß es nicht."

Lohmanns Stimme wurde streng: „Ich weiß es nicht, ich weiß es nicht. Mehr haben Sie nicht zu sagen?"

Tobias schüttelte nur verzweifelt den Kopf. Er war nicht mehr in der Lage, einen klaren Gedanken zu fassen. Doch bevor Lohmann eine Frage nachschieben konnte, wurde ihm eine kleine Atempause gegönnt. Mit einem Ruck öffnete sich die Tür, und sein Vater stürmte grußlos ins Büro.

„Wie kommen Sie dazu, meinen Sohn zu verhaften! Was werfen Sie ihm vor?" schnauzte er Lohmann an.

Der sah ihm direkt in die Augen, erhob sich langsam aus seinem Sessel, seine Augen verengten sich, und er blaffte zurück: „Was fällt Ihnen ein, hier einfach in eine Befragung reinzuplatzen! Verlassen Sie bitte den Raum, und warten Sie, bis Sie gerufen werden."

Lohmann ließ sich offensichtlich nicht einschüchtern.

„Ich bin hier auch als sein juristischer Beistand. Er hat ein Anrecht darauf, einen Anwalt hinzuziehen."

„Das will ihm auch niemand verwehren. Aber auch unter diesen Umständen gibt es unter zivilisierten Menschen immer noch einen allgemeingültigen gesellschaftlichen Umgang. Ich möchte Sie bitten, den einzuhalten und nicht hier einfach hereinzustürmen. Also, bitte!"

Lohmann deutete zur Tür. Bamberger, dessen Gesicht immer noch eine gesundheitsgefährdende Rotfärbung hatte, schnaubte mit halbgeöffneten Lippen wie ein Stier, der sich dem besser bewaffneten Torero gegenüber sieht. Dann drehte er sich um und verließ wortlos den Raum, dessen Tür er nicht völlig geräuschlos hinter sich zuzog. Einige Sekunden vergingen. Dann: Tock-tock.

„Herein", rief Lohmann.

Die Tür öffnete sich wieder, und Bamberger betrat das Büro mit einem unwilligen „Guten Tag".

Lohmann und Hiller grüßten zurück, während Tobias die Szene mit einem ungläubigen Staunen verfolgte. Noch nie hatte er gesehen, dass sein Vater vor irgendwem zurückgewichen war. Immer hatte er das Geschehen beherrscht. Das machte ihn nicht zuversichtlicher.

„Bitte setzen Sie sich“, sagte Lohmann und deutete auf den Stuhl, den ihm ein ebenfalls anwesender uniformierter Beamter mittlerweile hingerückt hatte.

„Ich bleibe lieber stehen“, raunzte Bamberger. Aber als er sah, dass der Beamte den Stuhl wieder wegnehmen wollte, setzte er ein „Geben Sie her, wenn er nun schon mal da ist“ nach.

Doch zum Setzen kam er nicht, denn nun unterbrach Hiller die kurze Stille: „Herr Geiersdörfer, guten Abend, meine Name ist Kriminaloberkommissar Hiller, Kripo Dillenburg. Ich hätte da eine Frage ... Darf ich auf Lautsprecher stellen, damit mein Kollege mithören kann? ... Danke!“

„Einen Moment bitte“, rief Lohmann und wandte sich an die beiden Bambergers. „Wenn Sie bitte kurz mit dem Kollegen nach draußen gehen möchten!“

Er deutete auf den Uniformierten, der neben der Tür stand.

„Was ...“, setzte der alte Bamberger an.

„Bitte“, unterbrach in Lohmann mit Nachdruck.

Anton Bamberger sah ihn kurz wütend an, zog dann seinen Sohn vom Stuhl auf und ging mit dem Beamten nach draußen.

„So, jetzt!“

Hiller stellte den Lautsprecher an, und Lohmann hörte Geiersdörfers Frage: „Was kann ich für Sie tun?“

„Als Sie heute Nachmittag den Pfarrsaal verlassen haben, haben Sie da den Wagen von Tobias Bamberger bemerkt?“

Ein kurzes Zögern am anderen Ende der Leitung, dann: „Ja, der stand unten an der Straße.“

„Ist Ihnen da irgendetwas aufgefallen? Vielleicht eine Person, die sich an dem Wagen zu schaffen machte oder in der Nähe stand? Irgendjemand auf der Straße?“

Anscheinend überlegte Geiersdörfer wieder kurz.

„Nein, ich habe niemand gesehen. Es war kein Mensch weit und breit auf der Straße.“

Lohmann schaltete sich ein. „Kriminalhauptkommissar Lohmann, guten Abend, Herr Geiersdörfer. Eine andere Frage: Wie haben Sie das mit der Büttenrede von Richard Mühlberg mitbekommen?“

„Na ja, wahrscheinlich wie alle anderen im Saal auch. Am Anfang schien es ganz witzig zu sein. Und dann änderte sich das plötzlich. Da griff er einige Leute ziemlich scharf an.“

„Zum Beispiel die Bambergers?“

„Ja, gerade die.“

„Und wie haben die reagiert?“

„Na, der Toni ist irgendwann wutentbrannt aufgesprungen und hat Mühlberg den Ton abdrehen lassen.“

„Und sein Sohn?“

„Der hat vor Wut geschäumt. Den hatten sie mit ein paar Leuten halten müssen, sonst hätte der den Mühlberg wahrscheinlich zerfleischt.“

„Können Sie uns sagen, um was es in der Büttenrede ging? Auf die Bambergers bezogen.“

„Also, viel hab ich da nicht mitgekriegt. Es wurde ja immer lauter im Saal. Die Leute waren ziemlich empört und haben gebuht und so. Aber es ging wohl um das Gerücht, dass Tobi am Tod von Mühlbergs Tochter schuld sein soll.“

„Und dann?“

„Dann wurde Richard rausgebracht. Das war das letzte Mal, dass ich ihn gesehen habe.“

Lohmann überlegte kurz. „Sie waren beim Auffinden der Leiche nicht mehr dabei. Wann sind Sie eigentlich nach Hause?“

Am anderen Ende der Leitung kurzes Schweigen.

„Ja, also, genau weiß ich das nicht mehr. So gegen zwölf Uhr vielleicht. Mir ging es gesundheitlich nicht so gut. Meine Frau hat dann für mich die Stellung gehalten.“

„Vielen Dank, Herr Geiersdörfer, das wär’s dann. Schönen Abend noch“, verabschiedete sich Lohmann.

„Was werfen Sie meinem Sohn vor?“ fragte Anton Bamberger, als er mit seinem Sohn wieder im Büro der beiden Kommissare saß.

„Bisher werfen wir ihm noch gar nichts vor. Wir befragen ihn.“

„Tobias sagte mir aber, Sie würden ihn des Mordes an Richard beschuldigen.“

„Da hat er den Ereignissen ein wenig vorgegriffen. Allerdings gibt es ein paar Verdachtsmomente, die gegen Ihren Sohn sprechen.“

„Und darf ich die erfahren?“

„Als sein Anwalt? Selbstverständlich. Wir haben im Kofferraum seines Wagens ein Eisenstück gefunden, das mit ziemlicher Sicherheit das Tatwerkzeug ist. Derzeit wird noch untersucht, ob sich seine Fingerabdrücke daran befinden. Darüber hinaus hat Ihr Sohn für die vermutliche Tatzeit kein Alibi, aber ein Motiv."

„Das ist doch absurd", entgegnete Bamberger, „ein Tatmotiv? Was soll das denn bitteschön sein? Und wieso kein Alibi? Er war doch die ganze Zeit im Saal."

„Eben nicht. Wir haben Zeugenaussagen, dass Ihr Sohn den Saal kurz nach der Pause verlassen hat und erst zurückgekommen ist, als das Programm längst schon wieder begonnen hatte. Und für diese über dreißig Minuten hat er eben kein Alibi."

Bamberger sah Tobias an, der starr zu Boden blickte.

„Wo warst du?"

Tobias wiegte den Kopf. „Das hab ich doch schon gesagt. Ich war auf der Toilette und anschließend draußen, um frische Luft zu schnappen."

Der alte Bamberger sah Lohmann an. „Na bitte, dann ist doch alles klar."

„Nichts ist da klar. Ihr Sohn kann niemanden benennen, der ihn gesehen hat. Und wenn er tatsächlich draußen war, müsste er von dem Mord irgendwas mitbekommen haben. Er wäre also ein Zeuge."

Erst jetzt merkte Tobias, dass er sich mit seiner Notlüge nur noch tiefer in den Schlamassel geritten hatte. Seine Augen füllten sich mit Tränen, er begann zu schluchzen. Was sollte er jetzt sagen?

Sein Vater sprang ihm zur Seite. „Warum muss er etwas mitbekommen haben? Vielleicht war die Tat zu diesem Zeitpunkt schon geschehen. Oder erst, als Tobias schon wieder im Saal war. Und was bitteschön soll das Motiv gewesen sein?"

Lohmann sah Bamberger einige Sekunden in die Augen. „Die Büttenrede."

„Die ...", stammelte Bamberger. Sein Gesicht rötete sich wieder, und er atmete schneller.

„Ja, die Büttenrede. Es liegt uns eine Zeugenaussage vor, dass Richard Mühlberg Sie und Ihren Sohn in einer Büttenrede ziemlich scharf angegangen hat. Mit anderen Worten: Er hat sie beide in aller Öffentlichkeit bloßgestellt."

Bamberger hatte sich wieder in der Gewalt. Der gewiefte Anwalt konterte: „Aber andere auch. Den Bürgermeister beispielsweise."

„Aber Ihnen und Ihrem Sohn hat er vorgeworfen, dass Sie für den Tod seiner Tochter verantwortlich sind."

„Ach, das ist doch Unsinn. Und die Rede war wie überall im Karneval. Ein bisschen Kritik an den Großkopferten. Aber insgesamt doch harmlos."

„Harmlos?" wunderte sich Lohmann. „So harmlos, dass Sie Mühlberg den Ton abdrehen ließen und er aus dem Saal gebracht werden musste? So harmlos, dass er vor Übergriffen geschützt werden musste? So harmlos, dass Sie rot vor Wut wurden, ihn draußen am Kragen packten und schließlich brüllten, er sei schon tot?"

„Wer behauptet so was?"

„Ein Augenzeuge. Wo waren Sie eigentlich in der Zeit zwischen dem plötzlichen Abbruch der Büttenrede und dem Ende der Pause?"

„Ja, ich war draußen bei Mühlberg und habe ihn zur Rede gestellt. Aber mit tot meinte ich doch nicht wirklich tot. Ich meinte, dass ich dafür sorgen würde, dass er gesellschaftlich kein Bein mehr auf den Boden kriegen würde. Aber doch nicht, dass ich ihn umbringe."

Lohmann kramte das Protokoll der Zeugenaussage von Corinna Bernhardt aus den Unterlagen auf seinem Schreibtisch hervor. „Ich zitiere: Aber der alte Bamberger stand oben zwischen seinem Elferrat auf der Bühne und hatte einen Kopf wie ein frisch gekochter Hummer. Er ruderte wild mit den Armen in der Luft herum. So harmlos? Weiter gab die Zeugin zu Protokoll: Tobias war aufgesprungen und kaum noch zu bändigen. Er wollte sich auf Mühlberg stürzen. Und weiter: Der alte Bamberger kam von der Bühne und drängte sich hinter Mühlberg her. Tobias wurde von zwei oder drei seiner Freunde gehalten. Der wollte sich auf Mühlberg stürzen. Ich glaube, der hätte in diesem Moment Kleinholz aus ihm gemacht. Der war völlig außer sich. Ein anderer Zeuge hat diese Aussagen bestätigt. Das klingt alles nicht nach harmlos."

Bamberger blickte ihn immer noch überrascht an. Dann fasste er sich. „Ja, ich war sauer auf Richard. Und Tobias auch. Ja, ich bin Richard hinterher, um ihn zur Rede zu stellen. Aber deshalb bringt man doch niemanden um. Das hab ich doch auch nicht so gemeint, wie ich es gesagt habe."

„Wo waren Sie in der fraglichen Zeit?" wiederholte Lohmann.

„Mein Gott, ich bin raus, hinter Mühlberg her, um ihn zur Rede zu stellen. Vor dem Ausgang hat mich diese Zeitungstante abgepasst und wollte mich interviewen. Ich hab sie abgebügelt, Richard angeschissen, bin wieder rein und hab versucht, die Leute zu beruhigen und wieder einen geordneten Sitzungsverlauf hinzukriegen. Dann hab ich die Pause beendet, und das Programm ging unter meiner Leitung weiter. Und wenn es diese vermaledeiten Videofilme noch geben würden, könnten Sie's auch sehen. Aber es gibt mindestens zwei Dutzend Leute, die das bestätigen können."

Bamberger fuchtelte mit den Armen in der Luft herum. „Mann, das Ganze war letztlich wirklich harmlos. Karneval eben. Deshalb bringt man doch keinen um!"

Lohmanns Telefon klingelte.

„Willi hier, ich glaube, ich hab da was für euch."

„Aha, ja, so?"

„Was is'n los? Kannst du nicht reden wie du willst?"

„Ja, genau."

„Dann hör einfach zu! Also: Diese Eisendeichsel ist mit ziemlicher Sicherheit das Tatwerkzeug. Wir haben Haare und Knochensplitter am T-Stück sichern können. Geht alles morgen früh zur Rechtsmedizin nach Gießen. Außerdem haben wir verschiedene Fingerabdrücke auf dem Stück. Und jetzt pass auf: Ein Abdruck stimmt mit dem jungen Mann überein, der sich früher bei mir die Finger schmutzig gemacht hätte."

Lohmann schürzte die Lippen. „Das ist ja sehr interessant. Sehr gut. Den Rest dann morgen. Tschüss, Willi."

Er legte auf und wandte sich an den alten Bamberger, der dem Gespräch interessiert gefolgt war, aber aus seinen kryptischen Antworten nicht so recht schlau wurde.

„Äh, was hatten Sie zuletzt gesagt?" nahm Lohmann das Gespräch wieder auf.

Bamberger ärgerlich: „Deshalb bringt man doch niemanden um."

„Sagen Sie. Ich habe schon deutlich dünnere Mordmotive auf dem Tisch gehabt. Wut ist selten ein guten Ratgeber, und hinterher bereut man Handlungen, die man bei klarem Verstand für völlig abwegig gehalten hat."

Lohmann beugte sich vor. „Konkret: auf dem mutmaßlichen Tatwerkzeug befinden sich die Fingerabdrücke Ihres Sohnes."

Bamberger riss die Augen auf und blickte dann zu Tobias. Der reagierte nicht minder erschrocken, raffte sich aber noch einmal auf.

„Natürlich sind die da drauf. Ich hab ja den Wagen mit den Tischen gefahren, zu dem die Deichsel gehört."

„Und eben haben Sie noch gesagt, Sie hätten das Eisenstück nicht angefasst. Jetzt also doch. Was sollen wir Ihnen denn nun glauben?“

„Herrgott, ich hab den Wagen beim Aufbau reingezogen. Aber ich hab das Ding am Abend nicht mehr in der Hand gehabt. Schon gar nicht, um Richard zu erschlagen. Ich hab die neue Deichsel am Abend vorher bei Georg Schultze abgeholt. Die alte war kaputtgegangen, und er hat eine neue zusammengeschweißt. Deshalb sind meine Fingerabdrücke drauf. Aber ich habe Richard nicht erschlagen. Das müssen Sie mir glauben.“

Bamberger meldete sich: „Ich finde, das ist eine sehr plausible Erklärung. Außerdem dürften sich auf der Deichsel noch andere Abdrücke nachweisen lassen, zum Beispiel die von Georg Schultze. Wahrscheinlich ist mein Sohn ja nicht der Einzige, der das Ding in der Hand hatte.“

„Das mag sein“, entgegnete Lohmann. „Wir werden das überprüfen. Trotzdem müssen wir Ihren Sohn vorerst hierbehalten.“

„Das ist völlig überzogen“, fuhr Bamberger auf. „Das ist ein Skandal. Ich werde ...“

„Nein“, unterbrach ihn Lohmann, „das ist weder überzogen noch ein Skandal. Das ist ganz normale Polizeiarbeit. Da Sie Jurist sind, wissen Sie, dass uns keine andere Wahl bleibt. Ihr Sohn hat ein Motiv. Das Tatwerkzeug wurde im Wagen Ihres Sohnes gefunden. Seine Fingerabdrücke befinden sich darauf. Und Ihr Sohn hat kein Alibi für die fragliche Zeit. Sie wissen, dass das einen dringenden Tatverdacht rechtfertigt.“

Lohmann wandte sich an Tobias: „Tobias Bamberger, ich nehme Sie vorläufig fest, weil Sie unter dem dringenden Tatverdacht stehen, Richard Mühlberg getötet zu haben. Wenn Sie bitte mit dem Kollegen mitgehen.“

Der Uniformierte trat neben den fassungslosen jungen Mann, der völlig entgeistert auf seinen Vater blickte. „Papa, hilf mir!“

„Worauf du dich verlassen kannst“, versicherte der und sah zu Lohmann. „Das ist Wahnsinn, was Sie hier machen. Aber freuen Sie sich nicht zu früh. Sie brauchen vielleicht einen schnellen Aufklärungserfolg. Aber noch ist nicht aller Tage Abend. Ich finde schon noch jemanden, der bezeugen kann, dass Tobias zur fraglichen Zeit nicht am Tatort gewesen sein kann. Verlassen Sie sich drauf.“

Lohmann stand auf. „Dagegen ist nichts einzuwenden. Wir haben, im Gegensatz zu Ihrer Annahme, keinen Grund, einen Unschuldigen hinter Gitter zu bringen. Aber im Moment sprechen alle Indizien gegen Ihren Sohn.“

Bamberger wandte sich wortlos ab und begleitete Tobias und den Beamten nach draußen.

„Puh, kein angenehmer Zeitgenosse“, meinte Hiller.

„Nee. Und der Sohn auch nicht. Wie sagte der Geiersdörfer? Sonst hätte der den Mühlberg wahrscheinlich zerfleischt.“

„Und nun?“

„Erst mal Feierabend. Der junge Bamberger bleibt bis morgen unter Verschluss, und wir gehen nach Hause.“

Hiller nickte verdrossen. „Du hast’s gut. Auf dich wartet ja wenigstens jemand.“

„Ich weiß gar nicht, ob mir das heute Abend recht ist.“

„Warum?“

„Eigentlich wollten Anne und ich heute Abend unser Urlaubsziel besprechen.“

„Na und, es ist doch noch Zeit. Gerade mal erst halb sieben.“

Hiller sah Lohmann von der Seite an.

„Oder ist das Urlaubsziel das Problem?“

Lohmann nickte. „Ja“, dehnte er, „Wir feiern im Sommer unseren fünfundzwanzigsten Hochzeitstag. Und da möchte Anne mal einen ... besonderen Urlaub.“

Hiller schmunzelte. „Du meinst wohl eher: einen anderen Urlaub als bisher.“

Lohmann sah ihn pikiert an. „Ja, sag ich doch. Einen besonderen Urlaub halt.“

„Mit anderen Worten: Sie will diesmal nicht in die Berge.“

Lohmann sah verlegen zur Seite. „Also, so genau hat sie das jetzt nicht gesagt.“

„Aber zumindest gemeint.“

Lohmann reagierte ungehalten. „Ja, kann sein. Sie hat mal was von Mittelmeer gesagt.“

„Dann, Lohmann, würde ich sagen, stich in See zu deiner Anne, und mach klar Schiff!“ schmunzelte Hiller, während Lohmann ungnädig die Lippen verzog.

***

Als Lohmann die Haustür aufschloss, bemerkte er sofort einen bestimmten Geruch, der in ihm ein wohliges Gefühl von Heimat und Geborgenheit auslöste. Er atmete noch einmal tief durch die Nase ein. Ja, es war unverkennbar, was da dezent aus der Küche in den Flur strömte. Auf dem Herd musste ein Leberkäs vor sich hin bräunen. Und wenn er sich nicht völlig irrte, brutzelten daneben Bratkartoffeln mit Zwiebeln. Eine Kombination, die wahrscheinlich noch durch ein Spiegelei gekrönt wurde. Lohmann schloss die Augen, ließ ein verklärtes Lächeln um seine Lippen spielen und atmete noch einmal durch. Dann rief er Richtung Küche: N'Abend! Ich bin wieder zu Hause!"

„Servus, mein Hase, dann geh schon mal ins Esszimmer. Ich bring dir gleich dein Abendessen."

Lohmann zog den Mantel und die Schuhe aus, schlüpfte in seine Pantoffeln und machte es sich im Esszimmer am Tisch bequem. Aus der Küche kam Anne und brachte zwei Weißbier, die sie auf den Tisch stellte.

Lohmann sprang auf. „Soll ich dir helfen?"

„Nicht nötig, ich bring gleich den Rest", sagte Anne und verschwand wieder in der Küche, aus der er das Klappern von Tellern und das Klimpern von Besteck hörte. Er setzte sich wieder und nahm einen Schluck Bier. Bevor er wieder in Gedanken an ihren aktuellen Fall verfallen konnte, kam Anne mit zwei großen Tellern herein, auf denen sich je ein frisch gebräunter Leberkäs mit Bratkartoffeln, Spiegelei und einem dicken Senfklecks befand, liebevoll garniert mit Kräutern und Schnittlauch. Sie stellte die Teller auf den Tisch und setzte sich ihm gegenüber.

„Guten Appetit, mein Hase, lass es dir schmecken", wünschte sie und begann zu essen.

Sein Beruf hatte ihn gelehrt, gegenüber allzu charmantem, zuvorkommendem oder lobhudeligem Verhalten misstrauisch zu sein. Und so gab er zwar seinem großen Appetit und noch mehr seinem Hungergefühl nach, beäugte aber argwöhnisch seine Frau, die Leberkäs und Bratkartoffeln mit Lust zusprach und ihm auffordernd zublinzelte. Als er den Teller halb leer hatte, legte er das Besteck beiseite, nahm einen Schluck aus seinem Glas, stützte die Ellbogen auf den Tisch, verschränkte die Hände unter seinem Kinn, sah Anne direkt an und fragte geradeheraus: „Was steckt dahinter?"

Anne sah ihn mit gut gespieltem Erstaunen an. „Wohinter?"

Er wurde unsicher. „Na, hinter dieser Freundlichkeit, dem ... dem Essen, wie's der Lohmann mag und so?"

„Ach so. Ja, ich dachte, du hast einen anstrengenden Tag hinter dir und würdest dich auf einen gebräunten Leberkäs mit Bratkartoffeln und Ei freuen."

„Ja, natürlich. Entschuldige", sagte er und aß weiter. „Aber ...", setzte er mit vollem Mund an, verschluckte sich jedoch und musste husten.

Was Anne schnell dazu nutzte, ihn mit einer Frage abzulenken. „Wie steht's mit deinem Fall? Kommt ihr gut voran? Ich meine, soweit du mir das sagen darfst."

Lohmann hüstelte noch kurz und spülte mit etwas Weißbier nach, ehe er antwortete: „Wie man's nimmt. Wir haben zwar einen Tatverdächtigen, aber ich weiß nicht ... Das Tatwerkzeug lag in seinem Kofferraum, es waren seine Fingerabdrücke drauf, er hat ein Motiv und kein Alibi."

„Das ist doch schon sehr viel."

„Ja, aber er hat die Tat nicht gestanden. Noch nicht. Und das macht mich stutzig. Bei dieser Beweislage. Ich meine, da braucht man schon ziemlich viel Kaltschnäuzigkeit, um sich dann hinzusetzen und zu sagen: Und ich war's doch nicht. Beweist mir mal das Gegenteil. Als wir ihn mit den Indizien konfrontiert haben, ist er völlig zusammengeknickt. Ich weiß nicht. Ich werde das Gefühl nicht los, der gesteht nichts, weil er nichts zu gestehen hat. Und trotzdem verheimlicht er uns irgendwas."

„Und nun?"

Lohmann zuckte mit den Achseln. „Bis morgen hat er bei uns ein Zimmer mit Vollpension. Innerhalb von vierundzwanzig Stunden muss er dem Haftrichter vorgeführt werden. Bei der Beweislage dürfte der Haftbefehl erlassen. Aber ..."

„Was aber?"

„Es spricht alles gegen ihn. Aber irgendwas passt da trotzdem nicht. Es ist der ... Popper. Also der, der die Leiche beim ..."

„... Poppen?" ergänzte Anne.

„... gefunden hat. Und das macht doch kein vernünftiger Mensch. Erst einen anderen umbringen, und dann Stunden später bei der Leiche zu ..." Er wedelte mit der rechten Hand.

„... poppen? Vielleicht ist er ja pervers."

Lohmann wiegte den Kopf und murmelte, während er die letzten Reste von Leberkäs und Bratkartoffeln verspeiste: „Ich weiß nicht. Mal sehen, wie ihm die Nacht in der Zelle bekommt. Vielleicht erfahren wir ja morgen etwas Neues."

Nachdem er Messer und Gabel auf den Teller gelegt hatte, sah er Anne fest an. „Du hast doch noch was auf dem Herzen."

Anne hielt dem Blick stand. „Ja, wenn du so fragst. Ich dachte, wir könnten noch mal kurz über unseren Sommerurlaub reden."

Lohmann lehnte sich zurück. „Dann mal los!"

Anne holte einen kleinen Stapel mit Urlaubsprospekten hervor, die sie vor ihm auf dem Tisch ausbreitete. „Ich dachte, ich hole uns mal ein paar Anregungen. Äh, wie wär's mit einem kleinen Marillenbrand?"

„Ich weiß nicht", wollte er einwenden, doch Anne wartete seine Antwort erst gar nicht ab, sondern ging zu einem Schrank, in dem sich diverse Spirituosen befanden. Sie stellte zwei Gläschen auf den Tisch, schenkte aus der Flasche den klaren Schnaps ein und prostete ihm zu. Das fruchtige Getränk verbreitete nach dem Essen eine wohlige Wärme in Lohmanns Innerem, und er schloss für einen Moment die Augen.

„Sieh mal hier, die Insel Rab, da gibt es im Norden einen großen Sandstrand. Oder hier: Das ist Petrčane bei Zadar, da wäre ein Appartement direkt am Strand im Angebot. Oder hier ..."

Anne schwärmte ihm noch von Angeboten bei Zadar, Šibenik und Split vor, auf den Inseln Hvar und Brač, und am Ende offerierte sie ihm Dubrovnik, das er mit einem Blick auf die Landkarte ganz weit unten im Süden ortete. Das waren mindestens zwei Tage Fahrt. Oder mehr. Wenn man nicht flog. Und das kam für ihn nicht infrage. Er versuchte, Zeit zu gewinnen.

„Ich muss mir das alles mal in Ruhe anschauen. Ich meine, wir haben ja noch Zeit."

Annes Blick versteinerte nun etwas, wie er bemerkte. Ihr Mund verzog sich zu einem Strich.

„Es ist jetzt schon Ende Februar. In einem Vierteljahr beginnt die Sommersaison. Wir reden seit über einem halben Jahr darüber. Ich möchte jetzt langsam Nägel mit Köpfen machen. Ich möchte nicht nehmen, was irgendwann noch übrig bleibt. Schau mal ins Internet! Kroatien ist ein aufstrebendes Urlaubsland. Da kannst du nicht im Mai oder Juni kommen und sagen: Ich bräuchte was für übernächste Woche."

„Ja, versteh ich. Aber ich muss mir das doch auch einmal anschauen können."

„Kannst du", sagte Anne, stand auf und nahm die beiden Teller. „Du hast drei Tage Zeit, zu einer Willensbildung zu kommen."

Na dann: Am Aschermittwoch ist alles vorbei, dachte er.

„Gibt's heut Abend eigentlich was Interessantes in der Glotze?" fragte er Anne, als sie wieder aus der Küche zurückkam.

„Ja, im Ersten. Einen Tatort."

„Och nee, keinen Krimi", meinte Lohmann, während er sich Richtung Couchgarnitur und Fernsehgerät bewegte. Der aktuelle Mord reichte ihm eigentlich. Da musste er nicht noch den Kollegen im TV über die Schulter schauen.

Anne setzte sich neben ihn und nahm die Fernbedienung, um den Fernseher einzuschalten.

„Dann hätten wir da Inga Lindström im Zweiten ..."

Er verzog schmerzhaft das Gesicht und stöhnte.

„... noch etliche Ballerfilme bei den Privaten, Karnevalssitzungen in den dritten Programmen. Und auf Arte gibt es eine Reisedoku."

„Über was?"

„Über Kroatien: Dalmatinische Impressionen."

Montag, 23. Februar
– Rosenmontag –

Lohmann saß am Frühstückstisch und schlürfte an seiner zweiten Tasse Kaffee. Es war kurz vor halb acht Uhr. Anne war schon in der Schule. Noch einmal las er den Artikel, dessen Internetversion er schon gestern Vormittag zur Kenntnis genommen hatte. Prohaska hatte diesem nächtlichen Schnellschuss wenig hinzugefügt. Wie auch, da es keine neuen Erkenntnisse gab.

Lohmann legte die Handflächen aneinander über seine Nase und blies den Atem in den so entstandenen Hohlraum. Aber wenn er auf eine Eingebung gehofft hatte – sie kam nicht. Tobias Bamberger erfüllte das Profil des mutmaßlichen Täters. Und trotzdem: Lohmann hatte das Gefühl, dass sie bisher höchstens auf die halbe Wahrheit gestoßen waren. Wenn überhaupt.

Die Büttenrede. Sie konnte der Schlüssel zur Lösung des Rätsels sein. Aber das Manuskript war verschwunden. Das Original offensichtlich gestohlen und wahrscheinlich vernichtet. Die Videoaufnahme ebenfalls. Und was würde die Rede offenbaren? Dass der junge Bamberger oder sein Vater als Täter infrage kamen? Oder vielleicht ein völlig anderer. Welche Namen barg die Rede noch?

Aber da war doch eine Zeitungsmitarbeiterin anwesend gewesen. Vielleicht hatte die ja etwas mitbekommen.

Lohmann schüttete sich noch eine Tasse Kaffee ein und aß seinen Toast. Eigentlich bekam er morgens so kurz nach dem Aufstehen noch nichts (außer Kaffee) in den Magen. Aber eine feste Grundlage brauchte er einfach, um nicht bei der Morgenlage – diesmal mit Oberstaatsanwältin Dr. Bergkamp – durch unpassendes Gluckern und Rumpeln aus dem Magen-Darm-Trakt aufzufallen.

Lohmann und Hiller fanden sich pünktlich um neun Uhr zur obligatorischen Besprechung ein. „Wir müssen unbedingt mit der Zeitungsmitarbeiterin reden, die am Samstag bei der Sitzung war", hatte Lohmann Hiller noch zugeraunt, ehe sie den kleinen Besprechungsraum betraten, in dem sich schon Direktionsleiter Eckhart Altmayer und Oberstaatsanwältin Dr. Caroline Bergkamp eingefunden hatten. Die beiden boten ein echtes Kontrastprogramm. Altmayer, knapp fünfzig Jahre, wirkte trotz seiner eins neunzig Körpergröße etwas gedrungen, eher wie eine etwas weniger voluminöse Ausgabe des „Bullen von Tölz“, während die schlanke und sportliche Dr. Bergkamp mit ihren knapp über eins achtzig problemlos als Lara Crofts Schwester hätte durchgehen können. Kein Wunder: Zwei Marathonläufe pro Jahr setzten entsprechendes Training voraus.

Nach der Begrüßung kam Altmayer gleich zur Sache. „Also, was haben wir?“

„Eine Leiche“, platzte Hiller heraus.

Altmayer sah ihn mit einem Blick an, als habe er ihn eben zum ersten Mal gesehen, und meinte: „Das, Herr Hiller, ist mir schon bekannt. Ich meinte auch: Was haben Sie schon herausgefunden?“

Lohmann räusperte sich. „Der Tote heißt Richard Mühlberg, 54 Jahre, verheiratet. Er wurde Sonntagfrüh gegen halb drei vor dem Pfarrsaal der katholischen Gemeinde in Sinn gefunden. Die Tatzeit konnten wir nach ersten Untersuchungen durch den Notarzt auf zwischen 21 und 23 Uhr eingrenzen. Der Tote wies massive Schädelverletzungen auf, die ihm vermutlich mit einem Eisenteil beigebracht worden waren. Das Eisenteil gehörte anscheinend zu einem kleinen Transportwagen.“

„Ja, und was genau?“ wollte Altmayer wissen. „Ein Kotflügel, eine Achse, ein Auspufftopf?“

„Nein“, warf Hiller ein, „es handelt sich nicht um einen Klein-Lkw, sondern um einen ... ja, wie soll ich das jetzt beschreiben?“

„Geben Sie sich halt Mühe.“

„Lohmann meldete sich. „Also, das ist so ein Wagen, mit dem man Tische oder Stühle, in Sälen halt, transportieren kann. Und das Eisenstück ist die Deichsel. Zum Ziehen eben.“

Altmayer schüttelte den Kopf. „Also, das müssen Sie mir schon genauer erklären. Der Mann wurde mit einer Eisendeichsel erschlagen, an der ein Transportwagen mit Tischen hing?“

Dr. Caroline Bergkamp verzog die Lippen zu einem Schmunzeln.

„Ja, nein, also die Deichsel kann man aufstecken und auch wieder abnehmen“, versuchte Lohmann zu erklären. „Das spart Platz, wenn man den Wagen beispielsweise in einer Ecke abstellt.“

„Aha.“

„Ja, und diese Eisendeichsel ist mutmaßlich das Tatwerkzeug. Wir haben es im Wagen von Tobias Bamberger sichergestellt. Also, Bamberger, das ist derjenige, der den Toten zusammen mit einer jungen Frau gefunden hat. An der Deichsel hat die Spurensicherung Blut- und Knochensplitter festgestellt, die mit sehr hoher Wahrscheinlichkeit vom Opfer stammen. Die Untersuchungen laufen noch. Außerdem konnten wir an der Deichsel Fingerabdrücke sichern, die Tobias Bamberger zuzuordnen sind."

„Das reicht für einen Haftbefehl", meinte die Oberstaatsanwältin.

Lohmann wiegte den Kopf. „Ja, wir haben ihn gestern Abend auch vorläufig festgenommen. Aber es gibt noch andere Fingerspuren am Tatwerkzeug."

„Dann brauchen wir mehr", stellte Dr. Bergkamp fest.

Hiller meldete sich wieder. „Bamberger hat ein Motiv. Der Tote hat am Abend zuvor in einer Karnevalssitzung Bamberger und seinen Vater in einer Büttenrede ziemlich angegriffen und bloßgestellt. Vielleicht gab's dann einen Streit."

„Haben wir die?" schaltete sich Altmayer ein.

„Nein, der Täter muss Mühlbergs Redemanuskript mitgenommen haben. Und die Videoaufzeichnung der Sitzung ist verschwunden."

„Verschwunden?" wunderte sich Altmayer.

„Ja, jemand muss die Videokassetten unbemerkt an sich genommen haben."

„Könnte das der Täter gewesen sein?" fragte Dr. Bergkamp.

„Ich glaube eher nicht", äußerte sich Lohmann. „Derjenige, der Richard Mühlberg erschlagen hat, muss blutbespritzte Kleidung gehabt haben. Der wird nach der Tat kaum in den Saal zurück sein. Wahrscheinlich ist er heimlich weg, um die Kleidung zu vernichten und sich zu säubern."

„Was führt Sie zu der Annahme, die Büttenrede könnte ein Motiv sein?" hakte Dr. Bergkamp nach.

„Wir haben eine Zeugenaussage, dass Mühlberg ziemliches Aufsehen damit erregt hat. Man hat ihm sogar den Ton abgedreht und ihn aus dem Saal geführt. Er hat dem jungen Bamberger vorgeworfen, am Tod von Mühlbergs Tochter schuld zu sein, die vor zwei Jahren bei einem Verkehrsunfall ums Leben gekommen war. Und der alte Bamberger soll das irgendwie gedeckt haben. Aber ..." Lohmann fuhr sich nachdenklich mit dem Daumennagel über die Unterlippe.

„Aber?" kam es unisono von Altmayer und Bergkamp.

„Etwas ist da merkwürdig. In der Nacht wurde bei Mühlbergs eingebrochen. Das Arbeitszimmer wurde durchsucht. Nach ersten Feststellungen hat der Unbekannte ein Notebook und eine Anzahl CDs mitgenommen."

„Sonst nichts? Und was ist daran merkwürdig?" meinte Altmayer. „Vielleicht kam er nicht weiter, weil er durch irgendetwas gestört wurde."

„Kann sein. Aber Computer und CDs. Das könnte darauf hindeuten, dass er etwas Bestimmtes gesucht hat. Zum Beispiel die Datei mit der Büttenrede, um sie zu vernichten. Dann wäre der Einbruch aber von Richard Mühlbergs Mörder verübt worden."

„Und warum wäre das so merkwürdig?" wunderte sich Dr. Bergkamp.

„Weil ich Zweifel hätte, dass das der junge Bamberger war. Ich habe ihn in der Nacht gesehen, als wir am Tatort die ersten Befragungen vorgenommen haben. Der war vor Entsetzen wie gelähmt. Der sah nicht danach aus, als ob er ein oder zwei Stunden später kaltblütig irgendwo einbricht. In dem Fall müssten wir nach einem anderen suchen."

„Trotzdem, die Indizien sprechen zunächst mal für eine Täterschaft von diesem Bamberger. Bislang gibt es ja noch keine Beweise für einen Zusammenhang mit dem Einbruch, oder?" bohrte Altmayer, um sicherzugehen.

„Nein, die Kollegen von der Spurensicherung sind noch bei der Auswertung."

„Wie geht's jetzt weiter?" wollte Altmayer wissen.

„Wir werden zunächst mal zwei Zeugen befragen, die zu Bambergers näherem Umfeld bei der Sitzung zählen. Auch die Journalistin, die für die Zeitung von der Prunksitzung berichten sollte. Dann werden wir uns den jungen Bamberger wieder vornehmen."

„Gut, ich möchte dann heute Nachmittag wieder einen Bericht", sagte Altmayer und wollte die Sitzung beenden.

„Ach, noch etwas", ging Lohmann dazwischen. „Was ist mit der Presse?"

Altmayer sah zu Dr. Bergkamp und dann wieder zu Lohmann. „Was schlagen Sie vor?"

„Ich denke, wir sollten heute nur eine knappe Pressemitteilung rausgeben, dass ein Toter gefunden wurde, Polizei und Staatsanwaltschaft in alle Richtungen ermitteln, ein Tötungsdelikt nicht ausgeschlossen ist und so weiter. Ohne auf Details einzugehen. Kein Hinweis, dass wir einen Tatverdächtigen vorläufig festgenommen haben. Ich würde gerne die weiteren Ergebnisse der Spurensicherung und das Gutachten aus der Gerichtsmedizin abwarten. Das müsste morgen früh vorliegen. Dann könnten wir für morgen, sagen wir elf Uhr, eine Pressekonferenz ansetzen."

Altmayer und Dr. Bergkamp sahen sich an und nickten.

„Machen Sie das so", meinte Altmayer energisch und beendete die Morgenlage.

***

„Weißt du dann, wer den Mühlberg umgebracht hat?" fragte Margret Schnorr mit unterdrückter Stimme Hedwig Sülzner. Sie stand mit Hedwig in der Bäckerei in der Sinner Baumgartenstraße. Während Margret Schnorr schon fertig war, wurde ihre Freundin gerade bedient.

„Nee, ei woher dann?"

„Aber ich!"

„Nee, was? Ei sach's!"

Margret Schnorr beugte sich noch etwas näher zu Hedwig Sülzner.

„De Tobias Bamberger."

„Nee", fuhr Hedwig auf, „der ..."

„Pst, net so laut. Brauch ja net gleich jeder ze wisse. Ja, wenn ich's dir sach. De junge Bamberger."

Hedwig schüttelte ungläubig den Kopf. „Nee, des kann ich gar net glaube. Wie kommst du dann da droff?"

„Ich hab's gehört. Aus erster Hand. Ich tu doch bei dem seine Eltern jeden Tag putze und so weiter. Jedenfalls noch bis Monatsende. Un heut Moin hab ich's gehört. Ich war in de Küch beim Offräume. Un plötzlich hör ich ausm Esszimmer den Alte plärrn. Dene würde er es zeige, des könnte se mit ihm un seim Sohn net mache, hat er geschriee. Dann hab ich gehört, wie sei Frau ihm irgendwas zugezischt hat. Droff isser leiser gewor'n. Aber die Tür war nur angelehnt, und ich bin hingeschliche und hab's gehört. Den Tobias hamm se gestern Nachmittag obe am katholische Pfarrsaal einkassiert. Also die Polizei. Heut Nacht hat er e Zimmer mit Vollpansion in de Dilleburjer Polizeistation gehabt."

„Des gibt's doch net", zeigte sich Hedwig immer noch zweifelnd.

„Ja, doch. Der is festgenommen worn, weil mer bei ihm im Auto e Eisestück gefunne hat, des wahrscheinlich die Tatwaffe is. Un er hat kei Alibi für die Tatzeit. Des hab ich aus dem Gespräch von den beide Bambergers rausgehört."

„Un weiter?“ fragte Hedwig, die ihre Überraschung mittlerweile überwunden hatte und jetzt Feuer und Flamme für die spektakuläre Geschichte war.

„Nix weiter. Ich musst wieder von de Tür weg, weil die Frau Bamberger in die Küch gestiefelt kam. Aber des reicht doch wohl. De Tobias sitzt. Mordverdacht!“

„Also, ich kann's immer noch net glaube. De Tobias! Des ist doch so en nette, gutaussehende junge Mann. Dem möchte mer doch'n Mord gar net zutraue.“

Margret winkte ab. „Ach, offs Aussehn, da geb ich gar nix droff. Wenn ich da an dem Mühlberg sei Tochter denk, des Annika. Des hat der junge Herr Bamberger ja auch offm Gewisse. Ich mein, irgendwie.“

„Ja, da haste auch wieder recht. Angeblich soll's ja en Unfall damals gewese sei. Aber mer hat auch gehört, das se sich selbst umgebracht hat. Aus Liebeskummer. Weeche dem Tobias, dem Schürzejeecher.“

„Des war garantiert Selbstmord. Des Annika war schon immer so e Stille gewese“, sinnierte Gertrud, „mehr so in sich gekehrt. Wie sacht mer dann? E Im-pro-vi-sier-te, oder so. Ich kenn mich mit dene Fachwörter net so aus.“

„Du meinst sicher e In-tro-ver-tier-te.“

„Ja, von mir aus auch des. Aber ich muss jetzt. Um halb eins kommt de Werner zum Mittagesse, un der braucht dann was Kräftiches. Mach's gut, Hedwig, aber sach niemand, des de des mit dem Tobias von mir hast.“

Das schwor ihr Hedwig Sülzner. Aber selbst wenn sie die Absicht gehabt hatte, das gegebene Versprechen auch zu halten, war für die Verbreitung der Neuigkeit gesorgt, war die Büchse der Pandora geöffnet.

Die Bäckereifachangestellte Sandra Tröller, dreiundzwanzig, ledig aber liiert mit Henning Bauer, hatte sich beim Einpacken der Backwaren für Hedwig Sülzner betont unbeteiligt gezeigt, jedoch die Ohren aufgesperrt und dabei zwar nicht immer alle Einzelheiten des Gesprächs der beiden Frauen verstanden, jedoch genug Satzfragmente aufgeschnappt, um den Inhalt zu erfassen. Nur zwei Minuten, nachdem Hedwig Sülzner die Bäckerei verlassen hatte, um noch beim Metzger reinzuschauen, schickte Sandra Tröller eine SMS an ihren nicht eben kleinen Bekanntenkreis. Der kurze Inhalt der Nachricht ließ sich auf einen Kernsatz reduzieren: „Tobias Bamberger hat Richard Mühlberg ermordet und sitzt.“

Margret Schnorr jedenfalls fühlte sich befriedigt. Ein bisschen hatte sie es den Bambergers zum Abschied noch gegeben. Seit fast zehn Jahren arbeitete sie stundenweise im Haushalt mit, um ihre schmale Rente aufzubessern. Sie putzte, machte die Wäsche, kochte oder besorgte den Abwasch, je nachdem, was anlag. Damit Ursula Bamberger ihrer liebsten Freizeitbeschäftigung nachgehen konnte: der Malerei. Die Gemälde, die übers Jahr entstanden, fanden dann regelmäßig eine Öffentlichkeit bei diversen Ausstellungen in Banken, Sparkassen, Gemeinde- und Stadtverwaltungen.

Nur nicht in Hobbyausstellungen. Mit Patchwork, Strickwaren, Serviettentechnik oder Holzschnitzereien wollte Ursula Bamberger ihre Kunst nicht auf eine Stufe stellen. Da sie mit ihren Kreationen „in die Menschheitsseele vordrang“, wie sie es gerne bei Vernissagen charakterisierte, sah sie einen deutlichen Unterschied ihres künstlerischen Schaffens zu denjenigen, die sich – auch das war ihre Einschätzung – quasi auf Ferienspielniveau künstlerischen Gestaltungen hingaben. Wobei Ursula Bamberger die Formulierung „künstlerischen Gestaltungen hingaben“ immer in der Art und Weise aussprach, als ob sie ein lästiges Haar oder einen Fussel von den Lippen spucken wollte. Die einen führten sich eben die Bob-Ross-Methode im Fernsehen auf Bayern Alpha zu Gemüte und gestalteten irgendwelche Landschaften.

Sie, Ursula Bamberger, hatte jedoch besondere Kurse mit als „namhaft“ bezeichneten (aber einer breiten Öffentlichkeit doch eher unbekannten) Künstlerinnen und Künstlern in Südfrankreich, auf Korfu oder in der Toskana besucht, um ihre natürlichen kreativen Anlagen zu verfeinern. Gut, das war mit bis zu zweitausend Euro für eine Woche deutlich teurer als die Kreisvolkshochschule oder die TV-Bob-Ross-Methode. Aber, äußerte sich Ursula Bamberger einmal bei einer Vernissage gegenüber einem Journalisten: Wer wollte das schon vergleichen?

Margret Schnorr grinste, wenn sie an die Kunstwerke dachte, die ihre Noch-Arbeitgeberin fabrizierte. Margret war eher Anhängerin der gegenständlichen Darstellung. Ein Gemälde mit einer alpenländischen Berglandschaft oder einem röhrenden Hirsch konnten ihr mehr sagen als die Farb- und Geometriekompositionen, die Ursula Bamberger mit Acrylfarbe und Pinsel auf Leinwand entstehen ließ.

Und jetzt hatte sie sie auch noch entlassen. Vor einer Woche hieß es einfach: „Danke, Frau Schnorr, ab nächsten Ersten benötige ich Ihre Dienste nicht mehr.“

Und der Grund war ja nicht einmal, dass Frau Bamberger nun die Hausarbeit selbst erledigen wollte. Nein, sie hatte nur eine andere gefunden, die für noch weniger Geld arbeiten würde. Keiner fragte, ob sie, Margret Schnorr, den Verdienst als Putzfrau brauchte, um das bisschen Witwenrente auf einen menschenwürdigen Stand zu heben. Gott sei Dank stand ihr Sohn Werner nach vielen Jahren der Arbeitslosigkeit seit zwei Jahren wieder in Lohn und Brot. Den hatte sie auch lange genug durchgeschleppt.

Ein Haushaltsjob würde sich sicher wieder finden lassen. Fragte sich nur, für welchen Lohn. Aber den Bambergers hatte sie noch eins mit auf den Weg gegeben. Hedwig würde schon dafür sorgen, dass die Nachricht von Tobias Verhaftung die Runde machen würde. Und sie hatte ja nicht mal was Falsches erzählt. Nur das, was der alte Bamberger selbst gesagt hatte. Sie vermied es bei diesem Gedanken, sich klarzumachen, dass das ja gar nicht für ihre Ohren bestimmt war. Konnte sie etwas dafür, dass sie es zufällig und mehr oder weniger unabsichtlich aufgeschnappt hatte? Halbwegs zufrieden kam sie kurz nach dem Elf-Uhr-Läuten zu Hause an.

Die Nachricht von Tobias' Verhaftung machte infolge moderner Kommunikationsmedien noch schneller in Sinn und Umgebung die Runde, als es sich die an die traditionelle Mund-zu-Mund-Übertragung gewöhnte Margret Schnorr vorstellen konnte, hatte aber noch nicht den letzten Winkel des südlichen Dillkreises erreicht, als sie am selben Nachmittag schon wieder überholt war.

***

Als Lohmann und Hiller in ihr Büro zurückkamen, klingelte das Telefon. Lohmann hob ab. Hiller sah, wie er kurz die Augen verdrehte und heftig ausatmete.

„Nein, mein lieber Prohaska, noch nichts Neues. Wir geben heute Nachmittag eine Pressemeldung heraus mit dem aktuellen Stand der Ermittlungen.“

Der Journalist passte Lohmann noch gar nicht ins Konzept. Jedenfalls nicht so früh am Vormittag. Dass sie einen Tatverdächtigen hatten, wollten sie noch nicht rauslassen. Immerhin hatte Tobias Bamberger die Tat noch nicht zugegeben.

„Aber ich kann Ihnen nicht versprechen, dass wir Ihnen da schon mehr mitteilen können als Sie ohnehin schon geschrieben haben. Wir ermitteln im Moment in alle Richtungen."

„Jetz sagens oba net, es kennt' ach a Notwehr g'wesen sein!"

„Unwahrscheinlich, aber nicht auszuschließen. Oder ein Dieb, der sich über die Garderobe hermachen wollte und plötzlich mit dem Mühlberg zusammentraf. Aber das habe ich jetzt nicht gesagt, damit wir uns verstehen."

„Scho recht. Oba wenn ich von dem lebn kennt, wos Sie mir net sogn, wär ich froh."

„Wird schon gehen. Übrigens, mein lieber Prohaska, wer war für Sie, also für die Zeitung, eigentlich bei der Veranstaltung am Samstag in Sinn? Wegen der Berichterstattung."

„Nadja Zimmermann. Eine freie Mitoarbeiterin. Sehr fähig. Fängt im Herbst bej uns ein Volontariat an."

„Gut, mit der würden wir uns auch gerne unterhalten. Wie kann man sie erreichen?"

„Hier bej uuns, wenn's recht ist. Ob zehn Uhr sitzt sie hier und schreibt."

„Prima. Ach ja, für morgen Vormittag um elf Uhr ist hier in der Polizeistation eine Pressekonferenz angesetzt. Wir sehen uns dann. Servus, Herr Prohaska", setzte Lohmann hinzu und legte auf. „So, den hätten wir erst mal bedient."

„Und wie jetzt weiter?"

„Arbeitsteilung, mein lieber Markus. Du nimmst dir mal die junge Frau vor, die am Samstag bei der Veranstaltung zwecks Berichterstattung war. Ich hätte eigentlich schon früher drauf kommen können, aber mir kam da eben so ein Gedanke: Journalisten holen sich doch, um exakter zitieren zu können, oft die Manuskripte von den Rednern. Vielleicht hatte die das ja auch gemacht, und wir kommen so zu der Büttenrede. Könnte ja sein, dass die gar nicht der Täter mitgenommen hat, um irgendwelche Verdachtsmomente zu beseitigen, sondern dass sie der Mühlberg der Journalistin gegeben hat, in der Hoffnung, dass die auch noch aus den ungehaltenen Passagen zitiert."

„Gut", meinte Hiller, „und was machst du?"

„Ich werd mir mal den Henning Bauer vornehmen. Das war doch einer von denen, die Tobias Bamberger zurückhalten mussten, damit er sich nicht auf den Mühlberg stürzte. Wo find ich den noch mal?“

Hiller nahm seinen Block und blätterte in den Notizen. „Im Baumarkt in der Herborner Au.“

Passt ja prima, dachte Lohmann. Dann kann ich ja gleich mal nach einem neuen Grillkamin sehen.

***

Lohmann betrat den Baumarkt eine knappe halbe Stunde nach Sandra Tröllers SMS um kurz nach halb elf. Es war wie jeden Montag die Hölle los. In der Sonntagszeitung waren die Angebotsblättchen und Werbeprospekte mitgeliefert worden. Und nun wollte jeder der Erste sein.

An der Info verwies man ihn in die Garten- und Campingabteilung, wo Henning Bauer arbeitete. Durch eine sich automatisch öffnende Schiebetür gelangte er in den geschlossenen Teil der Abteilung, der ein großer Außenbereich angegliedert war. Lohmann sah Henning Bauer im Gespräch mit zwei älteren Herrschaften, die sich offensichtlich für die Terrakotta-Figuren und auf klassisch getrimmten weißgrauen Statuen interessierten.

Furchtbar, dachte Lohmann, wer stellt sich solch engelsgleiche, posaunenbäckige, nackte Kinderfiguren in den Garten? Pädophile?

Er trat näher zu dem Trio heran und wartete auf eine Lücke im Gespräch, in die er dann mit seinen Fragen hineinpreschen konnte. Doch die Lücke wollte nicht so schnell kommen, die beiden erwiesen sich als ebenso zähe wie unentschlossene Verhandlungspartner.

Eben hatten sie einen dickbäuchigen, grinsenden Buddha aus rotbraunem Material gemeinsam hochgehoben und beäugten ihn kritisch von beiden Seiten.

„Die neue Kollektion kommt erst Anfang März. Das hier ist ein Auslaufmodell, der kommt nicht mehr rein. Deshalb ist er im Preis auch um zwanzig Euro herabgesetzt. Sie sehen, wir haben auch nur noch drei von dieser Sorte“, erklärte Henning Bauer mit betont freundlichem Gesichtsausdruck, dem aber trotzdem anzusehen war, dass er seine Überzeugungsarbeit nicht erst eben begonnen hatte und sich danach sehnte, dass die beiden so langsam mal zu einer Entscheidung kommen sollten.

„Na ja, aber 35 Euro ist ja immer noch eine Menge Geld“, ließ sich der Mann mit einer unangenehm knarzigen Stimme vernehmen. Sein Gesicht mit den nach unten gezogenen Mundwinkeln und dem leicht vorgeschobenen Kinn war die personifizierte Missbilligung. Er trug dunkle, lederne Kniebundhosen, dicke braune Wollstrümpfe und feste Wanderschuhe. Seinen Oberkörper hatte er in einen mit vier Aufsetztaschen versehenen dunkelgrünen Parka gehüllt, und sein überwiegend kahles Haupt bedeckte ein breitrandiger, schwarzer Hut mit Lederband, um den dürren Hals hatte er einen braun-grün karierten Schal geknotet.

„Ja, und der ist ja stellenweise auch ganz grün“, brachte die Frau einen Mangel ins Spiel, der sicherlich noch nicht durch die Preissenkung um zwanzig Euro abgegolten sein konnte. Sie war fast genauso gekleidet wie ihr Mann, nur dass sie anstelle der Kniebundhosen einen dunklen Rock und hohe Lederstiefel trug. Der Hut war identisch.

„Ja, da haben Sie recht“, meinte Bauer, „Die Figuren haben bis zum Herbst üblicherweise im Außenbereich gestanden und dabei ein bisschen ... nun wie soll ich sagen ... Moos angezogen. Aber das ist kein Problem, das bekommen sie mit einer Wurzelbürste und ein bisschen Wasser gut wieder herunter.“

„Soll ich des dann auch noch selber mache?“ knarzte der Mann, als ob man ihm etwas Ungeheuerliches zugemutet hätte. „Und was is, wenn’s doch net so runtergeht. Hab ich schon erlebt. Da schrubbste und schrubbste, und nix passiert.“

„Dafür gibt’s ja auch noch Moosentferner. Biologisch abbaubar. Bekommen sie drinnen, in der Fliesen- und Baustoffabteilung.“

„Ach, und den muss ich dann noch extra bezahle? Oder is der in den 35 Euro drin?“

Lohmann sah, wie Bauer seine ganze Kraft zusammennahm, um freundlich zu antworten: „Nein, der ist nicht im Preis inbegriffen. Aber ich mache Ihnen einen Vorschlag. Wenn Sie die Figur für 35 Euro nehmen, würde ich Ihnen das Moos entfernen.“

„Des wär dann zu überlege“, sagte der Mann und blickte wieder auf die Figur. Lohmann versuchte die Gunst der Stunde, vielmehr der kurzen Pause, zu nutzen und fragte dazwischen: „Herr Bauer, kann ich Sie einen Moment sprechen?“

Der Buddha-Mann hob ruckartig den Kopf und blickte Lohmann mit missbilligendem Blick an.

„Immer schön de Reihe nach, junger Mann. Wie Sie sehe, bedient der Herr uns immer noch. Also warte Sie mal gefälligst, bis Sie dran sind.“

Lohmann zückte seinen Dienstausweis und hielt ihn dem Buddha-Mann vor die Nase. „Darauf kann ich jetzt keine Rücksicht nehmen. Lohmann, Kripo Dillenburg.“

Der Buddha-Mann war zunächst überrascht, auch seine Frau riss erschrocken die Augen auf, aber er wollte das Terrain nicht so ohne weiteres aufgeben und blaffte: „Gehe Sie immer mit ihrem Dienstausweis einkaufe? Is des net Amtsmissbrauch?“

„Nicht wenn es sich um Ermittlungen in einer Mordsache handelt“, erwiderte Lohmann.

„Mord?“ kreischte die Frau des Buddha-Mannes und hielt sich vor Schreck die rechte Hand vor den Mund. Dadurch einer von drei Stützhänden beraubt, verlor der Buddha den Halt und kippte nach hinten weg. Der ebenfalls überraschte Mann reagierte einen Moment zu spät. Die schwere Figur entglitt seinen beiden Händen und zerschellte einen weiteren Moment später mit einem hässlichen Krachen auf dem Fliesenboden in tausendundeins Bruchstücke.

Bei dem Schrei der Frau des Buddha-Mannes hatte sich ein unweit der kleinen Gruppe stehendes und an Dekorationspflanzen interessiertes Paar erschrocken umgedreht. Bei dem unangenehmen Aufschlaggeräusch, das der beinahe verkaufte Buddha erzeugt hatte, wandten auch die restlichen fünfzehn Kunden in der Gartenabteilung den Kopf und starrten auf die vier.

„Mord?“ wiederholte die Buddha-Frau. „Etwa der vom Samstagabend in Sinn? Ich hab’s in der Zeitung gelesen. Hat der junge Mann etwa ...?“

„Nein“, versuchte sie Lohmann zu beruhigen, „aber Sie schauen doch sicher hin und wieder mal im Fernsehen einen Krimi?“

„Hin und widder?“ knarzte der Mann. „Jeden Tag! Unentwegt!“

„Dann wissen Sie doch sicher auch, dass die Polizei auch mögliche Zeugen befragen muss.“

„Ja, hat der junge Mann etwa was gesehen? Den Mord?“

Die Mimik der Frau bei dieser Frage ließ schon deutlich weniger Erschrecken als vielmehr Sensationslust erkennen. Hatte der junge Mann etwa die Bluttat beobachtet? Das wäre ja ein Ding. Wenn sie das heute Abend in der Kegelrunde erzählen könnte: Sie war dabei, als ein Mordzeuge verhört wurde. Doch dieses Wolkenkuckucksheim brach schon in der nächsten Sekunde zusammen.

Lohmann, der sich innerlich verfluchte, sich auf dieses dämliche Gespräch eingelassen zu haben, wiegelte ab. „Schauen Sie sich doch einfach mal weiter die verbliebenen Buddhas an, und lassen Sie mich meine Arbeit machen.“

Und zu Bauer gewandt: „Kommen Sie, wir gehn mal da rüber in den anderen Gang.“

„Koste die auch 35 Euro?“ knurrte der Buddha-Mann den beiden hinterher.

„Ja“, antwortete Bauer.

„Und was is, wenn die auch Moosflecken ham?“

„Mach ich Ihnen sauber. Versprochen ist versprochen.“

Und ehe sie zwischen Regalen mit Grassamen und Düngern verschwunden waren, hörte Lohmann noch, wie der Buddha-Mann selbstzufrieden zu seiner Frau sagte: „Siehste, Bertha, man muss ebbe verhandeln könne.“

„Herr Bauer, Sie waren am Samstagabend auch bei der Karnevalssitzung dabei. Wie war das mit Mühlbergs Büttenrede abgelaufen?“ fragte Lohmann, als sie etwas ungestörter waren.

„Ja, was soll ich Ihnen da sagen?“ gab sich Bauer unschlüssig.

„Die Wahrheit, und nichts als die Wahrheit, alles andere würde mich überfordern“, meinte der Kommissar mit einem gequälten Lächeln.

„Na also, der Mühlberg hat seine Büttenrede begonnen ...“

„Davon gehen wir aus. Wann war das?“

„Das war so gegen halb zehn. Am Anfang klang das noch wie von ihm gewohnt. Aber auf einmal schlug das um. Da nahm er erst den Bürgermeister aufs Korn, der habe was mit Sado-Maso und Dominas am Hut. Und dann nahm er sich Tobias Bamberger und seinen Vater vor. Weil seine Tochter doch vor zwei Jahren bei einem Unfall zu Tode kam.“

„Ist Ihnen da noch was Bestimmtes erinnerlich?“

„Nee, nur Bruchstücke. Es wurde ja immer lauter im Saal. Die Leute waren erst verdutzt, dann verärgert, dass der Mühlberg so deutlich bestimmte Leute durch den Schmutz zog. Es gab ziemlich viele Zwischenrufe. Dann war plötzlich der Ton weg. Ich meine aus den Lautsprechern. Ich hab nur gesehen, dass der Mühlberg noch vorne in der Bütt stand und irgendwas gesagt hat. Was, konnte ich nicht verstehen. Und dann haben sie ihn rausgebracht."

„Wissen Sie, ob jemand mitgekriegt hat, was Richard Mühlberg noch gesagt hat?"

„Nee. Ich nehme an: noch einen Vers. Aber inhaltlich? Keine Ahnung. Wie gesagt, es war ziemlich laut, und der Ton war ja weg."

„Kommen wir mal zu Tobias Bamberger."

„Der sitzt, gell?" grinste Bauer.

„Woher wissen Sie das?"

„Hat mir jemand zugesimst."

„Ge... was?" fragte Lohmann erstaunt.

„Gesimst. Also ne SMS geschickt."

„Ach so", tat Lohmann so als habe er es zunächst akustisch nicht verstanden. Für ihn hatte sein Handy nur zwei Funktionen: die, dass er von überall anrufen konnte, und die, dienstlich jederzeit erreichbar zu sein. Alles andere war für ihn „Fummelkram": neumodisch, überflüssig und lästig.

„Gut, also ne SMS. Und wer hat die Ihnen geschickt?"

„Ne Bekannte. Die arbeitet in einer Bäckerei. Da gibt's Kundschaft. Da wird viel geredet. Und gehört."

„Hm. Also, Tobias Bamberger. Wie hat der auf die Büttenrede reagiert?"

Bauer grinste wieder. „Stinksauer. Der war kaum zu halten. Den Mühlberg haben sie dicht bei uns am Tisch vorbeigeführt. Der Tobi war aufgesprungen und hätte sich mit Sicherheit auf den Mühlberg gestürzt, wenn Thorsten und ich nicht schnell reagiert und ihn zurückgehalten hätten.

„Aha. Und dann? Was geschah weiter?"

„Eigentlich nix. Wir haben drauf geachtet, dass Tobi an seinem Platz bleibt, bis der Mühlberg draußen war. Und noch ungefähr fünf Minuten länger."

„Und dann? Blieb er sitzen? Ging er raus?"

Bauer zuckte mit den Schultern. „Tobi sagte, er müsse mal für kleine Prinzen. Also aufs Klo. Wir haben noch einen Moment gewartet. Und dann durfte er gehen."

„Und wann kam er wieder?"

„Na ja, das war so ungefähr ne halbe Stunde später. Der zweite Teil des Programms hatte schon längst angefangen. So gegen Viertel nach zehn oder halb elf saß er wieder bei uns."

„Entschuldigung, aber so lange braucht man doch nicht für einen Toilettengang. Es sei denn, er hätte Verstopfung gehabt."

Bauer nickte. „Ja, da haben Sie sicher recht, Herr Kommissar. Aber der Andrang in der Pause ist eben besonders stark."

„Hat er etwas zu Ihnen gesagt? Ich meine als Erklärung, warum er solange draußen war."

„Er war Luft schnappen, hat er gesagt. Mehr nicht."

Lohmann dachte kurz nach und fragte dann: „Sie sagten vorhin, Tobias wollte sich an Mühlberg vergreifen. Neigt er zu solchen emotionalen Ausbrüchen, zu Gewalttätigkeiten? Gab es da schon mal was?"

„Sie fragen, ob er Mühlberg getötet haben könnte?" Bauer schüttelte den Kopf. „Glaub ich nicht. Der war natürlich sauer, weil ihn Mühlberg so in der Öffentlichkeit bloßgestellt hatte. Aber Mord? Tobi ist ein Großmaul, aber bestimmt nicht gewalttätig."

Lohmann sah ihm fest in die Augen. „Hm, da haben wir auch schon andere Aussagen gehört. Wie war das denn vor drei Jahren mit Benny Thielmann?"

Bauer stutzte und überlegte.

„Na ja, das war schon ziemlich heftig. Aber da hatten wir auch alle ein bisschen getrunken."

„Etwas genauer würde ich das schon gern wissen, Herr Bauer."

„Also, wir standen mit ein paar Leuten in der Pause der Sitzung draußen und rauchten. Ich sagte zu Benny, er solle auf seine Freundin aufpassen, weil der Tobi schon seine Finger nach ihr ausstrecken würde. Benny meinte, das sei Quatsch. Und dann sagte er, dass Tobi wahrscheinlich nur prahle und damit seine Impotenz verdecken wollte. Das war Spaß, aber er hatte nicht bemerkt, dass Tobi gerade zu uns gestoßen war und hinter ihm stand und die Bemerkung mitgekriegt hat. Da ist ihm der Draht durchgebrannt."

„Was ist dann passiert?"

„Tobi hat Benny von hinten umgeworfen. Der war ja nicht drauf vorbereitet, sonst wär das Tobi gar nicht gelungen. Der hat dann auf den am Boden liegenden Benny zwei- oder dreimal eingetreten und ihn beschimpft. Wir haben ihn dann gepackt und weggezogen."

„So wie am Samstag?“

„Ja, so ungefähr.“

„Und Benny?“

„Der ist dann nach Hause. Und Tobi hat in der Nacht Bennys Freundin vernascht. Daraufhin hat sich Benny von ihr getrennt. Das ist alles.“

„Das ist ziemlich viel.“

„Sie meinen für einen Mord? Ich kann's mir trotzdem nicht vorstellen, das Tobi das gemacht haben soll.“ Bauer schüttelte den Kopf, fügte aber lächelnd hinzu: „Aber ich hab immer gewusst, dass sich Tobi mit seinem Geschnacksel irgendwann in Schwierigkeiten bringt. Aber er hat immer abgewiegelt. Passt scho, hat er gesagt. Na ja, er hätte ja auch einen Anwalt, der ihn nicht einmal was kostet.“

Lohmann wunderte sich. „Viel Mitleid scheinen Sie mit Ihrem Freund ja nicht zu haben.“

„Mitleid?“ fragte Henning Bauer und zeigte ein verwundertes Gesicht. „Mitleid mit Tobias Bamberger? Nee, wirklich nicht. Tobi ist eitel und ein totaler Egoist. Für ihn zählt nur, was ihm nutzt oder Vergnügen bringt. Ihm ist egal, wer dabei den Kürzeren zieht, leidet oder vielleicht vor die Hunde geht. Und Freund? Tobi ist ein Kumpel, mit dem man um die Häuser zieht, was losmacht und Spaß hat. Der ab und zu ne Runde springen lässt, um sich beliebt zu machen. Aber Freund? Zu Freundschaft zählt Vertrauen. Und Tobi würde ich nicht von hier bis zu den Buddha-Freunden um die Ecke trauen. Der lächelt dir freundlich ins Gesicht, und wenn du dich umdrehst, sticht er dir einen Dolch zwischen die Schulterblätter.“

Kaum hatte Henning Bauer das gesagt, erschrak er selbst darüber.

„Ich meine ... also das hab ich jetzt mehr ... symbolisch gemeint. Nicht dass ich ihm einen Mord zutrauen würde.“

„Schon gut“, meinte Lohmann, „das wär's. Fürs Erste. Sollte ich noch Fragen haben, werde ich mich wieder an Sie wenden.“

„Kann ich mich dann jetzt wieder meinen Kunden widmen? Ich meine, wir haben noch zwei intakte Figuren. Bis jetzt“, sagte Bauer mit Blick auf das Ehepaar, das eine weitere Buddha-Figur auf den Händen balancierte. Sie schienen noch immer unentschlossen, und der Mann begutachtete die Figur mit leicht zusammengekniffenen Augen nach etwaigen Moosspuren.

„Ja, klar. Danke, Herr Bauer. Auf Wiedersehen.“

Lohmann ging und sah nach ein paar Metern mit einem kurzen Blick über die Schulter, dass sich Bauer wieder mit den beiden älteren Herrschaften auseinandersetzte.

Was hätte wohl Konfuzius in dieser Situation gesagt, dachte er und verließ den Baumarkt. Er rief Hiller an.

„Na, Walter, gibt's was Neues?" fragte Hiller.

„Grillkamine kommen erst Anfang März rein", antwortete der.

„Hä?"

„Spaß beiseite. Es gibt da schon was, wenn auch nichts wirklich Neues. Tobias Bamberger muss wohl vor drei Jahren mal einen Bekannten ziemlich zusammengeschlagen haben, weil der ihn beleidigt hatte. Der Bauer hat das bestätigt, hält den Bamberger aber nicht für fähig, einen Mord zu begehen. Aber er sagte, dass der Bamberger erst deutlich nach Ende der Pause wieder zurück in den Saal kam. Angeblich, um Luft zu schnappen."

„Na, das ist doch schon was."

„Und wie war's bei dir, mit der Journalistin?"

„Nichts Wesentliches. Sie hat den Mühlberg zwar nach seinem Redemanuskript gefragt, aber der hat das nicht rausgerückt. Den Rest erzähl ich dir hier."

„Okay, ich komm jetzt wieder rüber. Übrigens: Dass Tobias Bamberger die Nacht bei uns logiert hat, macht schon die Runde. Irgendwer muss es irgendwie aufgeschnappt haben und summt es jetzt herum."

Hiller stutzte. „Wie? Summt es jetzt herum? Meinst du singen? Also im Sinne von verraten?"

Lohmann war etwas verwirrt. „Wieso singen? Nein, summen. Da summt einer die Nachricht herum. Herrgott Hiller, du weißt doch, was ich meine. Mit einem Handy. Halt gesummt!"

Hiller grunzte. „Ach, du meinst gesimst. Da hat jemand ne SMS verschickt."

„Sag ich doch. So, und den Rest nachher!"

Lohmann beendete das Gespräch, ohne sich zu verabschieden. Dass er sich wieder einmal im Dschungel dieser neumodischen Medien verheddert hatte und Hiller, dieser Jungspund es natürlich besser wusste, ärgerte ihn. Blödes, neumodisches Gefummel, dachte er.

Gegenüber in der Bäckerei holte er sich zwei mit Salami und Mortadella belegte Brötchen und schlenderte in Gedanken an sein Gespräch mit

Bauer zu seinem Wagen, als er durch ein zornig geführtes Zwiegespräch aus seinem Nachdenken gerissen würde. Sein Blick fiel auf einen grauen Opel Vectra älteren Baujahrs, dessen Kofferraumklappe offen stand. Vor dem Kofferraum standen, wild gestikulierend, der Buddha-Mann und seine Frau in angeregtem Dialog, der durch gegenseitige Vorwürfe gekennzeichnet war. Unterhalb des Kofferraums, auf dem Teer des Parkplatzes, sah Lohmann eine Art terrakottafarbenes Granulat. Die steinernen Überreste eines der beiden letzten überlebenden Buddha der auslaufenden Serie des Baumarkts. Asche zu Asche, Staub zu Staub, Erde zu Erde, dachte Lohmann angesichts der ihm heute schon doppelt vor Augen geführten Vergänglichkeit.

Der griesgrämige Buddha-Mann war mittlerweile anscheinend zu dem Schluss gekommen, das ein weiterer Streit mit seiner Frau für die Frühjahrsdekoration ihres Gartens nichts bringen würde, fegte den tönernen Abfallhaufen mit einer wütenden Fußbewegung zur Seite, knallte die Kofferraumklappe zu und stapfte wieder Richtung des großen Eingangs. Seine Frau folgte ihm zeternd. Offensichtlich war der Griesgram nun wild entschlossen, nochmals 35 Euro für eine Terrakotta-Buddha-Figur inklusive Moosreinigung auszugeben. Doch es sollte nicht zum Äußersten kommen.

Lohmann sah, wie sich die große Rolltür des Haupteingangs öffnete und ein junges Pärchen den Baumarkt verließ und fröhlich in den sonnigen Spätvormittag tänzelte, der nach einer langen Frostperiode endlich Temperaturen oberhalb des Gefrierpunktes versprach und einen Vorgeschmack auf den kommenden Frühling vermittelte. In dem auf dem harten Teerboden laut rasselnden Einkaufswagen, den der Mann vor sich her schob, thronte auf einem Untergrund aus Säcken mit Pflanzerde – der letzte Terrakotta-Buddha.

Der mürrische Mann in den Kniebundhosen schaute den beiden überrascht und mit einem beinahe hasserfüllten Blick nach. Wie ein Hund, dem ein anderer Köter trotz allen abwehrenden Knurrens den Knochen vor der Nase weggeschnappt hatte, ohne das er etwas dagegen tun konnte.

Lohmann schüttelte den Kopf. Jetzt erst mal diesen Mordfall abschließen, dachte er und fuhr zurück nach Dillenburg.

***

Hiller war erfreut, dass er die Journalistin befragen sollte. Er hatte in der Redaktion angerufen, um sich nach ihr zu erkundigen. Sie war dort und arbeitete an dem Bericht über die Karnevalssitzung vom Samstag. Er wurde gleich zur ihr durchgestellt. Als sie sich meldete, blieb ihm fast die Sprache weg, so fasziniert war er von ihrer sanften Stimme. Auf dem Weg zur Redaktion, die nur wenige hundert Meter von der Polizeistation entfernt war, malte er sich in Gedanken aus, wie sie wohl aussehen mochte. Ihr Alter schätzte er auf Mitte zwanzig. Sie hatte die Worte fast gehaucht, weich und ruhig. Sicher war sie klein und zierlich. Und mit Sicherheit blond gelockt und ein bisschen blass.

Als Hiller in der Redaktion den Raum betrat, in dem Nadja Zimmermann gerade über ihrem Artikel über die Prunksitzung brütete, begrüßte ihn eine junge Frau, die das genaue Gegenteil seiner Vorstellungen war. Gut, Mitte zwanzig war so tatsächlich. Aber Nadja Zimmermann war nicht klein, blass, zierlich und blond, sondern groß, schlank, hatte pechschwarze Haare und ein gebräuntes Gesicht, als sei sie gerade erst aus dem Skiurlaub zurückgekehrt. Für einen Moment starrte er sie überrascht an.

„Herr Hiller? Guten Tag“, hörte er ihre sanfte Stimme wieder. „Bitte, setzen Sie sich doch“, sagte sie und deutete auf den Schreibtischstuhl gegenüber.

Er riss sich zusammen. Er war dienstlich hier, schließlich wollte er etwas von ihr wissen.

„Guten Tag, Frau Zimmermann“, grüßte er und setzte sich. „Ja, ich komm dann mal gleich zur Sache.“

Sie sah ihn lächelnd an, und er spürte ihr gegenüber schon wieder ein Gefühl von Verlegenheit.

„Es geht um den Toten von Samstagabend“, fuhr er fort. „Sie waren doch in der Sitzung gewesen, um darüber zu berichten.“

Sie nickte, und er musste sich räuspern.

„Äh, ja, wie war das mit der Büttenrede von Herrn Mühlberg gewesen? Also genauer gesagt, ab der Stelle, die die Bambergers betraf.“

„Tja, ich war ja auch etwas erstaunt. Beim Karneval geht’s ja in den Büttenreden auch schon mal deftig zur Sache. Aber der Bürgermeister und die Sado-Maso-Praktiken? Da hab ich gedacht: Holla, der geht aber ganz schön zur Sache, hier ist die Gürtellinie aber tief gezogen. Dann kamen die Passagen mit den Bambergers. Moment ...“ Sie griff zu ihren Notizen. „Ich hab den genauen Wortlaut, weil ich die Rede mitstenografiert habe.

„Stenografiert?“ staunte er. „Ist aber ne ziemlich selten gewordene Fähigkeit.“

„Ja. Hab ich aber mal gelernt. Also: Da sitzen sie, die Biedermeier, schaukeln befriedigt ihre Eier. Benimmt sich einer mal daneben, dann kostet’s eben mal ein Leben.“

„Moment, Frau Zimmermann“, unterbrach sie Hiller, zückte seine Visitenkarte aus der Jackentasche und reichte sie ihr rüber. „können Sie mir das aufschreiben und zumailen?“

„Ja, klar.“

„Was passierte dann?“

„Also, beim Bürgermeister und der Domina ging das schon langsam los. Es kamen immer mehr Zwischenrufe, es wurde gebuht und gepfiffen. Plötzlich war der Ton weg. Der Mühlberg redete zwar noch weiter, aber das konnte ich nicht mehr verstehen, obwohl ich ganz vorne saß. Es war doch ziemlich unruhig geworden, um es mal milde auszudrücken. Dann haben sie den Mann nach draußen gebracht.“

„Und was haben Sie gemacht?“

„Ich bin hinterher. Ich wollte natürlich wissen, was da los war, dass er so vom Leder gezogen hatte. Aber das war gar nicht so einfach, da hinterher zu kommen. Viele Leute waren aufgestanden und beleidigten den Mühlberg. Wenn Sie wollen, kann ich Ihnen die Schimpfworte und Unflätigkeiten gerne nennen.“

Er schüttelte den Kopf. Aus ihrem Mund wollte er die nicht hören.

„Vielleicht ein anderes Mal. Und was war dann?“

„Der Mühlberg war dann draußen, und die Meute kam mir wieder entgegen. Also kam ich wieder nicht vorwärts. Ich dachte, ich geh dann erst mal wieder zurück in den Saal. Da kam mir der Bamberger entgegen. Wie eine Dampfwalze. Ich sprach ihn an, und fragte, ob er mir etwas zu der Büttenrede sagen würde. Kein Kommentar, blaffte er mich an und walzte weiter. Später, gegen Ende der Pause, als sich die Lage ein bisschen beruhigt hatte, bin ich dann raus und traf den Mühlberg allein unten vor dem Saal. Ich fragte ihn, ob ich sein Redemanuskript bekommen könnte. Ich wollte ja auch gerne den ungehaltenen Teil kennen lernen. Er lächelte und schüttelte den Kopf. Das Manuskript wolle er nicht aus der Hand geben, aber ich könnte ihn am Montag anrufen, dann könnte er mir einiges erzählen. Ich hab dann seine Telefonnummer notiert und bin wieder rein. Und dann ging das Programm weiter."

„Ist Ihnen sonst irgendwas aufgefallen? Oder irgendjemand?"

„Nein, nicht dass ich wüsste."

„Dann sind Sie wahrscheinlich die Letzte, die mit Mühlberg gesprochen hat, bevor er getötet wurde", sagte Hiller nachdenklich und dachte schon über die möglichen Konsequenzen nach, die mit dieser Tatsache zusammenhingen. Und die gefielen ihm gar nicht. Was, wenn der Täter sie bei ihrem Gespräch mit Mühlberg beobachtet hatte?

„Und jetzt schreiben Sie einen Bericht darüber?"

„Ja, und ich tu mich ziemlich schwer. Ich meine, die Büttenrede von diesem Mühlberg steht ja wahrscheinlich in Zusammenhang mit seiner Ermordung. Es ist doch Mord? Jedenfalls weiß ich nicht, wie ich es formulieren soll. Ich kann ihn ja nicht unter den Tisch fallen lassen. Aber ich will auch nicht schreiben, dass der ne Büttenrede hielt und kurz darauf tot war. Ich meine, da sind ja auch Angehörige, die trauern. Und hier in der Provinz, da kennt man sich ja auch. In solchen Fällen nennen wir ja normalerweise die Namen nicht. Ach, das ist schwierig."

„Klingt nicht nach Sensationsjournalismus und der Zeitung mit den vier großen Buchstaben", schmunzelte Hiller.

„Nee, das ist wirklich nicht mein Ding."

„Sie schaffen das, da bin ich mir ganz sicher", nickte er ihr aufmunternd zu. Sie dankte ihm mit einem Lächeln.

Er verabschiedete sich von ihr, und das Auf Wiedersehen, das sie mit ihrer sanften Stimme hauchte, löste bei ihm ein merkwürdiges Kribbeln im Bauchraum aus. Waren das Schmetterlinge? Hör auf zu träumen. Mit Sicherheit hat sie einen Freund. Es wäre wie immer. Er würde sich verlieben, und wenn es dann zum Offenbarungseid käme, würde sie fragen, ob sie nicht einfach nur dicke Freunde sein könnten. Aber dicke Freunde brauchte er am wenigsten. Die könnte er an jedem Stammtisch finden. Mit einem Seufzer machte er sich wieder auf den Weg ins Büro, wo er mit Lohmann nach dessen Rückkehr aus dem Baumarkt den neuesten Stand der Ermittlungen abglich.

***

Tobias Bamberger saß wieder auf dem Stuhl vor Lohmanns Schreibtisch, neben ihm sein Vater, der seine Blicke ärgerlich durch das Büro schweifen ließ. Hiller saß an seinem Tisch und blätterte in einer Akte. Ein uniformierter Beamter stand an der Tür. Toni Bamberger wurde langsam ungeduldig. Jetzt saßen sie schon zwanzig Minuten hier, und nichts passierte. Wo war eigentlich dieser arrogante Hauptkommissar, Lohmann oder wie er hieß?

„Wie lange soll das denn noch dauern?“ platzte die Verärgerung aus ihm heraus.

„Bis mein Kollege wieder da ist. Es kann sich nur noch um wenige Minuten handeln“, antwortete Hiller.

„Das haben sie vorhin auch schon mal gesagt. Ich werde ...“

Doch was er machen würde, sollte vorerst Toni Bambergers Geheimnis bleiben, denn in diesem Moment öffnete sich die Tür, Lohmann kam herein und grüßte. In der Hand hatte er eine Akte, die er auf seinen Schreibtisch legte.

„Na endlich. Ich finde es äußerst ungehörig, uns hier so lange warten zu lassen, nachdem mein Sohn schon eine Nacht in einer Ihrer Zellen verbringen musste. Unschuldig, wie ich betone.“

Lohmann ließ sich nicht aus der Ruhe bringen. Er sah Bamberger an und fühlte sich angesichts des kugelrunden Sitzungspräsidenten an den Terrakotta-Buddha erinnert, der vor einer halben Stunde in doppelter Ausfertigung an der harten Wirklichkeit zerschellt war. Nur Bambergers wütendes Gesicht und sein Bart hatten so gar nichts mit der zufrieden lächelnden Figur gemein, die den Eindruck erweckte, sie habe mindestens einen Joint geraucht, bevor sie einem namenlosen Künstler irgendwo auf dieser Welt Modell gesessen hatte oder von einem Computerprogramm als Vorlage ausgespuckt worden war.

Auf Bambergers Bemerkung erwiderte Lohmann: „Das wird sich zeigen. Im Moment sehen wir das aufgrund der Indizienlage etwas anders.“

Lohmann wandte sich direkt an Tobias: „Herr Bamberger, bislang haben Sie uns noch kein Alibi für die Tatzeit liefern können. Ich habe hier eine Aussage“ – er deutete auf die mitgebrachte Akte – „wonach Sie erst eine gute halbe Stunde nach Ende der Pause wieder an ihrem Platz im Saal waren. Das wäre zwischen 22.15 und 22.30 Uhr gewesen. Sie waren also in der Zeit, in der Richard Mühlberg erschlagen wurde, abwesend. Ich frage Sie noch einmal. Können Sie jemand benennen, der Sie in dieser Zeit gesehen hat und der bestätigen kann, dass Sie mit dem Mord nichts zu tun haben?"

Tobias blickte stier vor sich nieder.

„Mein Sohn ist kein Gewalttäter", beharrte Toni Bamberger und schlug sich wie zur Bekräftigung mit den flachen Händen auf seine Oberschenkel.

Lohmann sah ihn kurz an, dann wieder zu Tobias.

„Wer ist Benny Thielmann?"

Tobias sah ihn überrascht an, fuhr sich mit der Zunge über die trockenen Lippen. „Ein früherer Klassenkamerad", kam es heiser über seine Lippen.

„Den Sie zusammengeschlagen haben. Vor drei Jahren. Erinnern Sie sich?"

„Was heißt denn hier zusammengeschlagen?" donnerte der alte Bamberger dazwischen. „Das war eine harmlose Rauferei, wie sie unter jungen Leuten vorkommen kann."

Lohmann bedachte ihn nur mit einem kurzen, wütenden Blick. „Harmlos! Harmlos? Bei Ihnen ist alles immer nur harmlos. Und am Ende endet's mit Körperverletzung und Mord, oder was?"

Er wandte sich wieder zu dem Jungen.

„Laut Aussage eines Augenzeugen haben Sie Benny Thielmann aus gekränkter Eitelkeit von hinten angegriffen, zu Boden geworfen und auf den Wehrlosen mehrfach eingetreten. Sie mussten von anderen, die dabei waren, zurückgehalten werden, um Thielmann nicht schwerer zu verletzen. Zurückgehalten! So wie am Samstag, als Sie sich nach übereinstimmender Aussage mehrerer Zeugen auf Richard Mühlberg stürzen wollten. Weil Sie wütend auf ihn waren. Weil Sie sich nicht mehr unter Kontrolle hatten. Hatten Sie sich dann wenig später, draußen vor dem Pfarrsaal, als Sie allein mit Mühlberg waren, auch nicht unter Kontrolle? Haben Sie zugeschlagen? Einmal, zweimal, dreimal, viermal? Haben Sie Richard Mühlberg getötet, Herr Bamberger?"

„Nein, nein, nein", schrie Tobias und sah Lohmann an, „nein, ich war es nicht, ich hab ihn nicht umgebracht! Ich war sauer auf ihn. Aber ich hab ihn nicht umgebracht!"

Toni Bamberger wollte erneut dazwischengehen, doch Lohmann fuhr fort: „Eine andere Frage: Wann sind Sie gestern Nacht nach der Entdeckung des Toten nach Hause?"

„Kurz nachdem Sie den Pfarrsaal verlassen hatten“, antwortete der alte Bamberger. „Wir sind dann alle nach Hause.“

„Ihr Sohn ist mit Ihnen und Ihrer Frau nach Hause? Was war dann?“

„Na, was schon. Mein Sohn und meine Frau sind sofort ins Bett. Ich hab noch was getrunken und über die Sache nachgedacht. Dann bin ich auch schlafen gegangen.“

„Wann war das?“

„Wir sind gegen vier Uhr nach Hause gekommen, und ich bin gegen fünf ins Bett.“

„Wann sind Sie und Ihre Frau wieder aufgestanden?“

„Gegen halb neun, meine Frau ne halbe Stunde früher. Sagen Sie, was soll die Fragerei?“

„Sie hätten also zwischen etwa fünf und acht Uhr nicht bemerkt, wenn Ihr Sohn das Haus verlassen hätte?“

„Nein, wieso? Was soll das? Wollen Sie ihm noch was andichten?“

„Ich möchte ihm gar nichts andichten. Aber in der Nacht von Samstag auf Sonntag wurde ein Einbruch in Richard Mühlbergs Haus verübt.“

„Ach, und das soll Tobias auch gemacht haben“, brach Toni Bamberger in ein sarkastisches Grunzen aus.

„Gestohlen wurden ein Notebook und mehrere CDs.“

„Aha, interessant. Und was hat das mit meinem Sohn zu tun, wenn ich fragen darf?“

„Es könnte sein, dass da jemand nach dem Original der Büttenrede gesucht hat, um zu verhindern, dass die uns in die Hände fällt und wir unsere Schlüsse daraus ziehen könnten.“

„Ich war das nicht, ich war zu Hause, ich hab geschlafen“, stieß Tobias hervor, während er weiter wie geistesabwesend vor sich hin starrte.

„Moment mal“, fuhr sein Vater dazwischen, „versteh ich Sie richtig: Der Mörder hat den Einbruch in Mühlbergs Haus verübt? Und das sagen Sie erst jetzt? Nachdem mein Sohn eine ganze Nacht in einer Ihrer beschissenen Zellen verbringen musste, obwohl Sie wissen mussten, dass er das nicht gewesen sein konnte? Das ist ja ...“

„Nun mal wieder etwas ruhiger, Herr Bamberger. Erstens werden unsere Zellen nach jedem Gebrauch gereinigt. Selbst am Wochenende. Zweitens hat Ihr Sohn weder für die mutmaßliche Tatzeit noch für drei Stunden am frühen Morgen ein Alibi und könnte sehr wohl bei Mühlbergs eingedrungen sein ...“

„Sie haben ihn doch gestern Nacht gesehen“, platzte Bamberger dazwischen, „glauben Sie wirklich, dass er in diesem Zustand einen Einbruch begehen könnte? Er war zu Hause. Dafür lege ich meine Hand ins Feuer“, zischte Bamberger.

Pass auf, dass du sie dir dabei nicht verbrennst, dachte Hiller.

„Und drittens“, fuhr Lohmann unbeirrt fort, „habe ich von der Möglichkeit eines Zusammenhangs gesprochen. In den letzten Tagen hat es im Raum Sinn, Mittenaar und Herborn eine Reihe von Einbrüchen gegeben. Es kann durchaus sein, dass die beiden Taten zusammenhängen. Es kann aber auch sein, dass der Einbrecher ein anderer ist als der Mörder von Richard Mühlberg. Dass er durch irgendetwas oder durch irgendwen gestört wurde, von einem weiteren Durchsuchen der Räume absah und lediglich das Notebook und die CDs mitnahm. Dann wäre Ihr Sohn nach wie vor der Hauptverdächtige: Kein Alibi, ein Motiv und seine Fingerabdrücke am Tatwerkzeug, das in seinem Kofferraum gefunden wurde. Sie sehen, mit Glauben hat das wenig zu tun. Ich muss mich an die Fakten halten. Und die sprechen nun mal gegen Ihren Sohn. Das sieht die Staatsanwaltschaft übrigens genauso. Sie wird heute Nachmittag beim Haftprüfungstermin Haftbefehl gegen Tobias Bamberger beantragen, wegen des Verdachts, Richard Mühlberg am Samstagabend getötet zu haben. Es sei denn, Ihr Sohn kann einen glaubwürdigen Zeugen benennen, der bestätigen kann, dass er zur Tatzeit nicht am Tatort war.“

„Keinen Zeugen“, ließ sich da plötzlich Tobias vernehmen, der immer noch den Blick auf den Boden richtete. „Eine Zeugin!“

Er blickte auf und sah Lohmann an.

„Ich habe Ihnen etwas zu sagen.“

„Na, da bin ich aber mal gespannt.“

Lohmann lehnte sich in seinem Stuhl zurück und blickte Tobias auffordernd an, während der alte Bamberger überrascht und auch ein wenig ängstlich zu seinem Sohn sah. Der atmete noch einmal tief durch.

„Es gibt jemanden, der bezeugen kann, dass ich zur fraglichen Zeit nicht am Tatort gewesen sein kann.“

Lohmann setzte sich wieder auf.

„Aha, und wer?“

„Janette. Janette Geiersdörfer.“

Lohmann sah ihn auffordernd an, sagte aber nichts.

„Ich war mit ihr zusammen.“

„Wie zusammen?“

„Na, wie wohl? Also, das war so: Henning und Thorsten, also Henning Bauer und Thorsten Müller, hatten mich zurückgehalten. Damit ich Richard nicht folgte. Ich war stinksauer. Und die beiden befürchteten wohl, dass ich ... einen Fehler mache. Sie hielten mich bis weit nach Beginn der Pause zurück. Ich sagte, ich müsste mal aufs Klo, aber sie ließen mich erst gehen, als Eberhard und Herbert zurückkamen. Sie hatten Richard nach draußen gebracht. Ich bin dann raus, zur Toilette. Anschließend, gegen Ende der Pause, bin ich rauf in den Kostümraum. Ich wollte mich umziehen.“

„Gibt’s dafür Zeugen?“ wollte Lohmann wissen.

„Keine Ahnung. Glauben Sie, ich hätte jemand mitgenommen?“

Wenn sie jung und attraktiv ist, hatte Hiller auf den Lippen, verkniff sich aber die Bemerkung.

„Warum wollten Sie sich umziehen?“ fragte Lohmann.

„Ich hatte ziemlich am Anfang der Sitzung in der Bütt gestanden. Als Eintagsflieger nach Mallorca. Da hatte ich so ein buntes T-Shirt und Shorts an. Die wollte ich gegen mein Schottenkostüm tauschen. Also, ich bin rauf und hab mich ausgezogen. Auf einmal ging die Tür auf. Ich dreh mich um, und da steht Janette. Sie schaut mich mit großen Augen von oben bis unten und wieder zurück an und sagt: Na, das ist ja mal ein erhebender Anblick. Dann hat sie die Tür hinter sich geschlossen und den Schlüssel umgedreht.“

„Was wollte sie dort?“

„Keine Ahnung. Vielleicht sich nachschminken. Vielleicht ist sie mir auch einfach nachgegangen.“

„Und dann?“

„Ja, was wohl? Wir haben es gemacht. Janette ist ein heißer Feger, da brauchen Sie ein Beatmungsgerät. Aber sie ist mit einem Mann verheiratet, der so satte fünfzehn Jahre älter ist als sie und der sich nur für Gewinn- und Verlustrechnungen interessiert. Und dabei kommt Janette eben ein bisschen zu kurz. Er braucht sie hauptsächlich zum Repräsentieren: Schaut her, was ich mir für eine tolle Frau leisten kann. Dafür lebt Janette in einem gewissen Luxus. Aber Geld befriedigt eben nicht alles. So hat sie’s mir jedenfalls erzählt.“

„Und da haben Sie eben für die ausgleichende Gerechtigkeit gesorgt?“

„Ja, aber danach war sie nicht mehr ganz so locker. Als sie wieder etwas ruhiger geatmet hat, hat sie mich eindringlich aufgefordert, bloß nichts davon zu sagen.“

„Warum sollten Sie?“

„Sie hatte wohl Angst, dass ich damit prahlen würde.“

„Hätten Sie?“

Tobias schüttelte den Kopf. „Nee, wirklich nicht. Ich meine, mit den anderen Mädels war das was anderes. Aber bei einer verheirateten Frau? Nee. Und erst recht nicht bei Janette.“

„Warum?“

„Ihr Mann, Manfred Geiersdörfer, ist ziemlich eifersüchtig. Sie muss wohl schon mal was mit einem anderen gehabt haben, und er hat’s rausgekriegt. Da hat er ... zugeschlagen. Sie hat ein paar Tage ne Sonnenbrille getragen und immer dick Schminke aufgelegt, aber den Bluterguss hat man trotzdem gesehen. Deshalb hat sie mich inständig gebeten, niemandem etwas von unserem ... Zusammensein zu erzählen.“

„Und deshalb haben Sie lieber eine Nacht in der Zelle zugebracht, als Ihr Ehrenwort zu brechen“, schmunzelte Lohmann mit erkennbarer Ironie, die Tobias aber übersah.

„Genau“, antwortete der mit deutlichem Stolz in der Stimme.

„Und dann? Ich meine, nachdem Sie es gemacht hatten?“

„Dann? Wir haben uns wieder angezogen und sind runter in den Saal. Sie ging zuerst, und ich hab noch ein paar Minuten gewartet, damit es nicht so aussah, als ob wir ... zusammen kommen. Aber das wäre eigentlich egal gewesen. Die Leute achteten eh auf das Programm, und ihr Mann war gerade nicht da. Wahrscheinlich auf dem Klo.“

„Und warum haben Sie uns das nicht schon gestern mitgeteilt?“

„Ich hatte doch Janette versprochen, nichts von unserem Treffen zu sagen.“

„Und jetzt?“

„Eine Nacht in Ihrer Zelle genügt mir. Und vielleicht reicht es ja auch, wenn sie meine Aussage bestätigt, ohne dass ihr Mann was von der Sache erfährt.“

Lohmann erhob sich. „Ja, das kann ich natürlich nicht versprechen. Wir werden Ihre Aussage jedenfalls überprüfen. Bis dahin bleiben Sie unser Gast.“

Tobias nickte und folgte dem Beamten, der ihn wieder zurück in seine Zelle brachte, während sein Vater wortlos das Büro verließ.

„Ich wundere mich, warum wir den nicht tot aufgefunden haben", meinte Lohmann. „Bei diesem Beziehungsvernichter würden wir wahrscheinlich zehn potenzielle Täter finden, während wir bei Mühlberg mehr oder weniger im Dunkeln tappen."

„Ja, der Kerl hat ziemlich viel verbrannte Erde hinterlassen. Würde auch mich nicht wundern, wenn wir den irgendwann auf dem Tisch haben."

„Erst mal müssen wir jetzt hier einen Täter finden."

„Und wenn doch jemand dem jungen Bamberger das Eisen in den Kofferraum gelegt hat?" gab Hiller zu bedenken.

Lohmann schüttelte den Kopf. „Wer anders sollte das getan haben als der Täter?"

„Eben. Wenn er den jungen Bamberger belasten wollte. Aus Rache."

„Nee, nee. Ich kann mir nicht vorstellen, dass jemand den Mühlberg umbringt, um den Verdacht auf Bamberger zu lenken. Dazu gehört ziemlich viel kriminelle Energie."

„Na ja", wandte Hiller ein, „warum nicht? Wenn Menschen in der Lage sind, Schwächere so lange zu traktieren, bis sie sich selbst das Leben nehmen."

„Du meinst Mobbing im Beruf?"

„Nein, ich spreche nicht von Erwachsenen. Ich meine Kinder, Jugendliche, die ihre Mitschüler oder Mitschülerinnen zu einer Art Freiwild erklären und nach Strich und Faden runterputzen und lächerlich machen, bei jeder Gelegenheit bloßstellen, bis die keinen anderen Ausweg mehr sehen, als sich das Leben zu nehmen, um den permanenten Demütigungen zu entgehen. Da steckt auch eine Art kriminelle Energie dahinter. Warum sollte es ausgeschlossen sein, dass jemand Richard Mühlberg tötete, um es Tobias Bamberger in die Schuhe zu schieben? Um sich an ihm zu rächen!"

Lohmann wiegte den Kopf. „Ja, ausgeschlossen ist das sicherlich nicht. Aber ich glaube, wir haben es hier eher mit einem Täter zu tun, der ein Motiv hat, gerade Mühlberg zu töten. Ich denke, wir sollten uns jetzt mal Frau Geiersdörfer widmen."

In diesem Moment platzte Gabi, die Sekretärin, ins Zimmer.

„Tschuldigung“, sagte sie, „Aber draußen ist eine Frau Geiersdörfer, die euch unbedingt sprechen möchte.“

Lohmann und Hiller sahen sich überrascht an.

„Dann herein mit ihr“, sagte Lohmann.

Gabi nickte.

Kurz darauf trat Janette Geiersdörfer ins Büro, und Lohmann dachte: Ich bräuchte kein Beatmungsgerät. Nicht, weil sie nicht sein Typ gewesen wäre. Sie war groß, schlank, sportlich, hatte kurze, strohblonde Haare – ein Traum! Für Eintagsflieger wie Tobias Bamberger. Nicht für Lohmann, der schon in so viele Gesichter geblickt hatte. Janette Geiersdörfer hatte etwas im Blick, das auf den gleichen Egoismus schließen ließ, den Tobias Bamberger an den Tag legte.

„Guten Tag, Frau Geiersdörfer, nehmen Sie bitte Platz“, forderte sie Lohmann auf und wies auf den Stuhl vor seinem Schreibtisch.

Sie grüßte zurück, nickte und setzte sich.

„Nun, Frau Geiersdörfer, was führt Sie zu uns?“

Sie atmete kurz durch und stieß dann hervor: „Ich möchte Sie vor einem Fehler bewahren. Tobias ist unschuldig. Er hat Richard Mühlberg nicht umgebracht.“

Lohmann sah sie erstaunt an. „Wie kommen Sie darauf, dass wir Tobias Bamberger beschuldigen?“

„Ich weiß es eben. Sie haben ihn gestern im Pfarrsaal mitgenommen. Das ist ja nicht verborgen geblieben. Außerdem hat es mir ... hat es mir jemand gesimst.“

„Aha, eine SMS“, stellte Lohmann fest, runzelte die Stirn und dachte: Blöde moderne Kommunikationstechnik. „Von wem?“

„Das ist doch nicht wichtig. Wichtig ist nur, dass Tobias unschuldig ist.“

„Und das können Sie bezeugen?“

„Ja!“

„Na schön, kommen wir auf den Samstagabend zu sprechen. Der Mord ist gegen 22 Uhr passiert. Wo waren Sie da?“

Janette zögerte. Dann: „In der Kostümkammer. Mit Tobias.“

„Wie lange?“

Wieder zögerte sie einen Moment. „Etwa eine halbe Stunde.“

„Wie ist das abgelaufen? Ich meine, das mit Ihnen und Tobias Bamberger.“

Janette Geiersdörfer zuckte mit den Schultern. „Na, das war gegen Ende der Pause. Ich kam von der Toilette und sah im Flur, wie Tobi die Treppe zur Kostümkammer hinaufging. Ich wusste, er wollte sich umziehen. Er trug noch sein Kostüm als Eintagsflieger auf Mallorca. Wenn Sie mich fragen, ne ziemlich flache Nummer. Ich meine, eigentlich wäre ja Richard Mühlberg als Protokoller der erste Büttenredner gewesen. Aber der war ja aus irgendeinem Grund auf den Platz vor der Pause gesetzt worden. Da musste Tobi mit seiner Büttenrede nach vorn. Das ist immer schwierig, weil die Leute noch nicht so in Stimmung sind und die Lacher nur zögernd kommen. Aber Tobi hat's tatsächlich geschafft, die Stimmung anzuheizen. Aber das lag nicht an der Qualität seines Beitrags. Der Mühlberg hatte schon früher mal über Tobis Büttenreden gesagt: Aus Müll und Unrat Text verbinden, die Hauptsach' ist, es reimt sich hinten. Und so war der Eintagsflieger: schlecht, frivol und zotig. Ballermann eben. Typisch Tobi."

„Gut", meinte Lohmann, „das ist aber jetzt nicht unser Thema. Was passierte, als Sie Bamberger nach oben folgten?"

Janette Geiersdörfer seufzte. „Die Tür zur Kostümkammer war nicht abgeschlossen. Ich bin rein. Tobi stand halbnackt da. Ich hab abgeschlossen, und dann haben wir's gemacht."

„Können Sie das zeitlich eingrenzen? Wann sind Sie nach oben?"

Sie überlegte kurz. „Wie ich schon sagte: Das war gegen Ende der Pause, also so gegen zehn Uhr."

„Und wann waren Sie wieder unten im Saal?"

Wieder überlegte sie einen Moment. „So gegen Viertel nach zehn."

„Und Herr Bamberger?"

„Kam kurz nach mir:"

„Wie kurz? Wie viele Minuten?"

„Keine fünf."

„Welche Kleidung trug er?"

„Na, das Schottenkostüm."

„Hatte er das in Ihrem Beisein angezogen?"

„Nein. Er hatte noch das T-Shirt vom Ballermann an. Nach ... ich meine, danach, habe ich mich schnell angezogen und bin wieder runter in den Saal."

Keine Fünf Minuten! Zu kurz, dachte Lohmann. Zu kurz, um rauszugehen, Mühlberg zu erschlagen, Spuren zu beseitigen, sich nochmals umzuziehen und zu reinigen. Tobias Bamberger war keine heiße Spur mehr, wenn das stimmte, was Janette Geiersdörfer eben ausgesagt hatte.

„Vielen Dank, Frau Geiersdörfer, Sie haben uns sehr geholfen.“

„Ich hoffe, ich habe Tobi geholfen. Ich möchte nicht, dass er unschuldig sitzt, obwohl er mit dem Mord doch gar nichts zu tun hat.“

Dann lächelte sie.

„Ist das nicht süß von ihm, dass er die Nacht in einer Zelle verbracht hat, weil er nicht verraten wollte, dass er mit mir zusammen war? Weil ich ihn gebeten habe, über unser ... zu schweigen. Und er schweigt immer noch darüber. Das ist doch wirklich ritterlich, nicht wahr? Aber ich möchte ihn vor weiteren Schwierigkeiten bewahren.“

„Das hat er schon selbst“, entgegnete Lohmann. „Er hat uns, kurz bevor Sie kamen, in etwa diese Geschichte erzählt.“

Die Mundwinkel von Janette Geiersdörfer sanken etwas herab, und enttäuscht über die frühe Flucht ihres Ritters aus der Edelmenschlichkeit sagte sie: „Ach, hat er? Soso! Na, eben typisch Tobi. Beständigkeit und Härte finden bei ihm eben immer nur unter der Gürtellinie statt.“

Sie blickte Lohmann plötzlich überrascht an. „Aber dann hätte ich ja gar nicht herkommen brauchen und dieses Risiko auf mich nehmen müssen.“

„Direkt herkommen nicht unbedingt“, meinte Lohmann, „aber wir hätten Sie auf jeden Fall befragt, ob Sie die Angaben von Herrn Bamberger bestätigen können.“

Sie sah etwas verlegen zu Boden und dann wieder zu Lohmann.

„Herr Kommissar, äh, wäre es vielleicht möglich, dass Sie meine Aussage vertraulich behandeln? Ich meine, dass mein Mann nichts von der Kostümkammer erfährt?“

Lohmann runzelte nachdenklich die Stirn. „Versprechen kann ich Ihnen das nicht. Aber wenn sich keine neuen Zusammenhänge in diesem Fall ergeben, gibt es derzeit keinen Anlass, Ihren Mann darüber zu unterrichten. Wir sind keine Sittenwächter.“

„Vielen Dank“, sagte sie und zupfte ihren Mantel zurecht. „Brauchen Sie mich noch? Ich hätte um zwei ne Thai-Massage.“

„Moment, Frau Geiersdörfer, eine Frage noch: Wie war das mit der Rede von Mühlberg? Was haben Sie da mitbekommen?“

„Na, er hat gegen einige Leute ziemlich vom Leder gezogen. Beispielsweise gegen die beiden Bambergers. Und dann war plötzlich der Ton weg, und man hat ihn rausgebracht."

„Ist Ihnen irgendetwas aufgefallen? War außer den Bambergers noch jemand genannt worden?"

„Der Bürgermeister kam nicht gut weg."

„Hat Mühlberg nach den Bambergers noch jemanden angegriffen?"

„Er hat noch geredet, das hab ich gesehen. Aber das war nicht zu verstehen. Der Ton war ja weg, und im Saal war's sehr laut geworden. Die Leute waren ziemlich empört."

„Dann noch mal meine Frage: Hat sich irgendjemand im Saal, vor allem bei den letzten Worten Mühlbergs, bevor er rausgebracht wurde, auffällig benommen?"

Sie dachte nach, schüttelte dann aber den Kopf. „Nein, ich wüsste nicht."

Lohmann nickte. „Wann sind Sie denn nach Hause?"

„So gegen zwei Uhr. Ich wäre eigentlich noch länger geblieben. Aber mein Mann hatte sich nicht wohl gefühlt und war schon etwas früher gegangen."

„Ich hoffe, es geht ihm wieder besser", sagte Lohmann höflich.

„Jaja. So ist das halt, wenn man zu früh anfängt. Der Siebener-Rat trifft sich immer schon nachmittags vor der Sitzung zu Worscht und Weck. Da werden dann einige Fleischwurstkränze mit Brötchen und Senf verdrückt, und die Bierchen gluckern fröhlich durch die Kehlen."

„Und da war Ihr Mann gut dabei?"

„Ziemlich gut. Einen Kranz Fleischwurst hat er verdrückt und reichlich Hopfenkaltschorle. Also, mir würde da schon bei wesentlich weniger speiübel."

Janette Geiersdörfer verließ die Dillenburger Polizeistation mit einem Gedanken, den sie während der Massage weiterführte. Unter den wohltuenden Händen, Fäusten, Knien und Ellbogen der kleinen Masseurin kam sie zu einer Erkenntnis, die sie auszuschlachten gedachte. Deshalb machte sie sich nach der Massage gleich auf zu einem ihr bekannten Rechtsanwalt in der Herborner Altstadt, den sie vorher schon telefonisch kontaktiert hatte. Als sie eine Stunde später dessen Kanzlei verließ, war sie erleichtert.

***

Er wusste nicht, als seine Maschine auf dem Flughafen in Innsbruck landete, dass sich das Blatt gerade gewendet hatte. Als er an diesem Morgen gegen acht Uhr wach geworden war, ging es ihm besser. Er hatte das Gefühl, alles getan zu haben, um den Verdacht von sich abzulenken. Eigentlich hatte sich alles so günstig ergeben. Dabei war er am Samstagabend noch wie vom Donner gerührt gewesen, als Richard in seiner Büttenrede vom Leder zog. Und dann ...

Es hätte nicht so kommen müssen, wenn Richard vernünftig gewesen wäre. Dass er ihn getötet hatte, tat ihm ein bisschen leid. Aber es war unvermeidlich gewesen. Richard hätte sonst seine Existenz zerstört. Und das so kurz vor seinem Ziel.

Noch einmal überdachte er alles, während er im Bad unter der Dusche stand. Hatte er auch wirklich keinen Fehler gemacht? Irgendetwas vergessen, was den Verdacht doch noch auf ihn lenken würde?

Er hatte Handschuhe benutzt. Und auf der Eisendeichsel befanden sich die Fingerabdrücke von Tobias. Pech für ihn. Warum hatte er auch den Kraftprotz spielen müssen, der den mit Tischen vollgeladenen Transportwagen alleine in den Pfarrsaal zog? Und eben diese Deichsel, die Tatwaffe, war in Tobias Wagen gefunden worden. Bei Tobias, der kaum zurückzuhalten gewesen war, Richard an den Hals zu gehen.

Das Redemanuskript hatte er dem Toten aus der Tasche gezogen und im Wohnzimmerkamin verbrannt. Als er gegen neun die Villa am Ortsrand von Sinn verließ und zu seinem Wagen ging, schmunzelte er darüber, wie einfach es gewesen war, auch das Notebook und die CDs Richards an sich zu bringen. Er kannte Richards Arbeitszimmer, wusste, dass auch dessen Frau an diesem Abend nicht zu Hause war und Richard deshalb den Hund zur Nachbarin gegeben hatte. Nur das Einschlagen des Fensters zu Richards Arbeitszimmer hatte ein Geräusch verursacht. Aber dafür hatte er gewartet, bis auf der Straße ein Auto vorbeifuhr. Eine Stunde in der lausigen Kälte gewartet, bis zu dieser Stunde und in dieser einsamen Gegend endlich unten ein Motorengeräusch das Klirren der Scheibe übertönte.

Der Rest war einfach. Er war in das Zimmer eingestiegen, hatte das auf dem Schreibtisch stehende Notebook und die fein säuberlich im Regal verwahrten CDs genommen. Damit es wie der Einbruch eines anderen aussah, hatte er alle Schubladen, Schränke und Behältnisse geöffnet und ausgeräumt. Dann hatte er sich aus dem Staub gemacht. Gegen ein Uhr war das gewesen, und es war eisig kalt. Kein Wunder, dass niemand mehr unterwegs war, der ihn hätte sehen können. Alles war gutgegangen. Computer und CDs wollte er zunächst bei Bambergers in die Mülltonne werfen. Aber dann dachte er, dass das den Verdacht der Polizei, der Einbruch könne ein Zusammenhang mit der Büttenrede stehen, nur befördern könnte. Und so nahm er die Sachen mit nach Hause.

Zwei Stunden hatte ihn die Aktion gekostet, weil er nicht den Wagen genommen hatte, sondern zu Fuß zu Mühlbergs am anderen Ende des Ortes gelaufen war. Er hatte an diesem Tag ja auch einiges getrunken. Und in der Karnevalszeit war die Polizei schärfer mit Verkehrskontrollen. Es wäre fatal gewesen, wenn er, nachdem bis hierhin alles so gut geklappt hatte, einer Streife in die Hände gefallen wäre.

Das Notebook, die CDs, seinen mit Blut befleckten Anzug, Hemd und Schuhe, Mantel und die Handschuhe hatte er in einen Sack gesteckt und in seine Hausmülltonne geworfen. Sie würde am Mittwochvormittag geleert, und damit würden die letzten verräterischen Spuren auf Nimmerwiedersehen auf der Deponie in Aßlar verschwinden.

Nein, er hatte keinen Fehler gemacht, hatte keine erkennbaren Spuren hinterlassen. Als er am Gambacher Kreuz auf die A5 Richtung Frankfurt auffuhr, hatte er sich die Ereignisse der Nacht wieder und wieder durch den Kopf gehen lassen. Nein, er fand keinen kritischen Punkt. Tobias würde zwar kein Geständnis ablegen. Wie auch? lächelte er in sich hinein. Aber vielleicht reichten die falschen Spuren für einen Indizienprozess. Dumm für Tobi. Und wenn nicht? Nichts würde auf ihn als Täter deuten. Er lächelte wieder. Ja, es tat ihm leid um Richard. Mehr aber nicht.

Auf dem Weg zum Flughafen dachte er daran, dass er in drei Stunden Franziska wiedersehen würde. Er freute sich auf ein schönes Abendessen mit ihr in Innsbruck und die gemeinsame Nacht. Franziska Jennerwein hatte er vor drei Jahren kennengelernt, als er das Geschäft seines Lebens gestartet hatte. Sie war Mitarbeiterin der Austria-Bank. Viele Male hatten sie sich geschäftlich getroffen. Die schlanke Frau mit den kurzen, dunklen Haaren hatte ihm auf Anhieb gefallen. Vor einem Jahr hatte er sie zum Abendessen eingeladen. Sie unterhielten sich angeregt über Geldanlagen und die Möglichkeit des schnellen Reichtums. Sie stellten schnell fest, dass sie gemeinsame Interessen hatten.

Franziska Jennerwein war auf einem Hof in einem kleinen Kaff am Brenner aufgewachsen. Aber sie wollte nie etwas mit Landwirtschaft zu tun haben. Auch eine Arbeit in der Gastronomie oder einem anderen Bereich der Tourismusbranche lag ihr fern. Franziska Jennerwein strebte nach Reichtum, einem sorglosen Leben zwischen Côte d'Azur im Sommer und Kitzbühel im Winter, zwischen Shopping in New York und Modenschauen in Paris. Reichtum, so ihr Credo, findet man bei Geldinstituten und bei den Leuten, die ihr Geld dort deponieren. Und so hatte sie diesen Weg eingeschlagen und mit der Matura in der Tasche eine Bankenlehre in Innsbruck absolviert. Da sie berechnend war und rechnen konnte, hatte sie sich schnell bei der Austria-Bank hochgearbeitet. Als sie ihn kennenlernte, war das für sie der Glücksfall. Und für ihn.

Franziska war völlig anders als seine Frau, die zwar an einem Leben im Wohlstand und seinem Geld interessiert war, nicht aber daran, wie er es verdiente. Franziska nahm Anteil an seinen Überlegungen und Aktionen, sie war kreativ, hatte Verbindungen und unterstützte ihn. Dass ihr gemeinsames Tun außerhalb der Legalität lag, belastete sie nicht allzu sehr. Sie wollte den kleinen Hof in dem Bergkaff am Brenner weit hinter sich lassen.

Aber würde sie auch akzeptieren, was er für sie beide getan hatte? Er musste wissen, woran er mit ihr war. Ob sie auch unter diesen Umständen zu ihm stand. Er musste es riskieren. Als er im Flieger nach Innsbruck saß, war er sich sicher, dass sie es ähnlich sehen würde wie er: Sie waren kurz vor ihrem großen Ziel. Und da kam Richard dazwischen. Nein, es war unvermeidlich gewesen.

***

Benny Thielmann wohnte im Herborner Stadtteil Alsbach in einem Siedlungshäuschen aus den fünfziger Jahren. Lohmann hatte sich telefonisch versichert, dass Thielmann zu Hause war, jedoch nichts über den Grund seines Anrufs verlauten lassen. Kurz zuvor hatten sie Tobias Bamberger entlassen. Auch wenn der noch etwas blass wirkte, nachdem er eine Nacht in Haft verbracht hatte und im Verhör – trotz des Beistandes seines Vaters – erkennen musste, dass die Welt keine große Spielwiese war und man auch unverschuldet in erhebliche Schwierigkeiten kommen konnte, hatte er infolge der Mitteilung, dass er nun doch als Tatverdächtiger ausscheide, einen Teil seiner früheren Unverfrorenheit zurück gewonnen.

„Tja, Herr Kommissar, so schnell kann's gehen. Da sprachen alle Indizien gegen mich, und am Ende war ich's dann doch nicht gewesen", flachste Tobias.

„Sie studieren doch Jura. Vielleicht sollten Sie das mal zum Thema einer Hausarbeit machen: Die vermeintlich Schuldige und die schuldige Unschuld oder so", sagte Lohmann mit unbeweglicher Miene.

Tobias Bamberger verzog die Lippen zu einem schmerzlichen Grinsen, stand auf und ging zur Tür. Dort drehte er sich noch einmal um und sagte zu Lohmann: „Sie sollten sich vielleicht mal Benny Thielmann vornehmen."

„Warum?"

„Er hat was gegen mich. Und auch gegen den Mühlberg."

„Warum", fragte Lohmann wieder.

„Mühlberg hatte dafür gesorgt, dass Benny von der Schule flog. Wegen Drogenhandels. Danach ist er abgesackt. Typische Karriere eines Verlierers. Kein Schulabschluss, arbeitslos, Hartz IV. Der müsste genügend Hass haben."

„Ich meinte, warum hat er was gegen Sie? Kann man sich ja kaum vorstellen, dass irgendjemand Sie unsympathisch findet."

Tobias erkannte die Ironie in dieser Bemerkung. Er verzog leicht die Oberlippe, wandte sich ab und verließ grußlos den Raum.

„Ich schätze, der hat geglaubt, wir würden uns entschuldigen", mutmaßte Hiller.

„Ja, wahrscheinlich, aber das mit diesem Benny Thielmann sollten wir auf jeden Fall ernst nehmen. Ob er Mühlberg so sehr hasste, dass er ihn umbrachte, kann man jetzt noch nicht sagen. Aber dass er auf Bamberger genügend Wut haben könnte, ihn in Verdacht zu bringen, ist zumindest nicht unwahrscheinlich, nach dem, was da vor drei Jahren vorgefallen sein muss."

„Gut", meinte Hiller, „und wie verfahren wir weiter?"

„Jemand muss die Protokolle schreiben, und jemand muss den Thielmann befragen", antwortete Lohmann.

Hiller verzog schmerzlich das Gesicht. Er wusste, der Jemand, der die Protokolle schreiben sollte, war er.

„Ja, und ich fahr dann wohl zu dem Thielmann", stellte Lohmann fest und suchte die Telefonnummer heraus.

„Noch was, Walter", sagte Hiller, „die Zimmermann ist vielleicht in Gefahr. Nehmen wir mal an, der Täter hat sie im Gespräch mit dem Mühlberg gesehen. Dass ihr der Mühlberg das Redemanuskript nicht gegeben hat, hat sie vielleicht davor bewahrt, getötet zu werden. Aber wer weiß, was im Kopf unseres Täters vorgeht. Vielleicht hat ihr der Mühlberg ja was erzählt, denkt der möglicherweise."

„Du meinst Polizeischutz? Ist das nicht ein bisschen viel?"

„Sicher ist sicher", meinte Hiller, „ich könnte das ja übernehmen."

Lohmann kniff die Augen etwas zusammen und sah Hiller mit einem Schmunzeln an. „Ist sie hübsch?"

Hiller verzog das Gesicht. „Mensch, Walter, ich fürchte wirklich, dass sie in Gefahr sein könnte. Unser Mann ist mit einer derartigen Kaltblütigkeit vorgegangen. Da würde ich nicht ausschließen, dass er einen weiteren Mord begeht."

„Ich glaube nicht, dass wir das durchkriegen. Aber du hast recht. Mal sehen, was zu machen ist. Andererseits: Was du in deiner Freizeit machst, geht mich nichts an."

***

Gegen drei Uhr am Nachmittag bog Lohmann in die Sudetenstraße ein und parkte seinen Wagen am Straßenrand. Kurz vorher hatte er mit Dr. Bergkamp telefoniert und den eigentlich für 16 Uhr anberaumten Haftprüfungstermin abgesagt.

„Aber Herr Lohmann, ich dachte, Sie hätten den Täter schon fest", gab sich die Oberstaatsanwältin etwas überrascht.

„Nur so gut wie", gab Lohmann zu. „Wir hatten eigentlich alle Trümpfe auf der Hand. Aber das Alibi durch Frau Geiersdörfer stach dann doch."

„Und nun? Jetzt stehen wir wieder am Anfang. Kein Motiv, kein Tatverdächtiger!"

„Nicht ganz, Frau Dr. Bergkamp. Das Motiv kann immer noch in der Büttenrede liegen."

„Haben Sie die denn mittlerweile?"

„Nein, das heißt, nur einen Teil. Den, den die Journalistin mitnotiert hat. Aber der war uns ja schon mehr oder weniger bekannt“, musste Lohmann zugeben. „Aber wir unternehmen alles, sie zu finden. Und was einen Tatverdächtigen betrifft: Wir haben zumindest eine neue Spur. Ich habe gleich noch eine Zeugenbefragung. Ein gewisser Benjamin Thielmann. Der junge Bamberger hat ihn als potenziellen Täter ins Spiel gebracht. Kann Rache sein, weil sich zwischen den beiden vor drei Jahren eine ziemlich hässliche Szene abgespielt haben muss. Aber wir gehen natürlich jeder Spur nach.“

„Tun Sie das. Und informieren Sie mich bitte heute Nachmittag noch mal kurz. Danke, Herr Lohmann. Auf Wiederhören.“

Noch bevor sich Lohmann von ihr verabschieden konnte, hörte er das Knacken in der Leitung.

Nicht nur kurz. Kurz und knapp. Wie immer, dachte Lohmann.

Nun stand er in der Sudetenstraße vor der Wohnung von Benny Thielmann. Wie viele dieser in der Nachkriegszeit wahr gewordenen Einfamilienträume hatte das Haus ein langgezogenes Satteldach, einen gepflegten Garten und einen schuppenartigen Anbau aus Holz, der oft als Brennstofflager, Werkstatt oder einfach Lagerraum für alles Mögliche diente. Auf Lohmanns Klingeln öffnete Benny Thielmann die Haustür.

„Grüß Gott, Herr Kommissar, womit kann ich dienen?“

Lohmann musterte ihn. Thielmann war etwa eins fünfundachtzig groß, schlank, hatte ein schmales Gesicht, dessen etwas asketischer Ausdruck durch den schmallippigen Mund verstärkt wurde, den ein dünner Bart umrahmte. Die schulterlangen Haare hatte er nach hinten gekämmt.

„Wollen wir das hier zwischen Tür und Angel besprechen?“

„Nee, komme Se eini. Wir gehn auf mein Zimmer.“

Lohmann folgte ihm in den ersten Stock, wo ihn Thielmann in einen Raum führte, in dem sich seit den Jugendtagen des Mannes wohl wenig verändert hatte. Ein Bett, ein Schreibtisch mit einem Computer, ein Kleiderschrank, ein Bücherregal, in dem Karl May neben Goethe stand, Melville und Defoe neben Sartre, Edgar Wallace neben Dürrenmatt, Chandler und Mickey Spillane neben Böll und Wallraff. Die Wände schmückten Poster von Rockbands, die es zum Teil schon gar nicht mehr gab, daneben das Filmplakat von „Spiel mir das Lied vom Tod“, zu Lohmanns Erstaunen aber auch ein Poster von einem billigen Sommer-Sonne-Softsex-Streifen mit Karl Dall aus den achtziger Jahren. Und überraschenderweise auch das typische Che-Guevara-Poster der 68er. Komisch, ich wusste gar nicht, dass man das noch irgendwo bekommt, dachte Lohmann.

„Hereinspaziert in die Klause eines Denkers“, forderte ihn Thielmann ironisch auf. Schon bei der Begrüßung war Lohmann aufgefallen, dass sein Gegenüber eine betont lockere Art an den Tag legte. Um nicht zu sagen: Thielmann wirkte wie jemand, der trotz seiner Mitte zwanzig nichts mehr vom Leben zu erwarteten schien, weil er schon zu viele Enttäuschungen hinter sich hatte.

Thielmann warf sich auf seinen Schreibtischstuhl und fragte: „Am Telefon wollten Sie mir nicht sagen, worum es geht. Darf ich's jetzt vielleicht erfahren?“

Lohmann setzte sich in einen Sessel ihm gegenüber und antwortete. „Klar. Um es kurz zu machen. Wo waren Sie am Samstagabend zwischen zwanzig und dreiundzwanzig Uhr?“

Thielmann nickte verstehend.

„Ach, geht's um den Tod von diesem Mühlberg?“

„Wie kommen Sie darauf? In der Zeitung stand kein Name.“

Thielmann grinste ironisch. „Herr Kommissar, wir leben hier auf einem Dorf, auch wenn's ne Stadt ist. Ich hab' heute Mittag ne SMS bekommen.“

„Aha. Also, wo waren Sie am Samstagabend?“

„Hier. Bin ich etwa verdächtig?“

„Andere Frage“, umging Lohmann die Antwort, „wie ist Ihr Verhältnis zu Tobias Bamberger?“

„Wir haben keins“, antwortete Thielmann etwas überrascht und setzte dann, wieder grinsend, hinzu: „Auch kein sexuelles. Tobias Bamberger ist arrogant, selbstverliebt, egozentrisch und skrupellos. Also das genaue Gegenteil von mir.“

Dann wurde Thielmann nachdenklich, ließ plötzlich die Mimik eines Menschen sehen, dem ein Licht aufgeht.

„Ah ja, jetzt wird mir einiges klar. Sie suchen einen Mörder, und da hat der liebe Tobi Sie darauf aufmerksam gemacht, doch mal bei mir anzufragen. Stimmt also, dass sie ihn gestern festgenommen haben. Und jetzt will er den Verdacht auf mich ablenken.“

„Woher wissen Sie, dass wir ihn vorläufig festgenommen haben?“

Thielmann beugte sich nach vorn und flüsterte: „Hab's gehört. Wie gesagt: Dorf. In Sinn hat's heute Morgen schon beim Bäcker die Runde gemacht. Ein guter Freund aus glorreichen Tagen hat's mir vor ein, zwei Stunden gesimst."

Lohmann nickte und fragte: „Was machen Sie eigentlich so beruflich?"

„Ich bin jeden Tag damit beschäftigt, auszurechnen, wie viel Rente ich bekomme, wenn ich die nächsten vierzig Jahre weiterhin nichts einzahle", meinte Thielmann sarkastisch. „Ich bin seit drei Jahren ohne Freundin, seit zwei Jahren ohne Job und seit einem Jahr ohne eigene Wohnung. Wie heißt es doch so schön bei einem bekannten Internet-Auktionshaus? Drei, zwo, eins – keins! Jetzt krieg ich Hartz IV und darf mich nicht mal beschweren, dass mein Gehalt nach jemandem benannt ist, der seinen eigenen Betriebsrat mit Nutten aus Brasilien korrumpiert hat. Schöne neue Welt!"

„Und das verdanken Sie Bamberger und Mühlberg. Da müssen Sie doch ne gehörige Portion Wut auf die beiden haben. Oder waren Sie vielleicht doch selbst schuld an Ihrem Schicksal, weil Sie an der Schule mit Drogen gehandelt haben?"

Wieder grinste Thielmann. „Herr Kommissar! Das mit dem Drogenhandel ist purer Blödsinn. Ja, ich hatte damals drei Joints in der Tasche. Tobias wusste das und kaufte mir sogar einen ab. Und dann verpfiff er mich bei dem Mühlberg. Der konnte doch gar nichts anderes machen, als das zu melden, weil der nette Bamberger es ja auch gleich noch zwei andern Lehrern verraten hatte."

„Das war ziemlich dreist", staunte Lohmann.

„Stimmt, dreist hatte ich eben in der Aufzählung von Tobias' Eigenschaften vergessen."

„Warum hat er das getan? Ich meine: Warum wollte er Sie schädigen?"

„Weil ich damals mit einem netten Mädchen zusammen war, auf das Tobias ebenfalls scharf war. Er ist der Meinung, alles, was er will, muss er auch bekommen. Er dachte wahrscheinlich, so hätte er bessere Chancen. Aber sie wollte so oder so nichts von ihm wissen. Sie hielt ihn für arrogant, selbstverliebt, egozentrisch und skrupellos."

„Und dreist?"

„Genau! Und dreist. Aber ein Vierteljahr später war's ohnehin mit uns aus."

„Warum?"

„Wir haben einfach gemerkt, dass wir nicht auf der gleichen Welle schwimmen. Ich bin kein Partyhengst, und bei ihr musste immer was los sein. Da war dann irgendwann Schluss. Aber Tobias hat trotzdem nicht davon profitiert. Sie hielt ihn nach wie vor für arrogant, selbstverliebt, egozentrisch und skrupellos. Und dreist."

„Sie flogen damals von der Schule?"

„Ja, kurz vor dem Abitur. Wissen Sie, was das heißt? Meine Eltern waren außer sich. Sie hatten immer gewollt, dass ihr Sohn studiert. Und mit einem Zweier-Schnitt hätte er das auch tun können, wenn er nicht so dämlich gewesen wäre, sich mit zwei Joints für den Eigengebrauch erwischen zu lassen. Aber deswegen nach fünf Jahren den Bamberger umbringen? Nee."

Lohmann wollte diese Möglichkeit aber nicht so schnell aufgeben. „Trotzdem: Wo waren Sie am Samstagabend zwischen acht und elf Uhr?"

„Hier, wie ich schon sagte."

„Gibt's dafür Zeugen?"

„Meine Eltern."

„Schwaches Alibi", meinte Lohmann und verzog das Gesicht.

Thielmann dachte nach. „Moment, ich hab mit einem alten Kumpel gemailt und auch telefoniert. Das können Sie anhand der Sendezeiten feststellen."

„Die kann man manipulieren."

Thielmann seufzte.

„Mit wem haben Sie sich denn ausgetauscht?" fragte Lohmann.

„Mit einem ehemaligen Klassenkameraden. Der wohnt jetzt in Ruhpolding und studiert in Rosenheim. Er war nach dem Abitur weggezogen, weil es seinen Vater beruflich nach Oberbayern verschlagen hatte. Aber wir haben immer noch Kontakt. Er hat mich eingeladen, ihn mal zu besuchen."

Oberbayern, Ruhpolding, der Chiemgau, schwärmte Lohmann innerlich und musste im gleichen Moment daran denken, dass dies in diesem Jahr lediglich Durchgangsstationen sein würden. Und jetzt hatte er wirklich anderes zu tun.

„Name? Adresse, Telefonnummer?"

„Geb ich Ihnen", sagte Thielmann und nahm einen Block und einen Kugelschreiber, um die Daten aufzuschreiben.

„Wie war das noch mal am Samstagabend? Was haben Sie da genau gemacht?“

Thielmann antwortete, während er schrieb. „Also, ich hab um sieben Uhr mit meinen Eltern Abendbrot gegessen. Dann bin ich hier auf mein Zimmer und hab ne Bewerbung fertiggestellt. Der Baumarkt unten in der Au sucht Mitarbeiter für die Holz- und für die Gartenabteilung, hab ich in der Zeitung gelesen. Ich hab nach dem verpatzten Abitur damals ne Schreinerlehre gemacht, wurde aber nicht übernommen, weil ich leider einer zu viel war.“

„Was war weiter am Samstagabend?“

„Na, ich hab die Unterlagen in einen Umschlag gesteckt, hab ihn beschriftet und frankiert und bin dann runter zur Post gelaufen“, sagte Thielmann und reichte Lohmann den Zettel mit der Adresse und Telefonnummer seines Freundes.

„Wann war das?“

„Gegen halb acht. Ne Viertelstunde zu Fuß hin, Brief eingeworfen und ne Viertelstunde wieder zurück. Gegen acht Uhr war ich wieder hier.“

„Hat Sie jemand gesehen?“

„Nein. Moment, doch. Unsere Nachbarin, Frau Dernbach. Die können Sie fragen. Die führte ihren Dackel gerade aus. Die hat mich gesehen und kurz gegrüßt. Der blöde Köter hat direkt vor unsere Gartentür gekackt, und sie ist einfach weiter, ohne die Scheiße wegzumachen. Wissen Sie, Herr Kommissar, ich hab nix dagegen, wenn Leute Hunde haben. Ich liebe Hunde. Aber die Scheiße könnten sie schon auch wegmachen, oder?“

Lohmann nickte.

„Ich hab sie dann mit einer Schaufel aufgesammelt und in der Mülltonne entsorgt. Können Sie nachprüfen. Ist noch drin.“

„Jaja, bleiben wir bitte bei den wesentlichen Dingen. Was war dann?“

„Dann? Ich bin auf mein Zimmer, weil ich keine Lust hatte mit meinen Eltern „Wetten dass ...?“ zu sehen. Ich hatte Michael, Michael Lehning, also meinem Kumpel in Ruhpolding, eine Mail geschrieben, bevor ich zur Post bin. Er hat mir gegen halb neun geantwortet, weil er erst noch die Tagesschau sehen wollte, wie er schrieb. Können Sie in meinem Computer nachprüfen.“

„Jaja, werden wir sicher tun. Um was ging es dabei?“

„Ich hab ihm geschrieben, dass ich Lust hätte zu kommen, aber nicht gerade über irdische Reichtümer verfüge. Er hat mir kurz drauf geantwortet, dass das kein Problem wäre, da ich bei ihm umsonst übernachten könnte. Dann wurde mir die Mailerei zu blöd, und ich hab ihn einfach angerufen. Das war so gegen halb zehn. Wir haben dann ne knappe Stunde telefoniert und uns für Donnerstag um 14 Uhr am Bahnhof von Ruhpolding verabredet."

„Hmhm", brummte Lohmann, der immer mehr zu der Überzeugung gelangte, dass in diesem Haus Richard Mühlbergs Mörder nicht zu finden war.

„Aber um noch mal auf Tobias Bamberger zurückzukommen: Sie sind vor drei Jahren im Karneval ziemlich aneinandergeraten. Was war da genau passiert?"

Thielmann seufzte wie bei einer schlechten Erinnerung, die man verdrängt hatte und die nun wieder ans Tageslicht gezerrt wurde.

„Also, nachdem ich mich von meiner damaligen Freundin getrennt hatte, hatte ich Sanja kennengelernt. Wir waren fast zwei Jahre zusammen. Bis eben Tobias dazwischenfunkte. Ich war damals immer noch bei den Karnevalssitzungen in Sinn dabei, weil ich ja viele Leutchen vom Gymnasium her kannte. Und an diesem Abend vor drei Jahren, da sagte der Henning, also Henning Bauer, zu mir: Pass auf deine Sanja auf. Tobi hat schon seine Fühler ausgestreckt und das Messer gewetzt, um morgen früh eine neue Kerbe zu machen. Ich sagte: Du spinnst. Sanja fällt doch nicht auf so ein Fischgesicht rein. Und ich sagte, ich hielte das mit den Kerben für pure Angeberei von Tobias. Wahrscheinloch wolle er nur seine Impotenz mit solchen Geschichten übertünchen. Das war nur so dahin gesagt, weil ich mich geärgert hatte, dass Sanja ... Jedenfalls, wir standen mit ein paar Leuten vor dem Saal und rauchten, und ich sagte in meiner Verärgerung das mit der Impotenz. Auf einmal rempelte mich jemand von hinten an. Ich fiel hin, und ehe ich wusste, was passiert, trat mir Tobias zweimal in den Bauch und den Unterleib. Ich warf mich auf die Seite, und der dritte Tritt traf meine Schulter. Dann hatten ihn die anderen gepackt und rissen ihn zurück. Er war völlig außer sich. Die anderen zerrten ihn weg, und er schrie nur, dass er's mir schon zeigen würde. Ich hatte ziemliche Schmerzen, konnte nicht sitzen und nicht stehen. Sanja hat mich dann nach Hause gefahren. Aber sie ist wieder zurück, weil sie mit der Garde noch einen Auftritt hatte. Und in dieser Nacht war sie Tobias' Kerbe 2005. Ich hab's am nächsten Morgen von ... na ja, ist ja auch egal von wem ... erfahren. Ich hab sie zur Rede gestellt, und sie hat's unter Tränen gestanden. Dann hab ich Schluss mit ihr gemacht."

Er sah den Kommissar mit traurigen Augen an. „Ich meine, mit jedem anderen, das hätte ich ihr verziehen. Aber nicht mit Tobias Bamberger. Das konnte ich einfach nicht."

Lohmann nickte und sah auf den Zettel mit der Adresse.

„Gut, Herr Thielmann, das wär's fürs Erste. Ich werde Ihre Angaben überprüfen und mit Herrn Lehning sprechen. Bitte halten Sie sich vorerst zu unserer Verfügung."

„Also kein Wochenende im schönen Ruhpolding?" fragte Thielmann resigniert.

„Wahrscheinlich nicht. Auf Wiedersehen", verabschiedete sich Lohmann von Thielmann, der ihn noch bis zur Haustür begleitete.

„Ach, Herr Kommissar!"

Lohmann drehte sich um. „Ja?"

„Ich habe Richard Mühlberg nicht umgebracht. Wirklich nicht. Aber wenn Sie mal Tobias Bamberger tot auf Ihrem Seziertisch haben, können Sie sich gerne wieder an mich wenden. Auf Wiedersehen!"

Thielmann schloss die Tür, und Lohmann schmunzelte.

***

„Hallo, Frau Zimmermann. Warum ich anrufe: Ich muss noch mal auf unser Gespräch von heute Vormittag zurückkommen."

„Ja", hörte Hiller ihre sanfte Stimme. Er druckste verlegen herum.

„Also, es ist so: Wie ich schon sagte, sind Sie ja wahrscheinlich die letzte Person, die mit Richard Mühlberg gesprochen hat, bevor er getötet wurde."

„Ja, und?"

„Ich will sagen, dass es möglich sein könnte, dass der Täter Sie beide im Gespräch beobachtet hat."

„Aha, ja, aber ich habe nichts bemerkt."

„Schön, aber wenn der Täter vorher bei der Sitzung dabei war, also nicht ein zufälliger Einbrecher, der mit Mühlberg in Streit geraten war, dann hat er Sie dort wahrscheinlich auch gesehen und weiß, dass Sie für die Zeitung arbeiten."

„Ja, schon, aber ich verstehe nicht, was Sie mir sagen wollen."

Hiller atmete durch. „Frau Zimmermann, wir vermuten, dass das Motiv für den Mord in der Büttenrede liegt. Wir haben bei dem Toten kein Redemanuskript gefunden. Ein Schriftstück, nach dem Sie ihn ja auch gefragt haben."

Am anderen Ende der Leitung blieb es für einige Sekunden still. Dann hörte er wieder ihre Stimme, die an Ausgeglichenheit verloren hatte und deutlich ängstlich klang.

„Sie meinen ... also, wenn ich Sie richtig verstehe, dann hatte es der Täter auch auf dieses Manuskript abgesehen. Das würde bedeuten, dass ich auch in Gefahr gewesen wäre, hätte mir Mühlberg das Papier gegeben. Verstehe ich Sie da richtig?"

„Ja, schon, aber das ist noch nicht alles. Der Unbekannte hat Sie vielleicht im Gespräch mit Mühlberg gesehen. Er könnte auf die Idee kommen, dass Mühlberg Ihnen etwas erzählt hat, das für ihn, den Täter, schädlich ist."

Wieder blieb sie für ein paar Sekunden still.

„Bin ich in Gefahr?" fragte sie mit überraschend ruhiger Stimme.

„Es ist nicht auszuschließen."

„Was würden Sie mir raten?"

Jetzt blieb er zunächst still. Er war so verblüfft, dass er plötzlich nicht wusste, was er ihr sagen sollte. Dann riss er sich zusammen. Sie erwartete eine Antwort von einem Sicherheitsfachmann, nicht von einem verliebten Polizisten. War er verliebt?

„Das ist schwierig. Es ist nur eine ... ich will mal sagen, diffuse Gefahrenlage. Aber es ist nicht völlig auszuschließen. Also, für einen offiziellen Personenschutz reicht das nicht. Aber ..."

„Aber?" fragte sie.

„Wenn Sie einverstanden sind, würde ich mich ... gewissermaßen in meiner Freizeit ... zur Verfügung stellen."

Wieder kam von ihr für einige Sekunden nichts. Dann: „Ich wohne im Keltenpfad in Herborn. Können Sie mich in der Redaktion abholen?"

„Ja, klar. Wann? Ist 18 Uhr recht?"

„Ja, das geht in Ordnung."

„Nur eines noch. Wir haben morgen früh einen Termin in der Rechtsmedizin in Gießen. Der ist um acht Uhr. Das heißt, ich müsste um halb sieben aufstehen."

„Kein Problem", sagte sie.

„Ich meine, ich möchte Sie dann nicht allein zurücklassen. Kurzum, es wäre mir lieb, wenn Sie dann mitkommen könnten."

„Kein Problem", sagte sie wieder.

„Ich dachte, weil das so früh ist."

„Herr Hiller, gewöhnlich jogge ich morgens um acht Uhr ne Stunde. Die tausche ich dann eben gegen einen Besuch in der Rechtsmedizin ein. Ist ja vielleicht eine neue Erfahrung. Bringen Sie dann die Lufthansa-Spucktüten mit?"

„Ja sicher, prima", wirkte Hiller erleichtert, wobei er mehr an das Abholen als an die Spucktüten dachte. „Dann hole ich Sie nachher ab."

***

Lohmann freute sich auf zu Hause. Er war ziemlich ratlos. Sie hatten einen Toten, sie hatten ein Motiv, sie hatten einen Verdächtigen gehabt, kurzzeitig sogar einen zweiten. Und unterm Strich? Nichts! Nachmittags hatte er noch den Freund von Thielmann angerufen.

„Mensch Benny, kannst du's gar nicht mehr erwarten, dass du schon wieder anrufst?" meldete sich der.

„Äh, nein, hier ist Kriminalhauptkommissar Lohmann, Kripo Dillenburg."

„Oh, Entschuldigung", kam es vom anderen Ende der Leitung, „ Ich hatte nur auf die Vorwahl geschaut und gedacht, es wär der Benny. Kripo Dillenburg? Ich dachte, für uns sind die Rosenheim-Cops zuständig."

Scherzkeks, dachte Lohmann. „Herr Lehning, wir ermitteln in einem Mordfall, und es geht auch um Benjamin Thielmann."

„Mord? Um Gottes willen, wer ist denn ermordet worden? Und was soll Benny damit zu tun haben?"

„Der Tote ist Richard Mühlberg."

„Der Mühlberg? Mein Gott. Das war einer meiner Lehrer auf dem Gymnasium in Dillenburg. Was ist denn passiert?"

„Mühlberg wurde Samstagabend vor dem katholischen Pfarrsaal in Sinn erschlagen."

„Wissen Sie schon, wer es war?"

„Nein, wir stehen noch am Anfang unserer Ermittlungen."

„Und da spielt Benny eine Rolle?"

„Möglicherweise. Aber vielleicht war es auch nur eine falsche Anschuldigung.“

„Ah, jetzt wird mir das klar. Steckt da Tobias Bamberger mit drin?“

„In gewisser Weise ja. Aber darum geht es nicht. Ich möchte nur ein Alibi überprüfen.“

Michael Lehning bestätigte die Angaben Thielmanns über den Ablauf des Abends. Über ihren Mail-Verkehr und das Telefonat just zu der Zeit, in der Richard Mühlberg getötet worden war.

Wieder keine heiße Spur, dachte Lohmann als er nach Hause kam. Anne sah gerade die Heute-Nachrichten.

„... gab es keine Annäherung im Tarifkonflikt im öffentlichen Dienst. In der Nacht brach die Gewerkschaft ver.di nach eigenen Angaben die Verhandlungen ab, nachdem die Arbeitgeber erneut kein Angebot vorgelegt hatten. Wie ein Sprecher der Gewerkschaft sagte, werde es in den nächsten Tagen wieder Warnstreiks geben. Wo und wann gestreikt wird, ließ er offen. Man werde punktuell Duftmarken setzen, erklärte der ver.di-Vertreter. Das kann überall sein: Müllabfuhr, Kindergärten, Krankenhäuser. Die Zeichen stehen auf Sturm“, hörte er einen TV-Reporter ins Mikrofon sprechen, während im Hintergrund Streikende mit roten Transparenten zu sehen waren.

„N’Abend“, grüßte er.

„Hallo“, antwortete Anne und sah ihn liebevoll an. „Na, war wieder ein schwerer Tag? Seid ihr weitergekommen?“

Er ließ sich auf die Couch fallen und schüttelte den Kopf.

„Nicht wirklich. Einen Hauptverdächtigen wieder entlassen, ein Verdächtiger erwies sich als Fehlschlag. Wir sind beinahe so schlau wie zuvor.“ Er sah sie an. „Und ich hab mir noch keine Gedanken machen können, was unseren Urlaub betrifft.“

„Du hast ja auch noch bis Aschermittwoch Zeit. Und wie ich dich kenne, hast du den Fall bis dahin gelöst.“

„Da bin ich mir noch nicht so sicher. Es ist verdammt schwierig“, sagte er und sah sie direkt an. „Anne.“

„Ja?“

„Ich möchte ins Bett.“

Sie nickte. „Ich komm gleich nach.“

Dienstag, 24. Februar
– Faschingsdienstag –

„Und, wie war deine erste Nacht mit ihr?“ fragte Lohmann flüsternd Hiller, nachdem sie das Jugendstilgebäude der Gießener Rechtsmedizin in der Frankfurter Straße betreten hatten.

Hiller sah ihn missbilligend an. „Bei ihr, Walter, bei ihr! Es blieb alles ruhig. Gott sei Dank.“

Lohmann war zunächst überrascht gewesen, als er um Viertel nach sieben zu Hiller ins Auto stieg und Nadja Zimmermann auf der Rückbank sitzen sah, die ihn freundlich grüßte. Da er seinen Kollegen nicht in Verlegenheit bringen wollte, schnitt er das Thema auf der halbstündigen Fahrt nach Gießen nicht an. Während sie auf Oberstaatsanwältin Dr. Bergkamp und den die Obduktion leitenden Rechtsmediziner Dr. Dr. Raimond Möbius warteten, konnte Lohmann Hiller ein wenig zur Seite nehmen.

„Und warum hast du sie mitgebracht? Ist doch unmöglich, dass sie bei einer amtlichen Obduktion dabei sein kann.“

„Das hab ich ihr auch erklärt, aber sie sagte, das sei egal. Dann würde sie in der Zwischenzeit auf ihrem Notebook eben noch ein paar Artikel vom Wochenende schreiben. Ich konnte sie ja wohl nicht alleine in ihrer Wohnung zurücklassen. Wenn schon, denn schon“, wisperte Hiller zurück.

„Guten Morgen. Eine neue Kollegin?“ Dr. Caroline Bergkamp war mittlerweile ebenfalls eingetroffen, was die beiden ins Gespräch vertieften Beamten nicht bemerkt hatten und sie deshalb wie zwei bei einem Streich ertappte Schuljungen zusammenzuckten.

„Guten Morgen, Frau Dr. Bergkamp“, grüßte Lohmann. „Nein, nein, eine Journalistin, die wir im Zuge der Ermittlungen kennengelernt haben. Sie war am Samstag als Zeitungsberichterstatterin bei der Veranstaltung, während der Richard Mühlberg getötet wurde und vermutlich die Letzte, die vor dem Täter mit Mühlberg gesprochen hat.“

„Das alleine erklärt noch nicht ihre Anwesenheit.“

„Und journalistisches Interesse“, ergänzte Hiller.

„Na, ich weiß nicht, ob das hier draußen befriedigt werden kann. Sie wissen ja, dass die Anwesenheit Außenstehender bei einer amtlichen Leichenschau nicht möglich ist.“

Lohmann nickte ein wenig verlegen. „Ja, schon klar, aber im Allgemeinen können wir ihr ja erklären, wie so eine Obduktion abläuft.“

„Sicher. Aber dazu hätte sie ja nicht unbedingt herkommen brauchen. Und denken Sie bitte daran, dass wir um elf Uhr eine Pressekonferenz angesetzt haben.“

Bevor Lohmann etwas entgegnen konnte, erschien Dr. Möbius, den einige Zeitgenossen etwas uncharmant mit dem Spitznamen „Dr. Mabuse“ bedachten, mit einem weiteren Arzt und zwei Assistentinnen.

„Morgen, Frau Dr. Bergkamp, Morgen, Herr Lohmann, Herr Hiller“, grüßte er, während sein Blick jedoch auf die etwas abseits stehende Nadja Zimmermann gerichtet war. „Na, haben wir eine neue Kollegin?“

Lohmann erklärte ihm kurz die Situation, woraufhin Möbius den Kopf schüttelte. „Tja, Sie wissen ja, bei einer amtlichen Obduktion ...“

„... sind Außenstehende nicht zugelassen. Schon klar“, ergänzte Lohmann. „Aber Frau Zimmermann macht es nichts aus, solange hier draußen zu warten.“

„Na ja, dann“, sagte Möbius und eilte, gefolgt von seinen Mitarbeitern, der Oberstaatsanwältin und den Ermittlern in den Obduktionssaal, wo er am Kopf eines Seziertisches stehen blieb, auf dem der nackte Leichnam von Richard Mühlberg lag. Die anderen gruppierten sich um den Stahltisch. An einem weiteren Tisch war ein zweites Team schon mit der Untersuchung einer anderen Leiche beschäftigt.

Entgegen der landläufigen Vorstellung war der Saal nicht düster, schaurig und lag irgendwo im Keller, quasi in Grabesnähe, sondern hell erleuchtet. Lohmann stieg sofort der süßliche Geruch nach faulem Fleisch in die Nase. An den würde er sich nie gewöhnen, während Dr. Möbius stets versicherte, ihn gar nicht mehr wahrzunehmen. Allerdings war der Geruch in einem Obduktionssaal nicht immer gleich. Die Duftpalette reichte von übelsten Verwesungsgerüchen über Fäkalgestank bis zu fast neutral riechenden frischen Leichen.

„Um nähere Erkenntnisse über die Todesursache zu gewinnen, schneiden wir nun zuerst die Kopfhaut auf und ziehen sie nach vorn, um den Schädelknochen freizulegen. Dann öffnen wir mit der Oszillationssäge den Schädel“, hörte Lohmann die Stimme des Obduzenten vom Nachbartisch. Das ist ja wie Skalpieren, dachte er und hoffte auf eine schnelle Erledigung ihrer Angelegenheit.

„Ich denke, wir sollten beginnen“, sagte Dr. Bergkamp, die offensichtlich auch etwas aufs Tempo drücken wollte. Möbius, der zwischendurch die Erkenntnisse seiner Untersuchung immer wieder für den abschließenden Obduktionsbericht in sein Diktiergerät sprach, nickte.

„Paragraf 89 der Strafprozessordnung verpflichtet uns, wenn eine Obduktion gerichtlich angeordnet wurde, wie in diesem Fall, Kopf-, Brust- und Bauchhöhle zu öffnen“, fuhr Dr. Möbius fort. „Zunächst erfolgt jedoch die äußere Inaugenscheinnahme: Männliche Person, Größe ein Meter fünfundachtzig, Gewicht 86 Kilogramm, guter Allgemein- und leicht adipöser Ernährungszustand. Ausgeprägte Körperbehaarung. Bei der äußeren Inspektion beginnend vom Kopf finden sich folgende pathologischen Auffälligkeiten: fünf mal fünf Zentimeter messendes kreisrundes Hämatom, bläulich verfärbt, im Bereich der Hinterhauptschuppe. Linkstemporal vom Mastoid bis zum Schläfenbein ziehende circa zwei Zentimeter tiefe, gerade verlaufende Impressionsverletzung. Am gesamten Korpus keine weiteren äußeren Verletzungszeichen. Bei Präparation der betroffenen Region zeigt sich eine tiefe Impressionsfraktur mit Zertrümmerung der im Verlauf betroffenen Schädelknochen. Die darunter liegenden Hirnareale weisen massive Einblutungen und eine langstreckige Gefäßruptur der Schädelbasisarterien auf. Die daraus resultierende Massenblutung dürfte als unmittelbare Todesursache angeschuldigt werden. Bei dem sichergestellten vermutlichen Tatwerkzeug, einer im Querschnitt T-förmigen Eisenstange mit einem Kantenmaß von vier mal vier Zentimetern bei einer Gesamtlänge von einem Meter fünfundzwanzig, handelt es sich um das Tatwerkzeug. Die gewonnenen Haar- und Blutreste an dem Gegenstand lassen sich eindeutig und zweifelsfrei dem Opfer zuordnen. Der vermeintliche Tathergang in Würdigung der vorliegenden Verletzungsmuster dürfte folgendermaßen abgelaufen sein: Der Initialschlag wurde dem stehendem Opfer von einer rechtshändigen Person ähnlicher Körpergröße von hinten gegen die Hinterhauptschuppe beigebracht. Resultierend aus dem Trauma dürfte das Opfer zusammengebrochen und auf der rechten Körperseite zum Liegen gekommen sein. Kleinere Schürfverletzungen, die sich lediglich auf der rechten Schläfenseite finden lassen, legen diese Vermutung nahe. Die zwei nächsten und tödlichen Schläge wurden mit hoher Wahrscheinlichkeit gegen die linke Kopfseite beim liegenden Opfer ausgeführt. Die Schädelbasis weist eine massive laterale Zertrümmerung passend zu dem Profil des vermeintlichen Tatwerkzeugs auf, wobei die Mikrofragmentierung der Knochenteile zwei hintereinander in gleicher Richtung mit großer Gewalt und Geschwindigkeit ausgeführte Schläge vermuten lässt. Der Tod dürfte sofort danach eingetreten sein."

„Gut", nickte Lohmann, „jetzt wissen wir definitiv Bescheid, wie Richard Mühlberg zu Tode gekommen ist, beziehungsweise dass unsere Annahme bestätigt wurde. Dann können wir ja jetzt eigentlich gehen."

Dr. Möbius machte jedoch keinerlei Anstalten, die Obduktion zu beenden. Lohmann nickte resignierend und senkte den Kopf, wie jemand, der hochkonzentriert das Geschehen beobachtet. Allerdings war so weniger sichtbar, dass er die Augen geschlossen hatte. Ein kurzer Seitenblick nach links zu Hiller und rüber zu Dr. Bergkamp zeigte ihm, dass die beiden interessiert verfolgten, wie Möbius fortfuhr.

„Nun öffnen wir mit der Oszillationssäge den Schädel", fuhr der Rechtsmediziner am Nachbartisch fort.

Als Lohmann das Summen des Werkzeugs vernahm, schützte er kurz ein Bedürfnis vor und verschwand für ein paar Minuten aus dem Obduktionssaal. Der Anblick von Toten war kein schöner und der einer geöffneten Leiche, der der Obduzent die inneren Organe entnahm, um sie zu untersuchen, erst recht nicht. Aber das konnte er zur Not ertragen, ohne dass ihm dabei übel wurde. Nur das Geräusch dieser Säge beim Aufeinandertreffen mit einem Knochen ließ Lohmann derartig erschauern, dass es ihm eiskalt den Rücken hinunterlief, sich ihm sämtliche Haare aufstellten und er das Gefühl bekam, selbst körperlichen Schmerz zu empfinden, der vom Kopf über den ganzen Rücken ausstrahlte.

Als Lohmann nach fünf Minuten den Obduktionssaal wieder betrat, nachdem er der draußen fleißig schreibenden Nadja Zimmermann ein kurzes „Sind bald fertig" zugerufen hatte, hatte er nicht den Eindruck, dass Dr. Möbius in seiner Arbeit fortgefahren wäre. Offensichtlich hatte man sogar auf ihn gewartet.

„Gut, Dr. Möbius, das war's dann ja eigentlich. Sie schicken uns den kompletten Untersuchungsbericht?" fragte Lohmann in der Hoffnung, der weiteren Obduktion entgehen zu können.

Doch der Rechtsmediziner blieb unbeeindruckt. „Laut Strafprozessordnung sind bei einer gerichtlich angeordneten Obduktion auch die

Brust- und Bauchhöhle zu öffnen. Das werde ich nun tun", setzte Möbius wieder an. „Ich wende dabei den sogenannten Y-Schnitt an. Dabei schneiden wir jeweils von einer Schulter zum oberen Ende des Brustbeins und von da aus abwärts bis zum Becken."

Lohmann schloss wieder die Augen. Es reichte ihm, zu hören, was er schon oft genug gesehen hatte.

„Diesen Schnitt wendet man an, damit später bei einer Aufbahrung des Toten das Leichenhemd die Nähte verdeckt. Dann werden die Hautpartien weggeklappt ..."

Lohmann stellte sich ein Alpenpanorama vor, und es gelang ihm tatsächlich, Dr. Möbius' Stimme weitgehend auszublenden. Nach einer Stunde hatten Möbius und seine Mitarbeiter alle Organe seziert und von ihnen Blut- und Gewebeproben entnommen und anschließend dem toten Körper wieder beigegeben, bevor dieser zugenäht wurde.

„Den abschließenden Bericht maile ich Ihnen dann zu, Herr Lohmann", schloss Dr. Möbius die Obduktion.

„Genau, und der Herr Lohmann muss noch einmal daran erinnern, dass um elf Uhr eine Pressekonferenz in Dillenburg angesetzt ist und es schon fast zehn Uhr ist und wir noch vierzig Minuten Fahrt vor uns haben", drängte der Kommissar.

„Aber vorher holen wir uns beim Bäcker an der Ecke noch Kaffee und belegte Brötchen. Ich hab einen Mordshunger", forderte Hiller. Lohmann schüttelte ungläubig den Kopf. Obwohl er einen ziemlich trockenen Mund hatte, würde er in der nächsten halben Stunde nicht mal ein Wasser runter bekommen.

Auf der Fahrt – diesmal saß Lohmann am Steuer des Dienstwagens, während Hiller und Nadja Zimmermann Brötchen und Kaffee verdrückten – beantwortete sein Kollege die Fragen der Journalistin zum Verlauf einer Obduktion, soweit sie keinen direkten Bezug zum aktuellen Fall hatten.

„Nicht Pathologe, Rechtsmediziner", korrigierte sie Hiller bei einer Frage. „Es gibt da einen Unterschied, aber das wird oft miteinander vermengt. Pathologen werden herangezogen, wenn es sich um einen natürlichen Tod handelt, also beispielsweise bei Krebsleiden oder Herzinfarkt. Für eine Obduktion ist dann das Einverständnis der Angehörigen notwendig. Rechtsmediziner untersuchen ungeklärte Todesfälle – wie Morde. Dafür ist nicht das Einverständnis der Angehörigen notwendig, sondern die Obduktion wird von einem Richter oder der Staatsanwaltschaft angeordnet."

Und so dozierte Hiller weiter, während sie das Wetzlarer Kreuz und Ehringshausen passierten und bei Herborn von der A45 auf die B277 Richtung Dillenburg wechselten. Er sprach über eine Obduktion im Allgemeinen, auch über das Sezieren der Organe und das Entnehmen von Blut- und Gewebeproben. Und Lohmann dachte: Gott sei Dank sind wir bald da!

„Und was passiert mit den Proben?" wollte Nadja Zimmermann wissen.

„Diese sogenannten Asservate werden aufbewahrt, falls für Polizei oder Staatsanwaltschaft im Laufe der Ermittlungen weitere Fragen auftauchen."

Mit einem herzlichen Dank für die Fülle der Informationen, die sie an diesem Morgen erhalten hatte, verabschiedete sich die Journalistin vor der Redaktion von den beiden Beamten.

„Nett", sagte Lohmann, während er das Polizeigebäude ansteuerte.

„Jepp!"

***

Tobias Bamberger erwachte gegen halb elf aus einem erquickenden Schlaf. Was für ein wohliges Gefühl, wieder im eigenen, warmen Bett zu liegen. Die Schlafgelegenheit in der Zelle der Polizeistation war alles andere als bequem gewesen. Jetzt war er wieder zu Hause, seine Unschuld war erwiesen, und die Demut, die er nach einer Nacht im Knast noch bis gestern Abend empfunden hatte, war verflogen. Hatte er zunächst noch das Gefühl gehabt, dieser Schuss vor den Bug sei ein Signal gewesen, seinen Lebenswandel nicht nur zu überdenken, sondern auch zu ändern, so war dieser Gedanke am nächsten Morgen verflogen. Er glich einem Fahrer, der auf der Autobahn an einem schweren Unfall vorbeikam und der, geschockt über das schreckliche Geschehen, für ein paar Kilometer seine Geschwindigkeit vermindert, um dann kurz darauf wieder Vollgas zu geben.

Er hatte ja nichts Ungesetzliches getan, dachte er und wollte sich gerade aus den Decken schälen, um zu frühstücken, als er von unten den fürchterlichen Aufschrei seines Vaters hörte: „Usch, welcher verfluchte Hund hat das getan?"

***

Anton Bamberger erstarrte, als er das Kainsmal auf der Hauswand erblickte. Es war halb neun, und er war eben erst aufgestanden. In den beiden Wochen, in denen der karnevalistische Endspurt mit Weiberfasching, Prunksitzung, Rosenmontag, Faschingsdienstag und Aschermittwoch anstand, nahm er gewöhnlich Urlaub. Nach den aufregenden Ereignissen des Wochenendes bis hin zu der Entlassung von Tobias aus der U-Haft freute er sich nun auf einen schönen Ausklang der Kampagne und nicht zuletzt auf das traditionelle Heringsessen an Aschermittwoch.

Gut, das würde diesmal unter einem doppelt traurigen Umstand stehen: zum einen dem Ende der tollen Tage und zum anderen der Frage, wie man mit Richard Mühlbergs Tod umgehen sollte. Er selbst hatte es – Tod hin oder her – seinem ehemaligen Kumpel Richard noch nicht verziehen, dass der seine Familie so durch den Dreck gezogen und mit dafür gesorgt hatte, dass man Tobias überhaupt in den Kreis der Verdächtigen einbeziehen konnte.

Andererseits war Richard ein Altgedienter des Sinner Karnevals. Da musste der CV mit dem Siebener-Rat an der Spitze, da musste vor allem er, Sitzungspräsident Anton Bamberger, Flagge zeigen. Trotz dieses Schattens war er nach der Entlassung seines Sohnes eigentlich fröhlich gestimmt. Und in dieser Stimmung war er – wohl wissend, dass seine Frau Ursula, Usch genannt, schon lange vor ihm aufgestanden war und für frischen Kaffee und Brötchen fürs Frühstück gesorgt hatte – vor die Haustür getreten, um die Tageszeitung herein zu holen, für die sich Usch eher nicht interessierte und sie deshalb regelmäßig im Briefkasten stecken ließ. Und jetzt das!

Er sah noch einmal auf die Farbkleckserei an der Hauswand neben dem Briefkasten. Anton Bamberger pumpte wie ein Maikäfer. Herzfrequenz und Blutdruck nahmen gefährliche Werte an. Er stürmte ins Haus.

Usch hatte sich nach dem Frühstück um sieben Uhr morgens (zu diesem Zeitpunkt erholte sich ihr Mann noch von dem Besuch des Rosenmontagsballs in Herborn) in ihr Atelier – so nannte sie einen wintergarten-ähnlichen Anbau ihres Hauses – zurückgezogen und arbeitete an einem neuen Gemälde, mit dem sie die schrecklichen Ereignisse des vergangenen Wochenendes künstlerisch verarbeiten wollte.

In diese Idylle platze nun Anton Bamberger.

„Usch“, schnaubte er, „Usch!“

Sie drehte ihm nach wie vor den Rücken zu, während sie mit dem Acrylfarben behafteten Pinsel über die Leinwand strich. Er war immer noch ziemlich sprachlos und starrte auf seine Frau, die so scheinbar gar nicht mitbekam, was in der Welt draußen vorging. Ihr Pinsel formte einen neuen Farbfleck auf der Leinwand. Er sah einen schwarzen Hintergrund, auf dem sich rote Flecken verteilten, die ihn an die mit Schüssen untermalten Blutspritzer aus den alten Edgar-Wallace-Filmen erinnerten. In der Mitte, zwischen den Flecken, zeigte sich ein heller Punkt. Wie das Licht am Ende eines Tunnels, wohl die Hoffnung in einer brutalen Welt symbolisierend.

Aber für solch künstlerische Interpretationen hatte er jetzt keinen Sinn. Tief Atem holend schrie er: „Usch!“

Sie zuckte zusammen, ließ den Pinsel fallen, der einen weiteren Blutfleck – diesmal aber auf dem sandfarbenen Teppichboden – verursachte, und drehte sich erschrocken um.

„Toni! Was ist denn?“

„Was ist? Hast du das denn nicht gesehen? Hast du nicht gesehen, was irgendwelche Schmieranten an unsere Hauswand gekleckst haben?“

„Nein“, entgegnete sie völlig entgeistert.

„Es muss dir doch aufgefallen sein, als du die Brötchen reingeholt hast. Übrigens: Wieder nur die Brötchen und nicht die Zeitung! Da musst du es doch gesehen haben.“

„Was? Was denn um Himmels willen?“

„Das Zeichen!“ plärrte Anton Bamberger.

Ursula war immer noch perplex. „Was für ein Zeichen?“

„Das M! Das M für Mörder!“

„Was? Aber ...“

„Ja, ein M. Mörder. Irgendein Schmierfink hat es an unsere Hauswand gemalt. Wenn ich den Kerl erwische! Aber das ist nur die Folge dieses unsäglichen Verdachts gegen Tobias. Im Dorf hat sich das auch schon verbreitet. Ich hab das gestern mitgekriegt. Möchte wissen, wer da solche Gerüchte in Umlauf setzt. Wahrscheinlich die Schnorr, diese alte Klatschdrossel. Diese blöde und völlig absurde Verhaftung von Tobias!“

Bamberger hielt wütend inne und dachte kurz nach. Dann hatte er sein Feindbild geistig geformt. Dieser dämliche Kommissar, der zu blöd ist, den Täter zu finden und deshalb einen Unschuldigen verhaftete, dachte er. Anton Bamberger griff zum Telefon, das auf einem Tischchen neben Ursulas Staffelei stand, und wählte die Nummer der Polizeistation Dillenburg.

„Ja, Bamberger hier. Ich möchte Kommissar Lohmann sprechen ... Was heißt, Sie wissen nicht, ob er zu sprechen ist? ... Ob das wichtig ist? Natürlich ist das wichtig ... Um was es geht? Natürlich um den Mord vom Wochenende ... Na also, geht doch."

Bamberger wartete, dass er zu Lohmann verbunden wurde, und tippte dabei im Stakkato mit seinem rechten Fuß auf den Boden. Lohmann war gerade aus Gießen zurückgekommen und schon auf dem Sprung zur Pressekonferenz.

„Lohmann? Bamberger hier. Nun haben Sie es geschafft. Was? Na was wohl? Durch Ihre unsinnige Verhaftung meines Sohnes fühlen sich nun einige Zeitgenossen bemüßigt, unsere Familie zu verunglimpfen. Wieso? Na, das können Sie sich ja gerne mal anschauen. An unsere Hauswand hat irgendein Drecksack ein dickes rotes M gepinselt. Das tut Ihnen leid? Ist das alles? Nein, wegmachen müssen Sie es nicht. Dafür sorg ich dann selber. Guten Tag!"

Bamberger knallte den Telefonhörer wieder auf die Mobilstation und schnauzte: „Kretin!"

Ursula sah ihn immer noch entgeistert an, bückte sich dann langsam und hob den Pinsel auf, der immer noch Reste der roten Acrylfarbe aufwies. Bamberger sah sie wütend an.

Ursula schluckte und flüsterte: „Also ich war's nicht!"

***

„Mann, was für ein Auflauf", raunte Hiller Lohmann zu, während er sich hinter die Tischreihe setzte, an der die anderen Beteiligten der Pressekonferenz schon saßen. Sie hatten es gerade noch pünktlich geschafft, nachdem sie Nadja Zimmermann noch direkt vor dem Redaktionsgebäude abgesetzt hatten.

Lohmann nickte Hiller zu. Er fühlte sich etwas unbehaglich. Pressekonferenzen waren nicht sein Ding. Aus ermittlungstaktischen Gründen konnte er schließlich nicht alles preisgeben, was er wusste. In den Zeitungen stand es aber dann am nächsten Tag schon mal mit dem unangenehmen Unterton, die Polizei tappe im Dunkeln.

Auf den Zuhörerplätzen des Sitzungsraums saßen rund fünfzehn Journalisten, während man es gewöhnlich nur mit den Vertretern der beiden heimischen Zeitungen zu tun hatte. Die waren zum einen durch Maximilian Prohaska und eine Redakteurin vertreten, die Lohmann noch nicht kannte. Außerdem waren zwei Hörfunk-Journalisten vom Hessischen Rundfunk und FFH, je ein Fernsehteam vom HR, RTL und Sat1 mit Reporter, Kamera- und Tonmann und eine Mitarbeiterin von dpa anwesend. Vorn, auf den Tischen, hinter denen die Beamten saßen, waren die Mikrofone der Radio- und TV-Berichterstatter aufgebaut, um die Statements der Ermittler einzufangen, drei Fernsehkameras richteten ihre Objektive dorthin, wo jetzt Eckhart Altmayer, der kurz nach Hiller den Raum betreten hatte und mit Elan vermittelnden Schritten zum Podium gegangen war, Platz genommen hatte und einen eisigen Blick in die Runde der Medienvertreter warf.

„Meine Damen, meine Herren, ich begrüße Sie zur Pressekonferenz in Sachen Karnevalsleiche“, begann Altmayer und blickte in die Runde der wartenden Medienvertreter, die sich von dieser Veranstaltung Aufklärung über den mysteriösen Todesfall vom Wochenende und wahrscheinlich sogar irgendeine spektakuläre Überraschung versprachen.

„Ich darf Ihnen zunächst die Kollegin und die Kollegen vorstellen, die mit dem Fall befasst sind. Rechts von mir sitzt Oberstaatsanwältin Dr. Caroline Bergkamp. Links von mir ist Kriminalhauptkommissar Lohmann, der die Ermittlungen leitet. Daneben, das ist Kriminaloberkommissar Hiller, der ebenfalls mit den Untersuchungen betraut ist. Ich schlage vor, dass Herr Lohmann Ihnen zunächst den aktuellen Ermittlungsstand vorstellt. Anschließend können Sie dann Fragen stellen. Falls sich solche noch ergeben.“

„Bestimmt“, murmelte Prohaska.

Lohmann räusperte sich.

„Also, wie Sie ja schon wissen, wurde am frühen Sonntagmorgen auf dem Gelände des katholischen Pfarrsaals in Sinn die Leiche eines Mannes gefunden. Über die Notrufnummer wurde die Polizei über diesen Fund unterrichtet. Beamte der Polizeistation Herborn waren innerhalb weniger Minuten vor Ort und sicherten die Fundstelle. Wenig später trafen die Kollegen der Spurensicherung sowie ein Notarzt ein, der aber nur noch den Tod des Mannes feststellen konnte. Es handelt sich bei dem Toten um den 54-jährigen Richard Mühlberg, wohnhaft in Sinn, der zu den Teilnehmern der Karnevalsveranstaltung gehörte, diese jedoch früher, etwa gegen 21.45 Uhr verlassen hatte. Der endgültige Obduktionsbericht liegt noch nicht vor, jedoch können wir davon ausgehen, dass der Tod kurz nach dem Verlassen der Veranstaltung eingetreten ist, also zwischen Viertel vor zehn und halb elf Uhr abends. Der Tote wies massive Verletzungen am Schädel auf, die ihm durch eine Eisenstange, besser gesagt, eine Metalldeichsel beigebracht wurden."

In die kurze Pause hinein, die Lohmann zum Luft holen nutzen wollte, fragte die RTL-Journalistin: „Eine Deichsel? Also von einem Wagen, oder was? Wie muss man sich das vorstellen? Das ist doch ... unhandlich."

Altmayer ergriff das Wort und sah die Frau überlegen lächelnd an. „Das ist doch ganz einfach. Die Deichsel lässt sich abnehmen."

„Genau", schaltete sich Lohmann wieder ein. „Diese Deichsel ist mit zwei Flügelschrauben an einem Wagen befestigt, mit dem Mobiliar, also Tische und Stühle, in den Saal rein- oder rausgefahren werden können. Die Deichsel lässt sich problemlos abnehmen und wieder aufsetzen."

„Und mit der wurde der Tote ... ich meine der Mann ... getötet", hakte die Fernsehfrau nach.

„Ja, davon ist auszugehen. Wir haben das Eisenstück sicherstellen können. Anhaftungen daran, also Blut und Knochensplitter, konnten eindeutig dem Toten zugeordnet werden."

„Fanden sich weitere Spuren daran, die auf den Täter deuten?" wollte der Reporter vom HR-Fernsehen wissen.

„Nein", lautete Lohmanns kurze Antwort.

„Ist das so zu verstehen, dass Sie noch keine Spur des Täters haben", rief der Mann von Sat1.

„Ja."

Lohmanns knapper Erwiderung folgte ein Raunen unter den Journalisten. Fast drei Tage waren seit dem Auffinden der Leiche vergangen, und die Polizei hatte noch keine heiße Spur?

„Das ist aber nicht viel an Ergebnissen", meinte die RTL-Frau. „Wäre es da nicht langsam angebracht, über die Bildung einer Soko nachzudenken?"

Altmayer schaltete sich ein: „Also, von einer Sonderkommission sind wir noch weit entfernt, Frau ... äh ..."

„Schneck, RTL."

„Genau, Frau Schneck. Noch haben wir ja nicht den abschließenden Obduktionsbericht. Es können sich ja durchaus noch andere Perspektiven ergeben.“

„Heißt das: kein Mord?“ ließ sich wieder der Sat1-Mann hören.

Dr. Bergkamp schaltetet sich ein: „Totschlag könnte es auch sein. Notwehr und einen Unfall können wir mit ziemlicher Sicherheit ausschließen. Aber wir ermitteln in alle Richtungen.“

„Und was heißt das konkret?“ fragte die junge Redakteurin, die Lohmann noch nicht kannte.

„Sehen Sie, wir haben es hier mit einem ziemlich schwierigen Fall zu tun. Mord hat eine hohe statistische Aufklärungsrate. Im vergangenen Jahr lag sie bei 97 Prozent“, sagte er.

„Bleiben aber immer noch drei Prozent unaufgeklärte Fälle. Ganz abgesehen von den Friedhöfen, die hell erleuchtet wären, wenn über dem Grab eines jeden unentdeckten Mordes eine Kerze brennen würde“, wandte der Sat1-Mann ein, was zu einem verhaltenen Lachen unter den Medienvertretern führte.

„Meine Damen, meine Herren“, mahnte Altmayer, „ich bitte Sie, doch den Ernst zu bewahren, der in diesem Fall angemessen ist.“

„Trotzdem ist die Aufklärungsrate sehr hoch. Wenn Sie ein Motiv haben, lässt sich der Kreis der Verdächtigen relativ gut eingrenzen“, stellte Lohmann klar. „Hier ist das anders. Mühlberg hatte nach unserem bisherigen Kenntnisstand keine Feinde, es gab keinen Streit mit irgendwem. Aus den Ermittlungen hat sich noch kein greifbares Motiv herauskristallisiert. Deshalb ist nicht auszuschließen, dass der Tod von Richard Mühlberg ein ... ja, ein Zufall war.“

„Ein Zufall?“ zeigte sich nun der HR-Radioreporter verwundert.

„Ja. Wir haben es in der letzten Zeit mit einer Reihe von Einbrüchen im Großraum Herborn, Sinn und Mittenaar zu tun. Erst Samstagnacht hat es in Sinn wieder einen Einbruch gegeben.“ Lohmann verschwieg, dass es sich just um das Anwesen Mühlberg gehandelt hatte. „Es ist deshalb nicht auszuschließen, dass ein oder mehrere Einbrecher die Gelegenheit nutzen wollten, während der Karnevalsveranstaltung in der unbewachten Garderobe nach Wertgegenständen zu suchen.“

„Aber wer lässt denn seine Wertsachen so unbeobachtet“, zeigte sich die FFH-Reporterin skeptisch.

Lohmann grinste. „Was glauben Sie, wie groß der Leichtsinn und die Gutgläubigkeit der Leute ist. Was meinen Sie, wie viele Fälle von Diebstählen von Scheckkarten, Handys, Handtaschen mit Geldbörsen aus – ja sogar unverschlossenen – Autos, Garderoben von Bürgerhäusern oder Umkleidekabinen von Sporthallen die Kollegen vom Diebstahldezernat pro Jahr aufzunehmen haben? Wäre dieser Leichtsinn und diese Gutgläubigkeit nicht so weit verbreitet, würde zum Beispiel so etwas wie der Enkeltrick wohl kaum so gut und immer wieder funktionieren, obwohl wir ständig darauf hinweisen."

Maximilian Prohaska hatte sich bis jetzt zurückgehalten und die Pressekonferenz mit einem leichten Schmunzeln verfolgt. Jetzt meldet er sich zu Wort – im schönsten Hochdeutsch.

„Äh, Herr Kommissar, ist es richtig, dass der Tote, ich meine Richard Mühlberg, als er noch lebte, eine Büttenrede gehalten hat, die einigen Herrschaften unangenehm aufgestoßen ist? Wäre da ein Motiv zu suchen?"

„Das könnte sein. Das Problem ist nur, dass wir diese Büttenrede bislang nur zum Teil kennen. Ein Manuskript dazu ist bisher nicht auffindbar."

„Wie wäre es denn mit dem Original auf einer Festplatte", fragte Prohaska.

Lohmann lächelte. „Daran arbeiten wir derzeit."

„Noch etwas", setzte Prohaska hinzu, „wie zu hören war, hat es am Sonntag die Festnahme eines Tatverdächtigen gegeben. Können Sie das bestätigen?"

Verfluchtes Rumgesummse, dachte Lohmann, antwortete aber: „Dazu kann ich Ihnen derzeit nichts sagen."

„Auf welche Indizien stützte sich denn diese vorläufige Festnahme?" setzte der Wiener nach.

„Wie gesagt, dazu kann ich Ihnen nichts sagen. Sie werden verstehen, dass ich Ihnen aus ermittlungstaktischen Gründen nicht alle Details mitteilen kann. Da bitte ich um Verständnis", sagte Lohmann.

Auch Altmayer war der Meinung, dass nun genügend zum aktuellen Stand der Ermittlungen gesagt worden sei, und drängte zum Ende mit der Floskel: „Ja, gibt es dann noch weitere Fragen? Wenn nicht, dann würde ich ..."

Die neue Redakteurin meldete sich.

„Ja, bitte!“ seufzte Altmayer.

„Da ich Sie noch nicht kenne, würde ich Sie bitten, mir noch Ihre Vornamen zu geben.“

Altmayer, der schon gefürchtet hatte, es könnte noch eine kritische Nachfrage kommen, nannte die vollständigen Namen und wandte sich dann erneut an die Runde: „Weitere Fragen? Wenn nicht, würde ich die Pressekonferenz jetzt beenden. Vielen Dank, meine Damen, meine Herren. Auf Wiedersehen.“

Altmayer stand auf und deutete damit unmissverständlich an, dass für heute nichts mehr zu erfahren war. Während die anderen Journalisten ihre Sachen zusammenpackten, schlenderte Prohaska Lohmann und Hiller entgegen, die sich auf den Weg in ihr Büro machen wollten.

„Servus, Herr Kommissär“, grüßte er die beiden.

„Tach, Herr Prohaska, für heute haben wir leider nichts mehr für Sie“, sagte Lohmann.

„Macht nix, Herr Kommissär, vielleicht hätt ich jo wos für Sie“, grinste der Journalist.

„Für uns?“ wunderte sich Hiller. „Und was könnte das sein?“

„Beichten Sie's, Herr Prohaska“, schmunzelte Lohmann, „Sie wissen, das Zurückhalten von Informationen ist strafbar.“

„Sehn's, des is auch meine Meinung. Nur die Polizei hält sich eben uns gegenüber nicht immer dran.“

Lohmann und Hiller lachten.

Prohaska fuhr fort: „Also, da rief mich heit Morgen doch eine nette junge Dame an, und meinte, sie hätt wos für mich. Sie hätt da am Samstag ... rein zufällig ... wos gefunden. Sie meinte, ich könnt' vielleicht wos damit anfangen.“

Lohmann wurde langsam ungeduldig. „Na, nun reden Sie doch nicht so um den heißen Brei herum. Um was handelt es sich denn nun?“

Prohaska sah ihm schmunzelnd in die Augen, spitzte kurz die Lippen und ließ dann die Bombe platzen.

„Vier Videokassetten. Die vier Videokassetten, die, auf denen die Karnevalssitzung vom Samstag aufgezeichnet wurde.“

Lohmann riss die Augen auf und blickte Hiller an, dem der Unterkiefer nach unten geklappt war.

„Menschenskind, verdammt noch mal, Prohaska, was sagen Sie da? Die verschwundenen Videokassetten? Wo sind sie? Wer hat sie? Und das sagen Sie uns erst jetzt?“

„Ich weiß es auch erst seit knapp zwei Stunden. Des Mädel dacht, ich hätt dafür vielleicht Verwendung. Sie dacht, ich könnt vielleicht so eine Sensationsgeschichte draus machen, also aus der Büttenrede, die Bambergers in die Pfanne hauen. Wegen dieser Gerüchte, dass der Tod von Mühlbergs Tochter kein Unfall, sondern ein Selbstmord woar.“

„Das darf doch wohl nicht wahr sein“, polterte Lohmann, „wir suchen uns die Hacken wund nach diesen verfluchten Kassetten! Na, die kann was erleben. Was denkt sich diese Göre eigentlich dabei, Beweismaterial zu klauen?“

Prohaska hob beruhigend die Hände. „Naa, net gestohln, Sie hat's ... g'funden. Auf der Damentoilette, sagt sie.“

Aber Lohmann war nicht so schnell zu beruhigen. „Das glauben Sie doch wohl selber nicht. Gefunden? Und wo sind die Bänder jetzt?“

„Sehn's, jetzt kommt's. Ich hob ihr kloar gemacht, dass des so ne Art Unterschlagung von Beweismaterial wär. Und dass ich mich da bei allem journalistischen Interesse net dranhängen möcht. Des hat sie dann auch eing'sehn. Aber jetzt hot's halt Angst, dass sie sich hat strafbar gemacht.“

„Das ist ja auch der Fall“, raunzte Hiller. „Die Kassetten enthalten möglicherweise einen entscheidenden Hinweis auf den Täter, und sie denkt nur daran, die Bambergers in einen Skandal zu verwickeln.“

„Ja, des war vielleicht nicht richtig“, wandte Prohaska kopfschüttelnd und scheinbar bedauernd ein, „aber des hat's halt auch eing'sehn und möchte des jetzt wiedergutmachen.“

„Und warum hat sie sich gerade an Sie gewandt?“

„Ich hob vor einem Joahr mal ne Geschichte über sie gemacht. Was ein Gardemädel im Karneval so olles erlebt. Ein süßes Mädel. Aber wie's halt so is: Ich hob eben kein Glück in der Liebe. Dafür hob ich halt Pech im Spiel.“

„Wo sind die Kassetten?“ fragte Lohmann.

Prohaska räusperte sich. „Ich hab dem Mädel g'sagt, ich tät mich mal bei Ihnen dafür einsetzen, das des Ganze glimpflich für sie abgeht. Und da hat sie g'sagt, dann würd sie sich sofort stellen.“

sie die gut gemeinten Ratschläge in den Wind geschlagen hatte. Ich hab versucht, sie zu trösten, aber ich hatte nur den Erfolg, dass sie zwar wieder ein bisschen positiver drauf war, aber meinte, sie müsse noch mal mit ihm reden.“

„Hat sie das getan?“

„Sie hat es versucht. Aber immer ist er ihr entgangen. Den letzten Versuch hatte sie am Aschermittwochabend unternommen. Sie ging zum Heringsessen. Tobias war da. Aber er ließ sich verleugnen. Da ging sie. Zwei Stunden später fuhr sie gegen den Baum.“

Lisa sah Lohmann jetzt mit Augen an, die Blitze zu schießen schienen, und er hatte das Gefühl, einer Rachegöttin der Antike gegenüberzusitzen.

„Das war kein Unfall. Sie hat es mit Absicht getan. Weil sie diese Enttäuschung nicht verwinden konnte, weil sie sich geschämt hat“, zischte sie. Dann änderte sich ihr Gesichtsausdruck. Ihre Mundwinkel zuckten, und sie fing an zu weinen. Sie verbarg ihr Gesicht in den Händen und schüttelte hilflos den Kopf.

„Dieses geile Schwein. Und es war ihm egal, einfach egal. Anfangs hat er Betroffenheit geheuchelt. Und dann war es ihm egal. Dann hat er einfach weitergemacht wie vorher. Aber Annika war tot.“

Sie kramte hastig ein Taschentuch aus ihrer Handtasche, wischte sich die Augen und fuhr dann fort: „Ich meine, mir war das einerlei, das eine Mal mit ihm. Hat sich so ergeben und war auch schnell wieder vergessen. Aber Annika war anders gestrickt, so ... verletzlich. Und das wusste er und hat sie trotzdem nicht in Ruhe gelassen, das Schwein.“

Sie wischte sich nochmals über die Augen und zerknüllte dann das Papiertaschentuch nervös in der Hand.

„Damals, ich meine, als Annika starb, hab ich mir geschworen, dass ich das dem Kerl mal irgendwann heimzahle.“

„Und diese Gelegenheit sahen Sie Samstagnacht gekommen?“ fragte Lohmann. „Sie nahmen die Kassetten an sich? Was hatten Sie damit vor?“

„Ich dachte, wenn das in die Öffentlichkeit kommt, dann ist Tobias erledigt. Dann kann er sich nirgendwo mehr blicken lassen. Deshalb hab ich es getan.“

Lohmann schüttelte den Kopf. „Sind Sie sich denn nicht im Klaren darüber gewesen, dass das eine strafbare Handlung war? Diebstahl, Unterschlagung von Beweismitteln, im schlimmsten Fall Beihilfe zu einem Mord."

Lisa Stojanowitsch wurde leichenblass, starrte Lohmann an und stotterte: „Ich ... muss ich jetzt ins Gefängnis?"

„Nein, aber so ganz ohne Folgen wird das wohl nicht bleiben."

„Aber ohne mich wären die Bänder jetzt vernichtet."

„Warum vermuten Sie das?"

„Keine Vermutung! Ich hatte die Kassetten kurz nach Ende des Programms aus Georgs Tasche genommen. Er war zur Theke gegangen, um sich ein Bier zu holen. Keiner achtete auf mich. Da hab ich's getan. Ich wollte die Büttenrede Richards irgendwie in die Öffentlichkeit bringen, um Tobias und seinen Vater bloßzustellen."

„Aber es war doch auch eine Pressevertreterin an diesem Abend anwesend, die darüber berichten würde. Außerdem waren über zweihundert Leute im Saal. Das war doch öffentlich", hakte Lohmann ein.

„Ja, schon. Ich hatte ja auch erst mal keinen konkreten Plan. Aber man weiß ja nicht, ob die das in der Zeitung auch so fett schreiben. Und die Leute im Saal waren so ziemlich alle empört über Mühlbergs Büttenrede und auf Bambergers Seite. Da war nicht damit zu rechnen, dass sich das noch zu dem Skandal ausweiten würde, den Richard wohl beabsichtigt hatte. Ich dachte einfach nur: Nimm die Bänder an dich. Das darf nicht unter den Tisch fallen. Und ich hatte recht."

„Warum?"

„Es war kurz nachdem der Tote entdeckt worden war. Ich hatte noch in der Sektbar Dienst. Sonst wär ich schon zu Hause gewesen. Nachdem wir wieder im Saal waren, wollte ich schon mal ein bisschen aufräumen. Da hörte ich, wie der alte Bamberger nebenan im Flur mit Georg telefonierte. Er verlangte von ihm, dass er ihm die Bänder am nächsten Morgen gleich bringen sollte."

„Und Sie vermuten ..."

„... dass er sie vernichten wollte."

„Warum? Es konnte doch auch sein, dass er sich die Sitzung einfach mal ansehen wollte."

Lisa schaute ihn ungläubig an. „Herr Kommissar, und dazu ruft er Georg mitten in der Nacht an, während draußen ein Freund von ihm erschlagen liegt? Nee, nee! Der wollte die Bänder vernichten, damit nichts Konkretes von der Büttenrede für die Nachwelt erhalten bleibt. Außerdem: Womit hätte er die Kassetten denn abspielen sollen? Der alte Bamberger hat weder eine Videokamera noch einen Videorekorder oder einen DVD-Player."

„Wissen Sie das genau?"

„Ja. Tobias, Annika und ich und noch ein paar andere Jungs und Mädels waren mal eine Clique. Da waren wir natürlich auch öfters bei Bambergers. Unten, im Partykeller, hat der Alte eine große Vitrine mit vielen historischen Fotoapparaten und so Zeugs halt. Sogar so uralte Dinger, bei denen man noch Platten einlegen musste. Der fotografiert gerne und hat auch schon einige Ausstellungen mit seinen Fotos gestaltet. Italien, Toskana, Venedig und so. Der Film ist der Tod der Fotografie, hat er mal gesagt, so was kommt mir nicht ins Haus. Gerade mal, dass die Bambergers einen Fernseher hatten. Nur Tobi hat sich einen Videorekorder und später einen DVD-Player von seinem eigenen Geld für sein Zimmer angeschafft. Aber das durfte der Alte anfangs gar nicht wissen. Womit hätte der also die Kassetten abspielen sollen? Nee, der wollte sie vernichten, da bin ich mir sicher."

„Ja, vielleicht haben Sie recht", gab Lohmann zu.

„Und was passiert nun mit mir?"

Lohmann zuckte die Schultern. „Sie gehen jetzt erst mal nach Hause. Gegebenenfalls hören Sie wieder von uns."

Lisa schluckte und stand langsam auf. „Ja, dann auf Wiedersehen."

„Ich hätte da noch eine andere Frage."

„Ja?"

„Stammen Sie zufällig aus Jugoslawien?"

„Aus dem ehemaligen Jugoslawien", korrigierte sie ihn. „Wie kommen Sie darauf?"

„Ich dachte. Ihr Name klingt so."

„Ich bin hier geboren. Aber mein Vater kam mit meinen Großeltern Mitte der sechziger Jahre aus dem heutigen Kroatien nach Deutschland. Als Gastarbeiter."

„Ah so." Lohmann wirkte etwas enttäuscht.

„Warum wollen Sie das wissen?"

Lohmann räusperte sich erneut. „Ja, wissen Sie, meine Frau und ich wollen in diesem Jahr unseren Sommerurlaub eventuell in Kroatien verbringen. Ich dachte, vielleicht hätten Sie mir was empfehlen können."

Die junge Frau wirkte erleichtert. „Warum nicht? Wir haben immer Kontakt zu unseren Verwandten gehalten und viele Urlaube an der Adria verbracht. Was soll's denn sein?"

„Na ja, möglichst nicht zu weit entfernt. So, dass man es mit dem Auto möglichst an einem Tag erreichen kann. Und Berge sollten nicht allzu weit entfernt sein."

„Na, Berge haben Sie fast die gesamte Küste runter in Meeresnähe. Aber dann wurde ich Ihnen Istrien empfehlen. An der Westküste. Das sind von hier etwas mehr als tausend Kilometer, also in zehn, zwölf Stunden fahrbar. Die Gegend von Rovinj und vor allem Poreč, die war schon vor dem Krieg touristisch super erschlossen."

Lohmann stutzte. Vor dem Krieg, so hatten seine Eltern und Großeltern gesprochen, wenn sie aus ihrer Kindheit und Jugend erzählten. Aber klar: Für Lisa Stojanowitsch lag der letzte Krieg gerade mal zehn, fünfzehn Jahre zurück.

„Das sind schöne Orte mit tollen Altstädten", fuhr sie fort. „Bei Poreč gibt es ein großes Touristenzentrum: Zelena Laguna und Plava Laguna. Die grüne und blaue Lagune, mit Hotels, Campingplätzen, Ferienhäusern und und und. Interessant ist das dort auch für Leute mit Interesse an Geschichte. Da gibt es in den Städten etliches an römischen, venezianischen, österreichischen und italienischen Bauten. Auch die regionale Küche bietet viel Abwechslung."

„Und Berge?" wollte Lohmann wissen.

„Von da aus können Sie in einer Stunde das Učka-Gebirge erreichen. Das ist auf der Ostseite der Halbinsel. Am Učka sind viele Wanderwege ausgeschildert."

Lohmann notierte sich die Angaben: Rovinn, Porretsch, Utschka.

„Vielen Dank für die Informationen."

„Wenn ich Ihnen damit einen Dienst erweisen konnte", sagte sie mit einem gewissen Unterton in der Stimme.

„Ja, Sie haben mir sehr geholfen. Nochmals vielen Dank. Auf Wiedersehen", erwiderte Lohmann und nickte ihr aufmunternd zu.

„Dovidjenja", grüßte sie und verließ das Büro.

Lohmann nickte befriedigt und lehnte sich in seinem Schreibtischstuhl zurück. Nachher konnte er zu Hause mit seinem Wissen glänzen. Denn Porretsch und Rovinn kamen in Annes Urlaubsprospekten nicht vor. Das würde sie überraschen. Und er hatte sich sogar einen Tag vor Ablauf ihres Ultimatums entschieden.

***

Die Videobänder erwiesen sich als Enttäuschung. Immer und immer wieder sahen sich Lohmann und Hiller die Stelle an, als Richard Mühlberg der Ton abgedreht wurde. Er zog über den Bürgermeister her, über den alten und den jungen Bamberger. Und dann brach der Ton ab. Selbst jemand, der von den Lippen ablesen konnte, hätte nicht wiedergeben können, was Mühlberg bei ausgeschaltetem Mikro gesagt hatte. Zuviel Unruhe. Da lief jemand vor der Kamera durchs Bild, dort sprang jemand empört auf und verdeckte die Sicht, dann rempelte jemand den Kameramann oder das Kamerastativ an, und das Bild bekam eine Neigung, als würde die Aufnahme von der untergehenden Titanic stammen.

Auch unter Hinzuziehung eines Tontechnik-Experten brachte sie das Video keinen Schritt weiter. Redefetzen wie „der alte Sack", „Hochglanzlack" und „schnelles Geld" waren zu verstehen. Mehr nicht. Kein Zusammenhang erkennbar, kein Name hörbar. Das Motiv und der Hinweis auf einen Täter, wenn sie denn in der Büttenrede verborgen waren, blieben akustisch im Dunkeln.

Die Sichtung förderte schließlich nur ein Ergebnis zutage: Tobias Bambergers und Janette Geiersdörfers Aussagen wurden durch die Videoaufnahme bestätigt. Die Kamera war nach der Pause wieder auf den Siebener-Rat und die Bühne gerichtet, auf der gerade die „Drei Missgebärtcher" mit Wandergitarre, Akkordeon, Kontrabass und Bänkelgesang für Stimmung sorgten. Janette Gereisdörfer betrat laut Timeline um 22.18 Uhr durch die Tür neben der Bühne den Saal und verschwand wieder aus dem Bild, da sie ihren Platz weiter hinten hatte. Um 22.21 Uhr kam Tobias Bamberger herein und setzte sich zu seinen Freunden, die vorn links einen Tisch für sich okkupiert hatten.

Nach fünf Stunden brachen Lohmann und Hiller die Sichtung des Videos ab.

„Wir sehen uns morgen früh wieder", sagte Lohmann zu Hiller. „Sei frisch und munter. Wir müssen jetzt langsam vorwärts kommen, sonst kommen wir um die Gründung einer Soko nicht herum."

Hiller nickte. Auf ihn wartete noch seine Beschützeraufgabe. Lohmann sah ihn an, während er seine Tasche mit der Brotbüchse und der Thermoskanne zuklappte.

„Wie lange willst du das machen?“

„Solange, bis ich weiß, dass sie nicht in Gefahr ist.“

„Also dann, Herr Personenschützer, morgen frisch und munter!“ sagte Lohmann und verabschiedete sich.

Hiller verließ ein paar Minuten später die Dienststelle, um Nadja Zimmermann in der Redaktion abzuholen.

***

Nadja Zimmermann schloss ihre Wohnungstür auf und wollte eintreten, doch Hiller hielt sie zurück.

„In diesem Fall kommt der Mann zuerst“, schmunzelte er und freute sich, dass sie auf diese Anzüglichkeit nicht abweisend, sondern mit einem ironischen Lächeln reagierte.

„Im Fernsehen zieht der Kommissar jetzt seine Dienstwaffe und streckt sie mit beiden Händen weit vor“, sagte sie leise.

„Ja, im Fernsehen“, wisperte er zurück und ging leise vorwärts. Dann sah er, dass im Wohnzimmer das Licht brannte, und zog seine Pistole.

„Also doch“, flüsterte sie, blieb aber erstaunlich kaltblütig.

Hiller schlich vorwärts, und Nadja folgte ihm. Er schob langsam die Tür zum Wohnzimmer auf und bemerkte über der Rückenlehne der Couch, auf der er die Nacht zugebracht hatte, einen Hinterkopf mit kurzen blonden Stoppelhaaren. Das dazugehörige Gesicht war zum gegenüber tehenden Fernsehgerät gerichtet und verfolgte eine Sportsendung auf einem privaten Sender.

Hiller sah Nadja an, und sie schüttelte den Kopf.

„Torben, was machst du hier?“ rief sie empört.

Hiller steckte die Pistole blitzschnell weg. Offenbar hatten sie es hier nicht mit einem hausfremden Menschen und schon gar nicht mit ihrem Mörder zu tun.

Der Mann auf der Couch erschrak sichtlich, so unerwartet aus seiner vollen Konzentration auf die Mattscheibe gerissen zu werden. Er starrte Nadja an und stand dann auf. Torben war gut zwei Meter groß. Er war mit Sportschuhen, Jeans und einem T-Shirt bekleidet, das über dem Berg von Muskelfleisch beinahe zu platzen drohte. Aus Torbens Armen hätte man locker die Beine eines durchschnittlichen Menschen machen können, seine Beine, die die Jeans bis zum Bersten ausfüllten, hatten den Umfang derjenigen eines jungen Elefanten.

„Was machst du hier?“ stieß Nadja erneut hervor. Ihre Stimme hatte alle Sanftheit verloren. Hiller merkte, dass sie auch zu einer energischen Ansage fähig war.

„Ich wollte noch mal mit dir reden“, kam die unsichere Antwort.

„Es gibt nichts mehr zu reden“, platzte Nadja heraus, „geh zurück zu Lana, Mala, Laura oder wie immer diese Schnecken aus deinem Fitnessstudio heißen. Und wieso hast du noch einen Schlüssel zu meiner Wohnung? Gib den Schlüssel her.“

Torben schob den Unterkiefer vor und blickte kurz auf Hiller, den er jetzt zum ersten Mal wahrzunehmen schien.

„Wer is der? Dein neuer Lover?“

Bevor Hiller antworten konnte, drehte sich Torben zu ihm herum und schnauzte ihn an: „Hör mal, Kleiner, ich rate dir, ganz schnell kehrtzumachen und abzuhauen. Die Kleine is meine, klar?“

Hiller formte die Lippen als wollte er pfeifen. „Frau Zimmermann hat Sie aufgefordert, die Wohnung zu verlassen und den Schlüssel abzugeben. Das seh ich genauso. Also?“

„Hau ab, du Arschloch“, fauchte Torben und trat zu Hiller.

„Ich warne Sie zum letzten Mal“, stellte Hiller klar, „gehen Sie, und lassen Sie den Schlüssel hier.“

Torben baute sich vor Hiller auf. Er überragte ihn um einen Kopf.

„Hör zu, du kleines Fischgesicht: Du gehst. Und zwar sofort.“

Torben packte Hiller am Arm und schob ihn Richtung Wohnungstür.

„Ich fordere Sie zum letzten Mal auf ...“, versuchte Hiller eine friedliche Lösung.

„Leck mich!“ unterbrach ihn Torben und erhöhte den Druck auf Hillers Arm.

Ein kurz angesetzter Schlag Hillers in die Armbeuge von Torben, und dieser stieß einen Schmerzensschrei aus. Eine blitzschnelle Drehung Hillers, der den rechten Arm seines Widersachers gepackt hatte, und dieser bildete hinter dessen Rücken einen rechten Winkel. Hiller drückte Torben gegen die Türeinfassung, was diesem einen weiteren Schmerzensschrei entlockte, ihn aber völlig wehrlos machte.

„Und nun den Schlüssel“, forderte Hiller.

„Verdammt noch mal, du Saukerl, was soll das? Wer bist du?“

„Kriminaloberkommissar Hiller, Kripo Dillenburg. Und nun den Schlüssel.“

„Bulle? Ach du Scheiße.“

„Den Schlüssel!“

„In meiner linken Hosentasche.“

„Frau Zimmermann, würden Sie mal bitte?“ forderte Hiller sie auf.

Sie zögerte.

„Der Mann ist gesichert, Sie können ruhig zugreifen.“

Nadja Zimmermann griff in die linke Hosentasche Torbens, der in den Türpfosten knirschte. Es klimperte, sie hatte den Bund.

„Welcher ist es?“ fragte Hiller.

„Ich weiß es“, sagte sie hastig, ehe Torben antworten konnte.

Hiller hörte ein Klirren und Klimpern. Dann stieß sie hervor: „So, das war's.“

Sie steckte den Schlüsselbund wieder zurück in Torbens Hosentasche.

Hiller stieß ihn aus der offenen Wohnungstür.

„Hier, nur der Vollständigkeit halber, mein Ausweis.“

Torben starrte das amtliche Dokument an.

„Und nun: Tschüss!“ sagte Hiller und schloss die Wohnungstür vor Torben, der noch fast eine Minute bewegungslos dastand, ehe er sich fluchend entfernte.

Hinter der Tür atmete Nadja tief durch, lächelte und hauchte mit ein klein wenig Ironie in der Stimme: „Mein Beschützer!“

***

„Also, ich hab mir das überlegt“, eröffnete Lohmann das Gespräch mit Anne, die ihn erstaunt ansah. Er war nach Hause gekommen, hatte sich ein Wurstbrot zum Abendessen gemacht und eine Apfelschorle eingeschenkt, während Anne Arbeiten korrigierte. Beides platzierte er auf dem Tischchen vor der Couch, von der aus sie am Sonntagabend eine Reisedoku über die kroatische Küste gesehen hatten.

Insgeheim musste er sich eingestehen, dass ihn das alles ziemlich beeindruckt hatte. Das grau-weiße Karstgebirge, das bis ganz dicht ans Meer heranreichte, das glasklare Wasser, die schnuckeligen Fischerstädtchen, Karstflüsse und Wasserfälle im Hinterland, und das alles unter einem azurblauen Himmel und strahlendem Sonnenschein. Fast zu schön, um wahr zu sein. Aber glasklarer Himmel und Sonne versprachen in diesen Breiten auch Temperaturen, die ihm deutlich weniger angenehm waren als die frische, kühle Bergluft der Alpen. Trotzdem ...

„Ja, ich hab mir das noch mal überlegt", sagte er erneut zu Anne, die ihn immer noch erwartungsvoll anblickte.

„Was hältst du denn von der Gegend von Porretsch oder Rovinn?"

Anne überlegte kurz. „Das ist im Norden, also besser gesagt: in Istrien. Richtig?"

„Genau. Das sind rund tausend Kilometer. Kann man mit etwas Glück und ohne Staus in knapp zwölf Stunden schaffen. Also an einem Tag. Da ist es ziemlich grün, also wohl nicht so heiß wie im Süden und trotzdem mediterran."

Das letzte Wort sprach er aus, als müsste er es buchstabieren.

„Und wie kommst du gerade darauf?"

„Hat mir jemand empfohlen."

„Aha, und wer?"

„Kennst du nicht. Ihre Vorfahren stammen aus dem ehemaligen Jugoslawien."

„Also eine Sie."

Lohmann sah sie etwas verwirrt an. „Ja, eine Zeugin, die wir heute zu dem Mordfall vernommen haben."

Anne grinste. „Und da hast du sie auch gleich nach einem Urlaubstipp gefragt?"

„Ja, warum nicht? Sie hat mir das da in Istrien empfohlen."

„Na ja, gut. Dann werde ich morgen mal im Internet schauen, was es dort an Unterkünften gibt. Oder willst du die Zeugin in der Sache noch einmal einvernehmen? Apropos: Was macht euer Fall? Gibt's was Neues?"

„Nichts. Und ich möchte bald ins Bett."

Mittwoch, 25. Februar
– Aschermittwoch –

„Guten Tag, Frau Mühlberg, Hauptkommissar Lohmann hier. Ich wollte Ihnen mitteilen, dass die Staatsanwaltschaft die Leiche Ihres Mannes freigegeben hat. Ich meine wegen der Beerdigung."

„Dr. Mabuse" hatte seinen abschließenden Obduktionsbericht noch am frühen Abend gemailt, in dem im wesentlichen die schon am Vortag beim Termin in der Gerichtsmedizin bekannt gegebenen Informationen wiedergegeben wurden und der mit dem Satz schloss, dass die Leiche nun freigegeben werden könnte.

„Vielen Dank, Herr Lohmann. Dann kann ich mich jetzt um einen Termin bemühen. Haben Sie schon irgendeinen Hinweis auf den Täter? Ich habe gehört, Tobias Bamberger sei festgenommen worden, aber der ist ja wieder frei. Ich kann mir auch nicht vorstellen, dass der etwas damit zu tun hat."

Lohmann überlegte, was er ihr mitteilen konnte. Schließlich waren sie seit Montag, nachdem sie Tobias Bamberger wieder auf freien Fuß setzen mussten, nicht entscheidend vorangekommen. Lohmann entschied sich für die nebulöse Methode.

„Ich kann Ihnen noch nichts Definitives sagen. Wir ermitteln in alle Richtungen. Es gibt da schon ein paar vielversprechende Hinweise."

„Ich weiß ja nicht, ob das wichtig ist ..."

Lohmann wurde hellhörig. „Was?"

„Ich meine, weil Sie doch nach der Büttenrede suchten und meinten, der Einbruch bei uns könnte möglicherweise damit zusammenhängen."

„Ja, was meinen Sie denn nun?"

„Also, mein Mann hat seine Büttenreden immer am Computer geschrieben. Vielleicht hilft Ihnen das ja."

„Ja schon, aber das Notebook ist ja verschwunden."

„Nein, ich meine nicht das Notebook. Er hat im Keller, in seinem Hobbyraum, noch so einen älteren Computer stehen. Dahin hat er sich immer zurückgezogen, wenn er die Reden geschrieben hat."

Mit etwas heiserer Stimme fragte Lohmann: „Warum teilen Sie uns das erst jetzt mit?"

„Entschuldigung. Ich hatte nicht dran gedacht. Der Tod meines Mannes ... ich war einfach durcheinander. Eben fiel mir das wieder ein. Und da riefen Sie auch schon an.“

„Schon gut. Haben Sie den Computer hochgefahren? Haben Sie ihn berührt?“

„Nein, ich sage ja, es fiel mir eben gerade ein.“

„Dann rühren Sie bitte nichts an. Wir kommen sofort. Auf Wiederhören.“

Ohne ihre Antwort abzuwarten, rief er zu Hiller hinüber: „Markus, aufi geht's. Wir müssen zu Mühlbergs.“

„Ne neue Spur?“ kam es etwas unwillig von Hiller, der gerade seinen Schweizer Wurstsalat ausgepackt hatte und Mittag machen wollte.

„Vielleicht, ich hoffe es. Im Keller von Mühlbergs steht noch ein alter Computer. Und auf dem hat der Mühlberg immer seine Büttenreden geschrieben. Fiel seiner Frau eben ein. Vielleicht haben wir Glück.“

„Dann los“, sagte Hiller, packte den Salat wieder ein und verstaute ihn im Kühlschrank.

Zwanzig Minuten später klingelten sie bei Mühlbergs. Die Frau öffnete. „Guten Tag, ich bitte nochmals um Entschuldigung, dass mir das erst eben einfiel ...“

„Schon gut“, sagte Lohmann. „Wo steht der besagte Computer?“

„Unten im Keller, Kommen Sie bitte, ich führe Sie hin.“

Sie ging vor, die Kellertreppe hinunter und öffnete am Ende des Ganges eine Tür. Lohmann und Hiller traten ein und sahen sich um. Eine Sitzgruppe mit Tischchen, eine Bar. Und rechts hinten in der Ecke, an einem kleinen Schreibtisch, stand der Rechner mit seinem klobigen Schirm. Ein Modell, das gewiss seine zehn Jahre auf dem Buckel hatte. Hiller startete den Computer. Es dauerte einen Moment, bis er ein Bild zeigte.

„Der Zugang ist verschlüsselt“, stöhnte Hiller. „Frau Mühlberg, wissen Sie das Passwort?“

„Nein, ich habe keine Ahnung“, antwortete die Frau hilflos.

Lohmann dachte kurz nach. „Versuch's mal mit Annika.“

Hiller tippte die sechs Buchstaben ein.

„Bingo!“ rief er.

Das Bild wechselte. Auf dem Desktop erschienene etliche Programme und mehrere Dateiordner. Lohmann sah Hiller über die Schulter und deutete dann auf einen Ordner: „Da, Büttenreden. Mach den mal auf!“

Hiller öffnete den Ordner, der zwölf Dateien enthielt: Buettenrede1995 bis Buettenrede2006 – keine von 2008.

„Mist", fluchte Lohmann, „dann war sie wahrscheinlich doch auf dem Notebook."

„Wart mal, ich schau noch mal unter den Word-Dateien nach", startete Hiller noch einen Versuch und öffnete das Programm. Aber unter B war keine Buettenrede2008 zu finden.

„Fehlanzeige", sagte er enttäuscht und lehnte sich zurück.

„Moment, versuch's mal unter Rede", forderte ihn Lohmann auf.

Aber auch da fanden sie keine Datei, die die ominöse Büttenrede enthielt. Hiller fuhr nochmals nach oben zum Buchstaben B. Sie starrten beide auf den Bildschirm. Da fiel Lohmanns Blick auf A.

„Da, die Datei mit dem Namen Abrechnung."

Hillers Zeigefinger tippte zweimal heftig. Die Datei öffnete sich und stellte schon in der ersten Zeile in 24-Punkt-Schrift klar, welcher Inhalt den Leser erwartete: Büttenrede 2008 – Die Abrechnung. Jedes Jahr' zur selben Zeit ...

„Das ist sie", frohlockte Lohmann, „fahr mal tiefer!"

Hiller folgte der Aufforderung.

„Da, Stopp! Auch Manni dieser alte Sack ... Manni, Manni, wer ist Manni?"

„Manfred Geiersdörfer, ein Freund meines Mannes und unser Finanzberater", kam es von Frau Mühlberg.

„Geiersdörfer, genau, der ist doch auch im Siebener-Rat?"

„Ja, obwohl er eigentlich eher ein Karnevalsmuffel ist. Aber wahrscheinlich verspricht er sich was fürs Geschäft, wenn er da mitmischt."

„Manfred Geiersdörfer", wiederholte Lohmann, und plötzlich fiel es ihm wie Schuppen von den Augen.

„Markus, wir müssen sofort zurück. Wir müssen uns noch mal das Video ansehen. Den Computer nehmen wir mit."

Hiller nickte und machte sich sofort daran, das Gerät abzukoppeln.

„Frau Mühlberg, der Computer ist vorerst beschlagnahmt. Bitte kein Wort zu irgendwem über das hier."

Sie nickte. „Ich habe nicht die Absicht, darüber zu reden. Es ist einfach nur traurig. Erst verliere ich durch den Karneval Annika. Und jetzt auch noch meinen Mann."

„Aber jetzt geht es um Mord. Das mit Ihrer Tochter war doch ein Unfall“, wandte Lohmann ein.

Frau Mühlberg schüttelte den Kopf. „Kein Unfall.“

Lohmann und Hiller, der gerade den Bildschirm vom Rechner trennte, staunten sich an. „Wieso kein Unfall? Es gab doch keinen Hinweis, dass es sich um eine Selbsttötung handelte. Keinen Abschiedsbrief.“

Wieder schüttelte Frau Mühlberg den Kopf. „Es gab einen Abschiedsbrief. Aber das wurde nicht bekannt.“

Sie sah den überraschten Lohmann an.

„Als uns der Tod unserer Tochter gemeldet wurde, wusste ich sofort, dass es kein Unfall war. Ich habe ihnen ja gesagt, mit welchen Worten sie sich damals von mir verabschiedet hatte: Mama, ich will es noch mal versuchen. Wenn er dabei bleibt, dann soll's auch vorbei sein. Dann mach ich Schluss! Ich habe den Brief auf dem Schreibtisch ihres Zimmers gefunden und an mich genommen. Ich habe ihn gut verwahrt und auch vor meinem Mann geheim gehalten.“

„Aber warum?“ wunderte sich Lohmann. „Wenn es auch nicht strafrechtlich relevant war, so wäre dann doch Tobias Bamberger moralisch für den Tod Ihrer Tochter verantwortlich gewesen.“

Frau Mühlberg zeigte ein schmerzliches Lächeln.

„Was wäre das für eine Genugtuung gewesen, ihn an den öffentlichen Pranger zu stellen? Und Annika? Ich bin sehr gläubig. In der katholischen Kirche gilt Selbstmord vielen immer noch als große Sünde, gerade hier auf dem Land. Ich wollte nicht, dass man irgendwie mit Fingern auf Annika zeigt. Ich wollte, dass sie ihren Frieden hat.“

***

In den nächsten Stunden schienen sich die Ereignisse zu überschlagen. Drei Vierzeiler hatte Richard Mühlberg auf Manfred Geiersdörfer gedichtet. Und sie ließen einen klaren Schluss zu: Geiersdörfer hatte mit dem Geld seiner Kunden spekuliert und wahrscheinlich hohe Verluste eingefahren, hatte es verspielt. Wenn Richard Mühlberg seine Büttenrede hätte zu Ende halten können, hätten dreihundert Leute im Saal gewusst, dass Manfred Geiersdörfer ein Finanz-Hasardeur, ein Betrüger und Steuerhinterzieher ist.

Während Hiller die Videoanlage wieder installierte, klingelte Lohmanns Telefon. Die Stimme am anderen Ende klang undeutlich, aber die Ansage war klar: „Nehmen Sie sich mal den Manfred Geiersdörfer vor. Der war am Samstag nach der Pause nicht mehr im Saal."

„Hallo, wer sind Sie denn, nennen Sie Ihren Namen", rief Lohmann in den Hörer.

„Der tut nichts zur Sache. Geiersdörfer ist Ihr Mann!"

Ein Klicken, am anderen Ende war aufgelegt worden.

„Was war denn?" wollte Hiller wissen.

„Eine Frauenstimme, aber irgendwie verstellt. Sie sagte, wir sollten uns mal den Manfred Geiersdörfer vornehmen. Der wäre am Samstag nach der Pause nicht mehr im Saal gewesen."

„Hast du die Nummer notiert?"

„Anonym. Vielleicht von einem öffentlichen Fernsprecher. Lass laufen, aber spul mal gleich bis zu Mühlbergs Auftritt vor!"

Hiller drückte auf Start und Schnellsuchlauf. Nach wenigen Sekunden war er an der richtigen Stelle. Sie sahen den schon bekannten Ablauf: Mühlberg redete, die Stimmung wurde bösartiger, Toni Bamberger sprang auf und fuchtelte in der Luft herum, Mühlberg wurde rausgebracht, Aufruhr unter den Gästen, das Wackeln der Kamera, Aufnahmeende, dann ein neues Bild nach der Pause: die „Missgebärtcher". Plötzlich stutzte Lohmann.

„Stopp, fahr mal zurück, bis zu der Stelle, wo der Bamberger aufspringt", wies er Hiller an, der mit dem Suchlauf zur gewünschten Stelle spulte. Wieder sahen sie auf das Videobild.

„Stopp, Pause! Siehst du rechts?" triumphierte Lohmann. „Ganz rechts sitzt der Geiersdörfer im Siebener-Rat. Und jetzt steht er da, wie vom Donner gerührt. Der ist mindestens ebenso entsetzt wie der alte Bamberger. Lass mal weiterlaufen ... und da, da bringen sie den Mühlberg raus, der alte Bamberger rudert wütend von der Bühne, und der Geiersdörfer steht immer noch da wie vom Schlag getroffen. Jetzt kommt die Pause, jetzt geht das Programm weiter, und da: kein Geiersdörfer. Mensch, Markus, die anonyme Anruferin hat recht. Wir haben uns immer auf das vordergründige Geschehen in der Bildmitte konzentriert und das Randgeschehen vernachlässigt. Lass mal ein bisschen schneller weiterlaufen!"

Hiller schaltete auf Suchlauf. Geiersdörfers Platz blieb leer, bis 22.44 Uhr. Dann winkte der alte Bamberger unauffällig in Richtung Publikum.

„Wem winkt der denn da?"

Kurz darauf beantwortete das Videobild Hillers Frage. Tobias Bamberger im Schottenkostüm trat durch den Seiteneingang der Bühne und besetzte den leeren Platz von Manfred Geiersdörfer.

Hiller atmete hörbar aus. „Mensch, deswegen ist uns das auch nicht aufgefallen. Der Platz war ne gute halbe Stunde leer und dann wieder besetzt, aber nicht von Geiersdörfer, sondern von dem jungen Bamberger."

„Lass mal weiterlaufen, ob der Geiersdörfer doch noch mal zurückkommt", forderte Lohmann Hiller auf.

„Ist doch egal. Zur Tatzeit hat er jedenfalls kein Alibi. Dafür aber ein Motiv."

„Trotzdem!"

Das Band lief im Schnellsuchlauf weiter, aber der Platz rechts außen im Siebener-Rat blieb bis zum Ende der Prunksitzung von Tobias Bamberger besetzt. Manfred Geiersdörfer war nicht mehr zurückgekehrt.

Um 14.37 Uhr erreichte Lohmann endlich Oberstaatsanwältin Dr. Bergkamp, die aus einer verspäteten Mittagspause in ihr Büro zurückgekehrt war.

„Hallo Frau Dr. Bergkamp. Schön, dass ich Sie noch erreiche."

„Wieso? Dachten Sie, ich hätte um diese Zeit schon Feierabend?" kam es etwas pikiert zurück.

„Nein, natürlich nicht", meinte Lohmann, „ich dachte, Sie wären vielleicht in einer Verhandlung."

„Nein, ich arbeite sozusagen auf. Gibt's was Neues bezüglich des Toten von Samstagnacht?"

„Ja, genau, es gibt einen konkreten Anfangsverdacht. Wir haben heute Morgen die Büttenrede in die Hand bekommen. In der abgebrochenen beziehungsweise nicht gehaltenen Passage der Rede hat Mühlberg einen Manfred Geiersdörfer beschuldigt, Geld seiner Kunden veruntreut und an der Börse verspielt zu haben. Geiersdörfer ist Finanzmakler."

„Er hätte also ein Motiv?"

„Ja, für ihn war das schon rufschädigend, ob wahr oder unwahr. Hinzu kommt noch Folgendes: Wir haben uns das Videoband noch einmal angeschaut."

„Welches Videoband?"

„Das von der Veranstaltung."

„Ist das wieder da? Ich dachte das sei verschwunden, gestohlen."

„Ja, schon, aber es ist wieder aufgetaucht. Eine Zeugin hat es gefunden, im Pfarrsaal, und uns quasi umgehend zur Verfügung gestellt."

„Aha, und das Video trägt zur Erhellung bei?"

„Ja, es ist nämlich zu sehen, dass dieser Geiersdörfer mit Beginn der Pause bis zum Ende der Veranstaltung nicht mehr im Saal ist, somit also kein Alibi für die Tatzeit hat. Und mir hat er am Sonntag noch gesagt, dass er gegen Mitternacht nach Hause sei."

„Das ist natürlich ..."

„Genau. Außerdem hat sich eben eine anonyme Anruferin gemeldet, die uns aufforderte, diesen Geiersdörfer mal genauer unter die Lupe zu nehmen, der sei ab der Pause nicht mehr dabei gewesen. Das hat sich zumindest schon mal bestätigt."

„Und jetzt möchten Sie ..."

„Genau, ich brauche einen Hausdurchsuchungsbeschluss für die Privaträume und Büros von Manfred Geiersdörfer im Anwesen Rudolfstraße 21 in Sinn. Anlass ist der Verdacht auf Betrug und Steuerhinterziehung."

„Und Sie würden dabei dann selbstverständlich auch Verdachtsmomente berücksichtigen, die auf ein weiteres Verbrechen hindeuten?"

„Selbstverständlich."

„Haben Sie die Aktion schon geplant?"

„Wir sind noch dabei. Wir könnten gegen 18 Uhr starten."

„Gut, Herr Lohmann, erwarten Sie mich gegen sechs bei Ihnen. Mit dem Hausdurchsuchungsbeschluss. Bis dann, auf Wiederhören", schloss die Oberstaatsanwältin das Gespräch.

„Die Bergkamp kommt selbst", sagte Lohmann zu Hiller, nachdem er aufgelegt hatte. „Markus, ich glaube, dein Personenschützer-Job neigt sich dem Ende entgegen. Du musst dir bei der Zimmermann was Neues einfallen lassen. Wir können die Ermittlungen ja nicht bis zum Jüngsten Gericht ausdehnen."

***

Seine Maschine aus Zürich war pünktlich um 14.22 Uhr in Frankfurt gelandet. Anschließend war er sofort über die A5 und A45 nach Dillenburg gefahren und hatte den Kunden besucht, mit dem er seit einiger Zeit Kontakt hatte. Der übergab ihm einen Lederkoffer mit einer Million Euro in Fünfzig-Euro-Scheinen. Sein Kunde war der Meinung, dass dieses Geld besser in der Schweiz angelegt wäre, wo nicht ein Teil über den Fiskus für das Ausbessern von Straßen oder für Kindergärten Verwendung finden würde. Er hatte seinem Kunden eine nette Rendite in Aussicht gestellt, die den runden Betrag nicht um gut vierzig Prozent minderte, sondern pro Jahr um durchschnittlich zehn Prozent erhöhte. Das hatte seinen Kunden überzeugt.

Mit dem Koffer fuhr er umgehend nach Hause. Als er die breite Auffahrt zu seiner Villa hinauffuhr, die er vor zwei Jahren gemietet hatte, dachte er angesichts der noch am Gehsteig stehenden Mülltonne: Typisch Janette. War sich mal wieder zu fein, die leere Tonne raufzufahren. Aber das hatte Zeit bis morgen. Er stellte seinen Wagen in die Garage und schloss die Haustür auf. Janette war um diese Zeit im Fitnessstudio ein paar Häuser weiter an der Herborner Straße.

Es war ihm lieb, jetzt nicht auf sie treffen zu müssen. Da er in Eile war und unbedingt pünktlich beim Heringsessen sein wollte, eilte er in sein Büro, ohne auf den Anrufbeantworter zu achten, der anzeigte, dass dreimal jemand versuchte hatte, ihn zu erreichen. Der Koffer mit dem Geld war zu groß für seinen Tresor, und so schloss er ihn in den Wandschrank hinter seinem Schreibtisch ein.

Er eilte nach oben, zog sich aus und ging unter die Dusche. Das heiße, prickelnde Wasser vermittelte ihm ein wohliges Gefühl. Noch einmal ließ er sich alles durch den Kopf gehen. Hatten sie einen Fehler gemacht? Nein, ihm fiel keine unsichere Stelle auf. Franziska hatte dafür gesorgt, dass die Beträge, die auf seinem Konto bei der Tirolia-Bank landeten, von ihm in kleinen Beträgen bar abgehoben und in einem Schließfach der Bank untergebracht werden konnten. Von da aus brachten sie das Geld regelmäßig zu einer Privatbank in Zürich, wo es in der Anonymität verschwand. Vorgestern hatte er das Austria-Konto aufgelöst. Nach einer leidenschaftlichen Nacht waren sie beide nach Zürich gefahren und hatten den letzten größeren Betrag im Schließfach der Bank deponiert. Franziska hatte zu seiner Erleichterung die Sache von Samstagnacht gutgeheißen.

Bei seiner Schweizer Bank war man gerne bereit, dabei zu helfen, das Geld nach Singapur zu transferieren, wo es sicherer war und wohin er und Franziska in die Anonymität verschwinden konnten, wenn es nötig sein sollte. Knapp zwölf Millionen Euro! Das reichte für einen unbeschwerten Lebensabend.

Die Million im Koffer war da noch ein nettes Zubrot. Am Freitag wollte er sie mit dem Wagen nach Zürich bringen und sich dort mit Franziska treffen. Er brauchte nur noch ein paar Tage Luft. Und die hatte er sich verschafft, indem er Tobias Bamberger in Verdacht gebracht hatte, Richard Mühlberg umgebracht zu haben.

Richard, dieser Narr, dieser Idiot. Eine Million hätte er ihm gegeben, wenn er nur bereit gewesen wäre, zu schweigen. Eine Million! Aber Richard war nicht an dem Geld interessiert, sondern nur an einer billigen Rache. Unglaublich!

Er hatte das Gefühl, dass ihm das Schicksal wohlwollte. Warum sonst hätte es ihm die Möglichkeit geliefert, Tobias in Verdacht zu bringen? Ihm auch noch die Tatwaffe unterschieben zu können? Als er an diesem Abend an der Kostümkammer kurz gehorcht hatte, hatte er die Stimme von Janette erkannt. Und die gestöhnten Anrufungen ihres Kopulationspartners machten ihm klar, wer da hinter der Tür mit seiner Frau ...

Es war ihm mittlerweile egal. Anfangs hatte er Janette sogar ein bisschen geliebt, obwohl es ihm wichtiger war, mit ihr repräsentieren zu können. Inzwischen war sie im fast lästig, umso mehr, nachdem er Franziska kennengelernt hatte. Sollte sie doch nach seinem Verschwinden die Scheidung einreichen. Zwar hatte er damals bei der Heirat keine Gütertrennung vereinbart – ein Umstand, den er nach zwei Jahren zunächst bereute – aber nun war es egal. Sein privates Konto bei einer hiesigen Bank war bis knapp an die Grenze des Überziehungskredits angespannt, seine Rücklagen hatte er ebenfalls in der Schweiz gesichert. Sollte sich Janette doch scheiden lassen. Was ist die Hälfte von Nichts?

Er zog den alten Siebener-Rats-Anzug an. Er wollte seinen Abschied, ohne dass es die anderen wissen konnten, beim Heringsessen gebührend feiern. Tobias saß erst mal und konnte ihm nicht gefährlich werden. Bis der seine Unschuld beweisen konnte, wenn überhaupt, war für ihn alles geklärt. Er ging auch diesmal am Telefon vorbei, ohne auf den Anrufbeantworter zu achten, und fuhr zum „Tassos“. Um 18.05 Uhr betrat er die Gaststätte. Zu diesem Zeitpunkt kehrte Janette Geiersdörfer aus dem Fitnessstudio nach Hause zurück, und Kriminalhauptkommissar Lohmann und seine Kollegen machten sich auf den Weg nach Sinn.

Aber das wusste er nicht. Er betrat das Hinterzimmer der Gaststätte und erstarrte. Da saß Tobias Bamberger, den er in einer Zelle der Polizeistation Dillenburg glaubte.

***

„Sie? Was wollen Sie denn noch? Ich dachte, ich hätte Ihnen alles gesagt."

Jannette Geiersdörfers Gesicht zeigte einen erstaunten Ausdruck.

„Guten Abend, Frau Geiersdörfer. Ist Ihr Mann zu Hause?" fragte Lohmann, der die Ermittlergruppe mit Hiller, Oberstaatsanwältin Dr. Bergkamp, uniformierten Kollegen, Willi Grabowski und mehreren Beamten der Spurensicherung in ihren weißen Einwegoveralls anführte.

„Nein, er ist schon weg. Zum alljährlichen Heringsessen im ‚Tassos'."

„Ich dachte, das fällt wegen des Todesfalls aus."

„Ja, eigentlich schon. Aber die Herren wollen sich treffen, um wegen der Beerdigung von Mühlberg zu beratschlagen."

„Wir haben mehrfach versucht, Sie und Ihren Mann zu erreichen."

„Ja, ich hab's auf dem Anrufbeantworter gesehen. Ich war den ganzen Nachmittag unterwegs und bin eben erst nach Hause gekommen. Mein Mann war die letzten drei Tage auf Geschäftsreise. Also, um was geht es, wenn ich fragen darf?"

„Dürfen Sie", meinte Dr. Bergkamp, entfaltete das amtliche Papier und übereichte es der Frau, die einen erstaunten Blick darauf warf.

„Durchsuchungsbeschluss?" rief sie fast schrill aus. „Heißt das, Sie wollen das Haus durchsuchen?"

„Genau das. Meinen Kollegen Hiller kennen Sie ja schon. Das ist Oberstaatsanwältin Dr. Bergkamp und einige Kollegen, die uns bei den Ermittlungen im Mordfall Richard Mühlberg unter die Arme greifen. Wenn Sie uns jetzt bitte hineinlassen würden?"

Die scheinbar völlig verdutzte Frau wich nur langsam von der Haustürschwelle zurück. „Aber warum denn? Was ist denn los?"

Grabowski und seine Leute zwängten sich an ihr vorbei. Einer der Uniformierten postierte sich an der Haustür, die drei anderen folgten Lohmann und Hiller ins Haus.

„Wenn Sie uns bitte die Büroräume Ihres Mannes zeigen würden", forderte Lohmann, ohne auf die Fragen der Frau einzugehen.

„Ja, natürlich.“

„Führen Sie uns bitte hin!“

Sie sah ihn immer noch scheinbar fassungslos an. Erst auf sein aufforderndes „Bitte!“ drehte sie sich um und zischte unwillig: „Hier entlang!“

Sie folgten der Frau in ein Raumensemble, das vom Hof aus auch einen separaten Eingang für Kunden hatte und dessen weiß-graue Kunststoff- und Chromausstattung in Lohmann ein leichtes Gruseln hervorrief: nüchtern, vermutlich modern, aber gefühlskalt.

„Wo bewahrt Ihr Mann die Kontoauszüge auf?“

„Im Schreibtisch. Die Schublade in der Mitte.“

Hiller öffnete sie, holte einen kleinen Ordner heraus und begann sofort, die Auszüge durchzublättern.

„Würden Sie mir endlich mal sagen, was das Ganze soll?“ Janette Geiersdörfer war jetzt ziemlich ungehalten. Aber Lohmann ließ sich nicht aus seinem Konzept bringen.

„Wo war Ihr Mann am Samstagabend?“

„Das wissen Sie doch, auf der Prunksitzung“, kam es schnippisch zurück.

„Den ganzen Abend?“

„Nein, nein, er fühlte sich nicht wohl und ist früher gegangen.“

„Wann?“

„Kurz nach der Pause. Warum?“

„Hat er Ihnen gesagt, was ihm fehlte?“

„Nein, aber am Vormittag, beim Frühstück ... er sah ziemlich mitgenommen aus. Er sagte, es gehe ihm nicht gut. Ich dachte erst, er hat was mit dem Magen oder am Abend vorher zu viel getrunken. Aber das konnte es nicht sein.“

„Warum?“

„Er hat morgens Kaffee getrunken und Streuselkuchen gegessen. Das geht doch nicht mit einer Magenverstimmung oder wenn einem vom Alkohol übel ist, dachte ich mir.“

„Wo war Ihr Mann am Samstag zwischen 21.45 und 22.30 Uhr?“

„Er ist nach Hause gegangen. Er hat Toni angerufen, und der hat’s mir gesagt.“

„Es gibt also niemanden, der ihn in der fraglichen Zeit gesehen hat?“

„Nein ... ich weiß es nicht.“

Janette Geiersdörfer wusste nun, dass es nicht um eine Kleinigkeit ging. Die Kontoauszüge wollten sie sehen. Aber wenn es nur um Steuerhinterziehung ginge, würde doch wohl kaum die Mordkommission mit dem ganz großen Besteck bei ihnen auflaufen. Bevor sie weiter nachdenken konnte, fragte Lohmann: „Wo ist der Anzug, den Ihr Mann am Samstag getragen hat?"

„Den hat er an. Zum Heringsessen gehen alle in der vollen Siebener-Rats-Montur."

„Hat er noch einen in dieser Art?"

„Warum?"

„Hat er noch einen?"

„Ja, seinen alten, aber der passt ihm nicht mehr. Am Bauch."

„Holen Sie ihn bitte."

Sie zögerte und sah ihn immer noch erstaunt an, aber Lohmann hatte das Gefühl, das sie nur spielte. Dann drehte sie sich plötzlich um und ging aus dem Raum.

„Hier", meldete sich Hiller, „schau dir das mal an!"

Lohmann ging zu ihm. Hiller deutete auf die Kontoauszüge und blätterte weiter.

„Fällt dir nichts auf?"

Lohmann schüttelte den Kopf.

„Dann schau noch mal hin und zwar auf die Nummerierung."

Lohmann folgte der Aufforderung. Und jetzt sah er, was Hiller meinte.

„Zwischendrin fehlen immer mal Auszüge. Meinst du das?"

„Genau. Der Ordner ist nicht vollständig. Und ich frage mich, was auf den fehlenden Auszügen steht."

In diesem Moment kehrte die Frau zurück. Janette Geiersdörfer zeigte sich verstört.

„Was ist?" fragte Lohmann.

„Der Anzug ... der alte Anzug fehlt. Und der andere auch."

„Hat Ihr Mann einen Safe hier?"

„Ja, dort im Regalschrank, hinter der rechten Tür."

Hiller öffnete sie. Ein kleiner Safe kam zum Vorschein.

„Wie ist die Kombination?" wollte Lohmann wissen.

Das Gesicht der Frau versteinerte.

„Bitte, Frau Geiersdörfer, Sie können uns die Arbeit erschweren oder erleichtern. Unsere Spezialisten werden das Ding so der so aufmachen. Also?"

„Drei-eins-fünf-null-sieben", presste sie zwischen kaum geöffneten Lippen hervor.

Hiller gab die Zahlen ein, und die Tür ließ sich öffnen.

Lohmann blickte hinein. Links lagen vier dicke Bündel mit Fünfzig-Euro-Noten.

Lohmann pfiff durch die Zähne. „Nicht schlecht", sagte er und holte einen Packen heraus. „Das dürften so fünfzigtausend Euro sein. Hat Ihr Mann immer so viel Bargeld im Haus?"

Janette Geiersdörfer sah ihn jetzt herausfordernd an. „Mein Mann ist Finanzberater. Vielleicht ist das Kundengeld, das er anlegen soll."

Sie wusste, was sie sagte. So viel Bargeld, um es anzulegen, deutete ja nicht gerade auf legale Geschäfte hin. Aber hier ging es ja ohnehin nicht mehr nur um unsaubere Finanztransaktionen.

„Hier sind die fehlenden Kontoauszüge", meldete sich Hiller. „Schau dir das an. Hier sind jeweils Eingänge vom Geschäftskonto. Immer Summen in hohem fünfstelligem Bereich. Und in regelmäßigen Abständen hat er Beträge knapp unter fünfzehntausend Euro auf Banken in Österreich überwiesen, meistens auf ein Konto bei der Tirolia-Bank. Im letzten Jahr waren das, grob überschlagen, rund fünfhunderttausend Euro. Die Auszüge gehen bis 2003 zurück. Wenn die zurückliegenden Jahre ähnlich ertragreich waren, ist da einiges zusammen gekommen. Außerdem gibt es Barabhebungen. Meist ein paar tausend Euro."

„Das dürften über die Jahre mehrere Millionen Euro in Summe sein." Lohmann wandte sich wieder an die Frau. „Wussten Sie davon?"

„Nein, nein", schrie sie fast. „Ich fasse das nicht. Wie kommt er zu so viel Geld. Wo kommt das her?"

„Schaut mal, was wir gefunden haben."

An der Tür des Arbeitszimmers stand Willi Grabowski und hielt ein Sakko mit Hose in der linken und ein weißes Hemd in der rechten Hand. Die Kleidungsstücke waren stark verschmutzt, das Hemd wies mehrere größere und kleiner dunkle Flecken auf.

„Wo habt ihr die Sachen her?" fragte Lohmann.

„Aus der Mülltonne."

Lohmann wandte sich wieder an die Frau, die eine Hand vor Mund und Nase hielt – ob vor Erschrecken oder wegen des üblen Geruchs, den die Kleidungsstücke ausströmten, die vermutlich mehrere Tage in der Mülltonne zwischen stinkendem Abfall gelegen hatten, war nicht zu erkennen.

„Mein Gott!“ stieß sie hinter vorgehaltener Hand hervor und schüttelte den Kopf.

„Ist das die Kleidung Ihres Mannes?“

Sie antwortete nicht, scheinbar starr vor Entsetzen. Lohmann wiederholte seine Frage: „Ist das der Anzug Ihres Mannes, den er am Samstagabend trug?“

Sie wiegte fassungslos den Kopf. „Ich weiß es nicht. Ich ... es kann sein ... er sieht so aus ... aber was ist das? Der Schmutz? Die Flecken?“

„Willi, die Sachen einpacken. Die müssen sofort auf Spuren untersucht werden.“

„Was ist das?“ stieß Janette Geiersdörfer wieder hervor.

„Ich denke“, antwortete Lohmann leise, „das wissen Sie. Wir müssen davon ausgehen, dass Ihr Mann etwas mit dem Tod von Richard Mühlberg zu tun hat.“

Sie sank auf einen Stuhl, der vor dem Schreibtisch stand, und starrte immer noch fassungslos Grabowski hinterher, der den Raum wieder verließ.

„Möchten Sie, dass wir einen Arzt kommen lassen?“ fragte Lohmann, der den Eindruck nicht loswurde, dass die Frau ihre Betroffenheit nur spielte.

Janette Geiersdörfer antwortete nicht, starrte nur ungläubig zur Tür. Und doch nahm ihr Lohmann die Überraschung nicht ab. Sie schauspielerte. Janette Geiersdörfer war die Unbekannte, die heute Nachmittag als anonyme Anruferin den Verdacht auf ihren Mann gelenkt hatte.

Hiller griff zum Handy und telefonierte, während Lohmann einen uniformierten Kollegen zu ihr beorderte und ihn unterwies, darauf zu achten, dass die Frau in der nächsten Stunde kein Telefonat mit ihrem Mann führte.

„Ein Arzt ist unterwegs“, meldete Hiller, der zum Telefonieren kurz den Raum verlassen hatte.

„Gut, dann fahren wir jetzt ins ‚Tassos‘!“

***

Es war genau 19.22 Uhr, als Lohmann und Hiller die Gaststätte in der Herborner Straße 1 betraten. Sie grüßten die Wirtin hinter der Theke, die gerade ein Bier zapfte.

„Guten Abend. Zum Heringsessen des Siebener-Rats?“ fragte Lohmann.

„Durch den Zwischenraum in das hintere Zimmer. Dort sitzen die Herren.“

Lohmann nickte und ging mit Hiller in den mittleren Raum. In der vorderen Gaststube saß nur ein älteres Ehepaar beim Abendessen. Sie schauten kurz und verwundert auf, als Lohmann und Hiller grußlos an ihnen vorbei in den mittleren Raum gingen, und widmeten sich dann wieder ihren Tellern. An der Theke hatte niemand gesessen. Es war Aschermittwoch. Vielen war nach den närrischen Endspurttagen der Kampagne nicht nach Ausgehen.

Gut, dachte Lohmann, das gibt weniger Aufsehen.

Die Wirtin kam ihnen nach.

„Möchten Sie schon etwas zu Trinken bestellen?“

„Ich glaube nicht, dass wir lange genug bleiben“, erwiderte Lohmann und zückte seinen Dienstausweis. „Lohmann, Kripo Dillenburg. Das ist mein Kollege Hiller.“

Die Wirtin erschrak.

„Ist es ... ist es wegen dem Mord an Richard?“

„Ja“, sagte Lohmann, „wenn Sie so freundlich wären, Herrn Geiersdörfer herauszubitten? Er ist doch da?“

„Ja, die Herren sind vollzählig.“

„Dann, bitte ...“

„Ja, mach ich“, sagte die Wirtin und setzte an, in das Hinterzimmer zu gehen.

„Noch etwas“, ließ sich Hiller vernehmen. „Wir erwarten noch zwei Kollegen. Die können Sie gleich zu uns durchschicken. Vielen Dank.“

Die Wirtin nickte und ging ins Hinterzimmer. Es dauerte eine gute Minute, ehe sie wieder herauskam. Hiller malte sich aus, was wohl da drinnen jetzt ablaufen würde. Ein verwunderter Manfred Geiersdörfer würde wahrscheinlich fragen, weshalb er? Was die Polizei von ihm wolle? Weiß ich nicht, würde die Wirtin sagen, aber du sollst mal rauskommen. Sie kannten sich ja alle und schon lange. Sicher duzten sie sich. Jaja, ich komme, würde Geiersberger wohl antworten, und zu der verblüfften Herrengesellschaft, die eben noch lustig den Kampagnenabschied bei Hering, Pellkartoffeln und diversen alkoholischen Getränken gefeiert hatte und jetzt ziemlich verblüfft aus der Wäsche schaute, würde er sagen: Bin gleich zurück!

Und Hiller wusste, dass das nicht stimmen würde.

Die Wirtin kam heraus und blieb abseits stehen.

„Danke, wir brauchen Sie im Moment nicht. Wenn Sie uns nur die beiden Kollegen dann schicken würden“, meinte Lohmann und nickte ihr freundlich, aber bestimmt zu.

Die Wirtin sah ihn erstaunt an. Dann verließ sie den mittleren Raum durch die offene Schiebetür.

„Und wenn Sie bitte noch die Türe schließen würden!“ rief ihr Hiller hinterher.

Die Wirtin drehte sich um, kam zurück und zog missmutig die Schiebetür zu. Jetzt waren Lohmann und Hiller allein mit Manfred Geiersdörfer, der gerade den Raum betreten hatte. Lohmann sah ihn jetzt zum ersten Mal bewusst. Geiersdörfer war Anfang vierzig, groß, kräftig und mit einem leichten Bauchansatz ausgestattet, schien aber ansonsten ein sportlicher Typ zu sein. Sein rundes Gesicht mit dem kräftigen Kinn war solariumgebräunt. Der Drei-Tage-Bart um seinen schmallippigen Mund fand sein Pendant in dem stoppelkurz geschnittenen blonden Haupthaar.

„Guten Abend, Herr Geiersdörfer. Wir hatten bisher nur mal telefoniert. Ich bin Kriminalhauptkommissar Lohmann, und das ist mein Kollege, Kriminaloberkommissar Hiller“, sagte Lohmann.

Geiersdörfer nickte. „Herr Lohmann, Herr Hiller, was kann ich für Sie tun?“ fragte er.

Es war ihm nicht anzusehen, ob er besorgt über den Besuch der beiden Kommissare war oder nicht. Er hatte ein joviales Lächeln aufgesetzt. Nett, freundlich, verbindlich und doch auf seine Chance lauernd.

„Wir hätten da noch ein paar Fragen wegen des Mordes an Richard Mühlberg“, antwortete Lohmann.

„Ich dachte, das wäre erledigt.“

„Erledigt ist der Fall erst, wenn wir den Mörder haben“, entgegnete Hiller.

„Schon klar, natürlich. Erledigt meinte ich auch in Bezug auf mich, Herr Hiller. Ich dachte, ich hätte Ihre Fragen am Sonntag zufriedenstellend beantwortet.“

„Es haben sich ein paar neue ergeben“, sagte Lohmann.

„Aha. Aber Sie sagen Mord und Mörder. Sind Sie denn sicher, dass es sich um einen Mord handelt?“

Geiersdörfers Frage klang harmlos. Zu harmlos. Lohmann glaubte, dahinter eine Spur von Unsicherheit zu erkennen.

„Ziemlich“, behauptete Hiller.

„Aha. Und was macht Sie da so sicher?“

„Wenn Sie jetzt bitte zunächst unsere Fragen beantworten“, fuhr Lohmann dazwischen.

„Natürlich, bitte fragen Sie.“

Geiersdörfer wirkte jetzt etwas weniger jovial. Sein Versuch, dem Gespräch einen etwas lockeren Anstrich zu geben, war gescheitert. Die beiden Polizisten machten nicht den Eindruck, als ob sie nur ein paar harmlose Nachfragen hätten. Geiersdörfer war auf der Hut. Hatten sie etwas Konkretes, oder wollten sie ihn nur aus der Reserve locken?

Hiller zückte ein Foto aus der Innentasche seiner Jacke, faltete es auseinander und hielt das DIN-A4-Blatt hoch.

„Wenn Sie mal einen Blick drauf werfen würden. Fällt Ihnen was auf?“

Geiersdörfer sah auf das Bild, eine ganze Weile betrachtete er es, als sollte er als Kunstsachverständiger seinen Wert taxieren.

„Fällt Ihnen was auf?“ fragte Lohmann nochmals.

Geiersdörfer schob die Unterlippe vor und schüttelte langsam den Kopf, während er weiter auf das Foto schaute. Es war ihm nicht anzusehen, ob er erkannte, was der Kommissar meinte.

„Nein. Aber es ist auch – wie sagt man heute? – etwas pixelig.“

„Gut“, sagte Lohmann, „dann will ich es Ihnen erklären. Das Foto zeigt eine Momentaufnahme der Prunksitzung vom vergangenen Samstag.“

Geiersdörfer nickte gedankenverloren.

„Ja, jetzt, wo Sie es sagen, erkenne ich es auch.“

„Und was noch?“

Geiersdörfer schüttelte wieder den Kopf.

„Die Aufnahme ist ein Still aus einem DV“, meldete sich Hiller.

„Still?“

„So nennt man eine Fotoauskopplung aus einem Film. Ein Standbild sozusagen.“

„Aha“, meinte Geiersdörfer. „Wer hat es gemacht?“

Hiller fixierte sein Gegenüber. „Georg Schultze.“

Geiersdörfer erschrak sichtlich, fasste sich aber sofort wieder und versuchte das alte joviale Lächeln.

„Aber ich denke, die Bänder sind verschwunden. Gestohlen.“

„Ja, und Aufgabe der Polizei ist es, Gestohlenes wiederzufinden“, schaltete sich Lohmann wieder ein.

„Aha“, meinte Geiersdörfer, „und das ist Ihnen offensichtlich gelungen.“

„Genau. Fällt Ihnen immer noch nichts auf?“

„Nein, nichts Besonderes.“

Lohmann seufzte. Geiersdörfer versuchte es mit der „Ich-sehe-nichts-was-du-da-siehst“-Masche.

„Also, die Prunksitzung vom Samstag“, fuhr Lohmann fort. „Die Aufnahme stammt von 21.42 Uhr. Das zeigt der Timecode. Hinten sieht man den Siebener-Rat. Herr Bamberger steht und gestikuliert anscheinend wütend herum. Im Vordergrund erkennt man einige Zuhörer, die stehen. Links machen sich zwei Personen auf, nach vorne zu laufen. Fällt Ihnen immer noch nichts auf?“

Geiersdörfer stellte sich immer noch unwissend. Die Maske saß noch, aber sie begann sich zu verschieben. Er schüttelte wieder den Kopf und zuckte mit den Schultern.

„Ja, das sehe ich auch. Aber was ist da jetzt außergewöhnlich? Ich kann nichts erkennen.“

Lohmann sah ihm nun fest in die Augen. Geiersdörfer hielt dem Blick nicht lange stand und sah wieder auf das Foto, um seine Unsicherheit zu verbergen.

„Gut, dann will ich Ihnen auf die Sprünge helfen.“ Lohmanns Ton hatte sich verändert. Er wurde strenger. „Wie Sie sicherlich sehen können, steht Richard Mühlberg in der Bütt. Es ist wenige Sekunden, bevor ihm das Mikro abgedreht und er aus dem Saal geführt wurde.“

Geiersdörfer räusperte sich. Seine Brauen hoben sich.

„Ja. Stimmt. Da ist Richard. 21.42 Uhr sagten Sie? Ja, das war kurz bevor seine Büttenrede abrupt beendet wurde. Und?“

„Noch etwas ist auffällig.“

„Was?“

„Schauen Sie mal nach rechts. Hinten im Siebener-Rat.“

Geiersdörfer folgte der Aufforderung.

„Da bin ich zu sehen.“

„Genau. Sie stehen. Wie jemand, der empört oder verärgert ist. Wie zum Beispiel auch Anton Bamberger. Die anderen sitzen.“

„Ja, und?“

Geiersdörfer wurde langsam ungeduldig, versuchte seine Verunsicherung durch Verärgerung über die scheinbar unnötige Fragerei zu kaschieren.

Hiller zückte ein weiteres Foto. „Schauen Sie sich mal diese Aufnahme an!“

Auf Geiersdörfers Stirn und über seiner Oberlippe zeigten sich jetzt kleine Schweißperlen, als er auf da zweite Bild schaute. Er rieb sich wie überlegend mit Zeige- und Mittelfinger unter der Nase und dann über die Stirn. Die Beamten registrierten, dass dies nur der Versuch war, den Schweiß unkenntlich zu machen.

„Das ist doch die gleiche Aufnahme, oder?“ ließ sich Geiersdörfer schließlich vernehmen.

„Nein!“ Lohmanns Stimme klang jetzt schneidend. „Es ist nicht die gleiche Aufnahme. Sie zeigt nämlich einen Moment gut eine halbe Stunde später. Das Publikum sitzt wieder, denn es ist nach der Pause. Der Siebener-Rat ist ebenfalls wieder an seinem Platz. Die Bütt ist an die Seite gerückt, und Anton Bamberger scheint dem Publikum irgendetwas zu erklären. Aber da ist noch etwas.“

„Was?“ stieß Geiersdörfer heißer hervor. Er atmete jetzt etwas schneller.

„Im Siebener-Rat ist etwas anders. Ihr Platz ist leer. Sie sind nicht mehr da.“

Geiersdörfer sah wieder auf das Bild. Auf seiner Stirn bildeten sich wieder kleine Schweißperlen.

„Ja“, stieß er hervor, „ich bin nicht da, na und? Wahrscheinlich war ich gerade auf dem Klo.“

Er zeigte jetzt die aufsteigende Wut der verfolgten Unschuld. Lohmann kannte diese Masche. Es sollte suggerieren: Du gehst mir mit deiner sinnlosen Fragerei auf die Nerven. Mach endlich Schluss, und verzieh dich!

„Das wäre eine Möglichkeit“, räumte Hiller scheinbar ein. „Wie oft waren Sie denn nach der Pause auf der Toilette?“

Geiersdörfer sah ihn an.

„Bitte?“

„Wie oft waren Sie nach der Pause auf der Toilette?“ setzte Lohmann nach.

„Was soll diese blöde Frage?“

„Beantworten Sie sie doch einfach“, erwiderte Lohmann scharf.

„Dreimal, viermal? Ich weiß es nicht. Darauf habe ich nicht geachtet. Würden Sie auf so was achten?“

„Oder war es nur einmal? Während des gesamten zweiten Teils der Sitzung?“

„Was ...“

Aber Lohmann schnitt ihm das Wort ab. „Herr Geiersdörfer! Das Videoband zeigt eindeutig, dass Ihr Platz im Siebener-Rat nach der Pause bis gegen Viertel vor elf nicht mehr besetzt war. Und dann saß dort Tobias Bamberger. Den ganzen Restabend. Wo waren Sie? Auf der Toilette? Zwei Stunden lang?“

Geiersdörfer schluckte kaum merklich. Dann sah er zu Boden und stieß hervor: „Ja, ich war nicht mehr da. Ich war nach Hause gegangen. Es ging mir nicht gut. Mir war schlecht, ich hatte Kreislaufprobleme. Wir hatten am Nachmittag noch vieles für die Sitzung vorzubereiten. Ich hatte den ganzen Tag so gut wie nichts gegessen. Wir hatten dann schon vor Beginn der Veranstaltung einige Bierchen getrunken. Das ist mir auf den Magen geschlagen. Deshalb hab ich mich in der Pause abgemacht.“

„Warum so heimlich?“ wollte Lohmann wissen.

„Was heißt heimlich? Ich habe Toni auf seinem Handy angerufen und ihm Bescheid gegeben. Er hat dann meine Frau informiert.“

„Warum so heimlich?“ wiederholte Hiller die Frage.

„Heimlich, heimlich! Ich hatte keine Lust, zig Leuten zu erklären, warum ich früher gehe. Deshalb hab ich so getan, als ob ich aufs Klo müsste und hab mich dann verdrückt, als die Leute wieder im Saal waren.“

„Uns hatten Sie aber am Sonntag gesagt, Sie seien gegen zwölf gegangen. Warum haben Sie die Unwahrheit gesagt?“

Geiersdörfer schwieg. Es fiel im auf die Schnelle keine plausible Antwort ein. Es gab sie einfach nicht. „Weil ... ich dachte, das ist nicht so wichtig“, kam schließlich die laue Antwort.

Lohmann nickte. „Und dann? Was haben Sie gemacht, nachdem Sie den Pfarrsaal verlassen hatten?“

„Dann bin ich nach Hause gegangen, hab mich ins Bett gelegt und bis gegen neun am anderen Morgen geschlafen.“

„Ihre Frau ist bei der Veranstaltung geblieben?“

„Ja, ich hatte ihr sagen lassen, dass es mir nicht gutgehe und ich nach Hause bin. Sie sollte sich aber keine Sorgen machen und ruhig weiterfeiern.“

Lohmann setzte nach.

„Hat Sie jemand gesehen, als Sie nach Hause sind?“

Geiersdörfer schüttelte den Kopf. „Begegnet ist mir niemand. Und allzu weit hab ich's vom Pfarrsaal bis runter zur Villa ja auch nicht.“

„Und am nächsten Morgen? Was war dann?“

Geiersdörfer überlegte kurz. „Es ging mir etwas besser. Ich hab ein bisschen was gefrühstückt und bin dann am Nachmittag runter zum Pfarrsaal, um beim Aufräumen zu helfen. Da hab ich dann das mit Richard erfahren.“

Lohmann sah Hiller und dann wieder Geiersdörfer an.

„Sehen Sie, und das glaube ich Ihnen nicht!“

„Was?“

„Dass Sie erst am Sonntagnachmittag von Mühlbergs Tod erfahren haben.“

„Was ... was soll das heißen?“

Geiersdörfer begann wieder, die verfolgte Unschuld zu spielen. In diesem Moment bimmelte Hillers Handy. Die Fox-Fanfare krachte in das Verhör wie ein Bombenschlag. Hiller holte das Mobiltelefon aus der Tasche und meldete sich.

„Ja, Hiller. Ja ...“

Hiller wandte sich ab, ging zum anderen Ende des kleinen Zwischenraums und steckte sich, um besser hören zu können, den rechten Zeigefinger ins Ohr. Lohmann unterbrach das Gespräch, während sein Kollege telefonierte.

Gott sei Dank, dachte Geiersdörfer. Eine Gnadenfrist, um zu überlegen. Gedanken wirbelten ihm durchs Hirn. Was wussten die beiden Polizisten? Waren sie ihm auf die Spur gekommen, oder hatten sie nur einen vagen Verdacht? Er hoffte Letzteres. Wenn sie es heute bei einer Befragung beließen und ihn nicht mitnahmen, hatte er eine Chance. Er hatte genug auf die Seite geschafft. Noch heute Nacht konnte er mit dem Wagen in die Schweiz fahren. Er würde Franziska benachrichtigen, die ihm von Innsbruck aus entgegenkam. Sie hatten das für den Notfall schon besprochen. In fünf bis sechs Stunden wäre er dort. Morgen früh konnten sie das Geld aus dem Schließfach in Zürich holen, einen Flug nach Unbekannt buchen und verschwinden. Er brauchte nur einen Tag Luft. Wie gut, dass er in den letzten Tagen schon vorgebaut hatte. Und wie gut, dass Franziska an seiner Seite stand.

Lohmann ging zu Hiller, der immer noch telefonierte. Dann beendete dieser das Gespräch und winkte Lohmann mit einer Kopfbewegung vor die Schiebetür.

Jetzt kam alles auf die nächsten Minuten an, dachte Geiersdörfer. Was sollten sie ihm beweisen können? Für sein Verschwinden während der Sitzung hatte er eine plausible Erklärung gegeben, dachte er. Der Ratsanzug war längst auf der Müllkippe. Bei diesem Gedanken gewann er einen Teil seiner Sicherheit zurück.

Zur rechten Zeit, denn die beiden Beamten kamen jetzt wieder herein.

„Wo waren wir noch mal stehen geblieben?“ sinnierte Lohmann und strich sich wie in Gedanken über die Stirn. „Ach ja! Ich sagte: Das glaube ich Ihnen nicht.“

„Wie kommen Sie dazu, mir ...“, setzte Geiersdörfer an.

„Das werde ich Ihnen sagen. Sie behaupten, Sie seien früher weg, weil es Ihnen nicht gutging. Der Magen, Sie hätten zu wenig gegessen. Nein, so gut wie nichts. Dafür mehr getrunken.“

„Ja, so war es.“

„Ist ein Kringel Fleischwurst mit Senf, Brötchen und Kartoffelsalat ‚so gut wie nichts‘?“

„Ein ...?“

„Ein Kringel. Laut Aussagen eines Beteiligten dieser letzten Vorbereitungen vor der Sitzung hatten die Vereinsfrauen ein Essen hergerichtet. Heiße Fleischwurst, Brötchen, Kartoffelsalat. Sie hätten dem sehr gut zugesprochen. Das klingt nicht wie ‚so gut wie nichts‘.“

„Na ja, vielleicht habe ich ein bisschen was gegessen. Aber viel war’s wirklich nicht.“

„Gut, lassen wir das mal. Sie sagten, Sie hätten am Sonntagmorgen ein wenig gefrühstückt?“

„Ja.“

„Was?“

„Tee und Zwieback. Wie gesagt, mein Magen!“

„Nicht Kaffee und Streuselkuchen?“

Geiersdörfer öffnete den Mund, um etwas zu sagen, brachte aber nichts hervor und starrte Lohmann nur an.

„Laut Aussagen Ihrer Frau hätten Sie an diesem Vormittag recht mitgenommen ausgesehen.“

Er nickte nur.

„Und einen Kaffee getrunken und ein Stück Streuselkuchen gegessen. Das klingt nicht nach einer Magenverstimmung.“

Geiersdörfer hatte das Gefühl, dass ihm die Kontrolle entglitt. Was sollten diese Fragen, die ihm unwichtig und dämlich vorkamen und die doch einen Hintersinn zu haben schienen? Was hatten die beiden in der Hand?

„Na und? Dann hab ich eben Kaffee getrunken und Streuselkuchen gegessen“, schnauzte er. „Ich hab ja gesagt, mir ging es wieder besser. Wieso ist so wichtig, was ich gegessen habe?“

Lohmann lächelte.

„Herr Geiersdörfer! Sie erzählen uns, Sie hätten Magenprobleme gehabt und deswegen die Karnevalssitzung früher verlassen. Magenprobleme! Obwohl Sie einiges ziemlich gut verdaut haben, was ein Magenkranker kaum runtergebracht, geschweige denn drinbehalten hätte.“

Hiller schaltete sich ein: „Oder mit anderen Worten: Sie schaffen sich ein Alibi mit gesundheitlichen Problemen, die offenkundig keine waren. Ist Ihr Alibi auch falsch?“

Geiersdörfer atmete schwerer. Irgendetwas hatten die beiden in der Hinterhand, das merkte er. Aber noch etwas wurde ihm jetzt bewusst. Und diese Erkenntnis erschütterte ihn in seinen Grundfesten.

„Meine Frau hat das gesagt? Wieso hat das meine Frau gesagt?“

Lohmann wusste, dass jetzt Geiersdörfers Maske ins Bröckeln geriet. Die Selbstsicherheit, die er zu Beginn des Gesprächs zur Schau getragen hatte, kam ins Wanken.

„Ja, Ihre Frau", sagte Lohmann. „Wir kommen gerade von ihr. Einige Kollegen von uns sind noch dort. Wollen Sie den Durchsuchungsbeschluss sehen, den wir Ihrer Frau gezeigt haben?"

Hiller holte ihn aus seiner Manteltasche und reichte ihn Geiersdörfer. Der griff mechanisch nach dem Papier und starrte mit zusammengepressten Lippen darauf. Seine Brust arbeitete, sein Atem ging ruckartiger.

„Eine Hausdurchsuchung?" presste er hervor. „Warum eine Hausdurchsuchung? Was wollen Sie bei mir finden?"

In diesem Moment öffnete sich die Tür des Hinterzimmers, und Bamberger trat heraus. Er hatte Geiersdörfers letzte Frage gehört und blickte ungläubig von ihm zu den Beamten.

„Was ist hier los? Hausdurchsuchung? Was soll das?"

Lohmann sah ihn an. „Darf ich zunächst einmal fragen, in welcher Eigenschaft Sie das fragen?"

„Ich bin sein Anwalt", schnauzte Bamberger.

„Bis jetzt hat er noch keinen gebraucht. Aber bleiben Sie ruhig hier. Das dürfte Sie auch interessieren."

Lohmann nahm sich zwei Sekunden Zeit, ehe er fortfuhr. Geiersdörfer hatte sich mittlerweile an einen Tisch gesetzt. Bamberger stand immer noch an der Tür, die er aber zugezogen hatte.

„Für mich", er schaute Hiller an, „für uns haben Sie, Herr Geiersdörfer, Richard Mühlberg getötet."

Bamberger blaffte empört: „Was? Was behaupten Sie da? Das ist ja unglaublich, eine ungeheuerliche Anschuldigung!"

„Aber keine abwegige", entgegnete Lohmann. „Ich werde Ihnen jetzt einmal sagen, wie wir den Fall sehen."

Er setzte sich auf einen Stuhl und fuhr dann nach einem kurzen Blick auf die beiden Männer fort, indem er Bamberger anschaute.

„Richard Mühlberg hatte an jenem Abend etwas – wie sagten Sie eben, Herr Bamberger? – Ungeheuerliches getan. Er hatte Sie und Ihren Sohn in seiner Büttenrede in aller Öffentlichkeit bloßgestellt. Blamiert. Aber nicht nur Sie."

Lohmann sah nun Geiersdörfer an, stand auf und stellte sich vor ihn.

„Auch Sie!"

„Mich ...?"

„Ja, auch Sie. Die Büttenrede nahm den ganzen Siebener-Rat aufs Korn. Und zwar auf eine Art und Weise, die hier, wo jeder jeden kennt, nicht mehr mit der berühmten Narrenfreiheit entschuldigt werden kann."

Bamberger platzte dazwischen: „Woher wollen Sie das denn wissen? Sie ist ja nie zu Ende gehalten worden."

„Stimmt. Aber wir haben eine Kopie. Und aus der wurde ersichtlich, dass auch Herr Geiersdörfer erwähnt wurde. Und das wenig positiv."

Geiersdörfers Gesicht nahm eine ungesund-bleiche Farbe an. „Eine Kopie? Wieso haben Sie eine Kopie?"

„Ja, da staunen Sie. Nachdem Sie ja noch in der Nacht der Prunksitzung bei Mühlberg eingebrochen sind und sein Notebook und sämtliche CDs aus seinem Arbeitszimmer mitgenommen haben ..."

„Ich soll ..."

Lohmann unterbrach Geiersdörfer. „Genau. Ich sage Ihnen jetzt einmal, wie sich der Fall für uns darstellt. Mühlberg hatte in seiner skandalösen Büttenrede auch drei Vierzeiler auf Sie geschrieben. Das Video zeigt, dass Mühlberg gerade auf Sie, Herr Geiersdörfer, verbal einschlug, als ihm der Ton abgedreht und er aus dem Saal befördert wurde."

Lohmann zog ein paar DIN-A4-Seiten aus der Manteltasche, suchte kurz und zitierte dann:

Auch Manni, dieser alte Sack:
Nach außen immer Hochglanzlack,
doch innen rabenschwarz beseelt,
zählt für ihn nur schnelles Geld.

Geiersdörfer war in sich zusammengesunken und starrte vor sich hin. Wie, verdammt noch mal, waren diese Bullen an den Text gekommen? Er hatte doch alles vernichtet. Die CDs in seinem Werkkeller mit einem Hammer kurz und klein geschlagen, das Notebook mehrfach durchbohrt und alles auf den Müll geworfen.

„Sie kennen den nächsten Vers?" unterbrach Lohmann sein Grübeln.

„Ich kenne ihn!"

„Aber vielleicht Herr Bamberger nicht. Er lautet:

Mit fremdem Geld lässt sich's gut zocken,
wenn einige Millionen locken.

Und so hat Manni unverfroren,
den Einsatz einfach mal verloren.

Doch halt, das stimmt nur für die einen.
Die's jetzt beklagen und beweinen,
Es ist kein Grund für eine Feier,
verlässt man sich auf Manni Geier ... sdörfer!

Lohmann fixierte Geiersdörfer. „Sie sind Anlageberater. Haben Sie das Ihnen anvertraute Geld zweckentfremdet? Haben Sie damit spekuliert? Haben Sie in Ihre eigene Tasche gewirtschaftet?"

Geiersdörfer blickte kopfschüttelnd auf. „Nein, nein, nein, es ist immer alles reell gelaufen."

„Ist es nicht", ging Hiller dazwischen. „Sie haben Geld Ihrer Klienten genommen und damit spekuliert. Riskante Aktiengeschäfte wahrscheinlich, die zumindest am Anfang einiges einbrachten. Aber nicht für Ihre Kunden. Sondern für Sie! Schnelles Geld, schneller Verlust. Und das hat Richard Mühlberg herausbekommen."

„Nein, nein, es war anders!"

„Doch, so genau war es", beharrte Hiller. „Ihren Klienten haben Sie gesagt, Sie investieren deren Geld in sichere Papiere. Tatsächlich haben Sie volles Risiko gespielt. Anfangs ging's gut. Sie haben Ihren Kunden die Rendite der angeblich sicheren Papiere überwiesen und den Rest der satten Gewinne unter anderem über Ihr eigenes Konto in die Schweiz transferiert. Bis der große Crash kam."

„So war es nicht", schluchzte Geiersdörfer mit weinerlicher Stimme.

„Wie war es denn?" kam es schneidend von Lohmann.

„Ich wollte den Gewinn aus den Aktiengeschäften einige Zeit auflaufen lassen und dann allen zu gleichen Teilen auszahlen. Sozusagen als Überraschungscoup. Die hätten doch nie einem riskanten Geschäft zugestimmt. Den Gewinn hätten sie natürlich gerne genommen, die Geldgeier. Aber das Risiko, das wären sie nie eingegangen."

Lohmann schüttelte den Kopf. „Sie lügen. Sie haben den anfänglichen Gewinn auf Ihr Privatkonto überwiesen. Die Kontoauszüge, die wir bei Ihnen sichergestellt haben, beweisen das. Von Ihrem Konto gab es regelmäßig Barabhebungen in bedeutender Höhe. Außerdem Überweisungen an die Tirolia-Bank in Innsbruck. Haben Sie es von dort aus in die Schweiz transferiert?"

Geiersdörfer sagte nichts mehr, und Lohmann fuhr fort: „Mühlberg hat das irgendwie herausgefunden. War er auch einer Ihrer Kunden? Hat er Sie erpresst? Haben Sie ihn deshalb getötet?"

Bamberger hatte sich bis jetzt abwartend verhalten. Jetzt gab er seine Zurückhaltung auf und griff ein: „Das müssen Sie erst einmal beweisen!"

Lohmann verzog den Mund zu einem Lächeln. „Ich glaube, das werden wir. Bis jetzt haben wir nur einige Indizien genannt, die nahelegen, dass Sie, Herr Geiersdörfer, Richard Mühlberg getötet haben. Kommen wir also zu etwas Konkreterem. Stehen Sie doch bitte einmal auf, Herr Geiersdörfer!"

Der sonst so selbstsicher wirkende Finanzjongleur saß immer noch wie ein Häufchen Elend zusammengesunken auf seinem Stuhl. Jetzt sah er fragend zu Lohmann auf. Erst nach einer nochmaligen Aufforderung des Kommissars stand er auf.

„Knöpfen Sie doch mal Ihr Sakko zu", forderte ihn Lohmann auf.

Geiersdörfer folgte der Aufforderung langsam, wie in Zeitlupe. Den untersten Knopf brachte er zu, bei den weiteren war ihm sein Bauch im Wege.

„Geht nicht weiter. Mit der Zeit nimmt man eben zu", versuchte er die angespannte Situation mit einem Scherz zu entschärfen.

„Aber sicher nicht innerhalb von vier Tagen so viel, dass einem die Jacke nicht mehr passt", entgegnete Lohmann und nahm wieder das Foto von kurz vor der Pause hoch.

„Schauen Sie es sich noch einmal genau an. Und wenn Sie nicht sehen, was ich meine, dann sage ich es Ihnen. Bei der Sitzung war Ihr Sakko eindeutig zugeknöpft. Und wenn Sie nicht zwischen Samstagabend und jetzt zehn Kilo zugenommen haben, dann bleibt eigentlich nur ein Schluss."

Geiersdörfer schluckte, und Lohmann fuhr fort: „Nämlich dass dies nicht das Sakko ist, das Sie in der Sitzung trugen, sondern ein altes, das Ihnen irgendwann zu klein geworden war. Wo ist der Anzug, den Sie am Samstag trugen?"

„Ich habe nur diesen einen", behauptete Geiersdörfer.

Lohmann grinste. „Sie hätten recht, wenn die Müllabfuhr heute nicht gestreikt hätte."

Geiersdörfer erbleichte. „Was soll das heißen?“

„Wie ich eben sagte. Die Müllabfuhr kam heute nicht wie gewohnt bei Ihnen vorbei. Warnstreik. Deshalb kam Ihr Wohnbezirk heute nicht mehr dran.

Geiersdörfers Atem hinter zusammengekniffenen Lippen ging nun pfeifend.

„Damit hatten Sie wohl nicht gerechnet. Sie dachten, am Aschermittwoch ist alles vorbei, wenn die Müllabfuhr Ihre Tonne geleert hat. Ihr Pech, das mit dem Warnstreik.“

Und zu Bamberger gewandt: „Sie wollten doch Fakten. Hier ist einer. In Herrn Geiersdörfers Mülltonne hat die Spurensicherung einen zweiten Anzug gefunden. Inklusive Hemd, das eingetrocknete Blutflecke aufwies. Es dürfte nicht schwer werden, anhand der DNA festzustellen, dass dieses Blut von Richard Mühlberg stammt.“

Lohmann wandte sich wieder zu Geiersdörfer, der mit halb geöffnetem Mund schwer atmete und sich langsam wieder auf seinen Stuhl niederließ.

„Es wäre Ihnen dienlicher, wenn Sie ein Geständnis ablegen würden. Sie wissen, dass wir Sie anhand der Analyse als Täter überführen können. Mit einem Geständnis würden Sie sich wirklich einen Gefallen tun.“

Toni Bamberger stand immer noch vor der Tür des Hinterzimmers, als sei er schockgefrostet. Manni, der Mörder. Unglaublich, schoss es ihm durchs Hirn. Aber noch etwas anderes wurde ihm erst in diesem Moment bewusst: Manni wollte die Sache seinem Sohn Tobias in die Schuhe schieben. Und vielleicht wäre es ihm sogar gelungen, wenn Tobias nicht Janette als Entlastungszeugin hätte beibringen können.

Bei diesem Gedanken grunzte Bamberger. Ausgerechnet Janette, Mannis Frau, machte seinen Alibi- und Ablenkungsversuch zunichte. Dann brach sich die Wut Bahn, Wut darüber, dass Manni einen Unschuldigen, seinen Sohn, ans Messer liefern wollte.

„Du Saukerl, meinem Jungen wolltest du den Mord in die Schuhe schieben“, zischte Bamberger Geiersdörfer an.

Lohmann ging dazwischen, bevor der empörte Sitzungspräsident seinem Ärger weiter Luft machen konnte.

„Lassen Sie’s gut sein, die Sache hat sich ja aufgeklärt.“ Er wandte sich wieder an Geiersdörfer: „Nun, Herr Geiersdörfer, haben Sie uns was zu sagen?“

Der Gefragte, dessen Blick in Resignation stier auf den gekachelten Fußboden gerichtet war, nickte langsam. „Es hat keinen Zweck mehr“, murmelte er und sah langsam zu Lohmann auf. „Ja, Sie haben recht, es war so. Ich habe Richard erschlagen. Aber ich wollte es nicht, glauben Sie mir das!“

„Wie ist es abgelaufen?“

Geiersdörfer blickte von ihm wieder zu Boden. Nach einer kurzen Pause begann er: „Es kam wie aus heiterem Himmel. Plötzlich dieser Vers auf mich. Ich dachte, ich hör nicht richtig. Aber ich wusste gleich, das wird gefährlich für mich. Dann hat man ihm Gott sei Dank den Saft abgedreht und ihn rausgeschafft. Es war ein solcher Aufruhr, dass keiner bemerkte, dass ich mich von der Bühne rausschlich. Ich wollte ihn zur Rede stellen, aber ich musste erst abwarten, bis alle wieder im Saal waren, bis Richard alleine war. Da stand er etwas abseits vom Eingang und wollte sich gerade eine Zigarette anzünden, als ich zu ihm trat. Er sah mich und grinste mich an. – Äh, kann ich mir eine Zigarette anzünden?“

Die letzten Worte waren an Lohmann gerichtet. Zwar war hier eigentlich Rauchverbot, aber Lohmann nickte. Besondere Umstände erforderten besondere Maßnahmen. Geiersdörfer kramte eine Packung aus seiner Jackentasche, holte eine Zigarette heraus und zündete sie an. Nachdem er Packung und Feuerzeug wieder in seinem Sakko verstaut hatte, sog er den Rauch tief ein. Er sah noch einen Moment sinnend vor sich hin, dann fuhr er fort: „Na, du kommst sicher nicht, um mir zu meiner gelungenen Rede zu gratulieren, sagte Richard. Ich war stinksauer und schnauzte ihn an: Du blödes Arschloch, was hast du getan? Willst du uns alle kaputtmachen? – Genau, sagte er, genau das will ich, so wie ihr Annika kaputtgemacht habt. Und für dich hab ich mir was Besonderes ausgedacht. Für dich wird sich die Polizei interessieren. Am Montag liegt da ne Anzeige vor, und dann geht dir der Arsch auf Grundeis, sagte er und grinste.“

„Eine Anzeige“, fragte Lohmann, „wegen was?“

„Sie haben es ja eben schon gesagt. Ich habe mit dem Geld meiner Kunden spekuliert. Es war riskant, aber am Anfang ging alles gut. Zu gut. Ich strich die Gewinne aus den Transaktionen für mich ein und zog nur das ab, was als Rendite der ursprünglich vorgesehenen Papiere anfiel. Dann wurde ich risikofreudiger. Wie gesagt, alles lief bestens. Ich kaufte zu einem guten Kurs ein und verkaufte, wenn der Kurs zu fallen drohte. Wenn Sie Ölaktien haben, und es heißt mal wieder, dass die USA oder Israel Iran mit einem Angriff auf sein Atomprogramm drohen, dann wissen Sie, dass der Kurs eher fallen als steigen wird."

Geiersdörfer machte eine kurze Pause und fuhr dann fort: „Ja, alles ging gut. Dann investierte ich das ganze Geld, natürlich abzüglich der Gewinne, die ich abgezweigt hatte, in ein Ölgeschäft in Sibirien. Dort war angeblich ein riesiges neues Ölfeld entdeckt worden, das mächtig Gewinn versprach. Eine international agierende Gesellschaft trat als Investor auf. Das war vor zwei Jahren. Dann kam der Crash. Das angeblich riesige Ölfeld gab es nicht. Über Nacht war die Gesellschaft liquidiert, das Geld vernichtet. Zumindest für die Anleger."

„Wie viel machte das bei Ihnen aus?" fragte Hiller.

„Gut zehn Millionen Euro."

Hiller pfiff durch die Zähne. „Nicht schlecht, Herr Specht."

„Wie viel hatten Sie außerdem beiseite geschafft beziehungsweise an der Steuer vorbeigeschleust?" wollte Lohmann wissen.

„Ungefähr dasselbe."

„Da hätten Sie doch den Verlust locker ausgleichen können."

Geiersdörfer schwieg.

Lohmann nickte verstehend: „Schon klar, Sie wollten das ergaunerte Geld nicht verlieren, das Sie mittlerweile auf einem netten Nummernkonto in Zürich deponiert hatten."

„Ich dachte, mit der Zeit könnte ich den Verlust wieder anders ausgleichen. Aber die Lage auf dem Finanzmarkt war dafür nicht besonders günstig. Mehr als zweieinhalb Millionen sprangen in den letzten zwei Jahren nicht heraus."

„Und wo sind die? Bei Ihren Anlegern?"

Wieder schwieg Geiersdörfer.

„Verstehe. Auch in der Schweiz."

Geiersdörfer nickte.

„Und die eine Million Euro in bar in einem Lederkoffer, die unsere Kollegen eben in ihren Geschäftsräumen sichergestellt haben, sollte wohl noch dazukommen?"

„Woher wissen Sie ..."

Lohmann lächelte. „Sie erinnern sich? Der Anruf eben bei meinem Kollegen. Der Koffer war in einem verschließbaren Schrank hinter Ihrem Schreibtisch."

Geiersdörfer ließ den Kopf sinken.

„Wie kam Mühlberg auf Ihre unsauberen Geschäfte?“

„Er kam eines Tages und wollte sein Geld zurück.“

„Warum?“

„Es war kurz nach dem Tod seiner Tochter vor zwei Jahren. Da brach er alle Verbindungen zu uns, also zum Karneval, ab. Auch privat. Deshalb wollte er von mir sein Geld zurück. Ich sagte ihm, dass das nicht so schnell gehe, schließlich sei das Geld ja nicht wie auf einem einfachen Sparbuch festgelegt. Er ließ nicht locker, irgendwie war er misstrauisch geworden.“

„Die Gerüchte, dass Sie Ihr Geld nicht immer auf einwandfreie Weise verdienten?“

„Ja, er warf mir vor, dass ich Schindluder mit seinem Geld getrieben hätte, und dass er mir die Polizei und das Finanzamt auf den Hals hetzen würde, wenn ich ihm nicht reinen Wein einschenken würde. Er wollte seine Papiere halt sehen. Er kam einfach in einem ungünstigen Augenblick. Ich glaubte, ich sei am Ende, und hab ihm die Sache erzählt. Ich bot ihm an, ihm sein Geld in den nächsten Wochen zurückzuzahlen plus einen Bonus von hundert Prozent. Insgesamt hunderttausend Euro. Aber er sollte schweigen. Ich versprach ihm, dass ich den Verlust der anderen in den nächsten Jahren ausgleichen würde, ohne dass die etwas von den Spekulationen mitkriegen würden. Keiner würde einen Verlust machen. Nur dürfte auch keiner etwas davon erfahren.“

„Ging er darauf ein?“

„Ja, aber er wollte zweihundertfünfzigtausend Euro. Vierhundert Prozent Gewinn, dieser gierige Hund.“

Lohmann schüttelte den Kopf und sah Hiller an.

„Gingen Sie darauf ein?“ fragte Hiller.

Geiersdörfer nickte. „Was sollte ich tun? Wie gesagt, ich hatte kurz vorher erfahren, dass ich zehn Millionen in den Sand gesetzt hatte. Ich war verzweifelt, sah mich am Ende. Und dann kam Richard und drohte mir mit Polizei und Steuerfahndung. Später hab ich gedacht, dass ich zu schnell darauf eingegangen bin. Aber damals fürchtete ich, dass er wirklich eine Anzeige macht und ich Ihre Kollegen am Hals habe. Deshalb bin ich auf seine Forderung eingegangen und hab ihm das Geld vier Wochen später übergeben. Zweihundertfünfzigtausend Euro frisch aus der Schweiz. In kleinen Scheinen. Das hatte ich ihm empfohlen. Den Koffer gab’s von mir gratis dazu.“

Geiersdörfer sprach mittlerweile wieder in gewohnter Weise, ließ nicht mehr erkennen, dass er der überführte und zerknirschte, von Schuldgefühlen geplagte und vielleicht sogar reuige Gewalttäter war. Keine Spur mehr von der Betroffenheit und Niedergeschlagenheit wenige Minuten zuvor.

Wenn es um Geldangelegenheiten geht, dachte Lohmann, scheint bei dem wohl jede moralische Hemmung zu fallen.

„Warum hat Richard Mühlberg seine Meinung vor ein paar Tagen geändert? Warum wollte er Sie nun anzeigen?"

Geiersdörfer sah zu Bamberger hinüber und räusperte sich. Jetzt, wo es nicht mehr um Geld ging, wirkte er wieder erstaunlich verlegen und unsicher. Nach einem tiefen Zug vom Rest seiner Zigarette sagte er: „Na ja, irgendwie hatte Richard erfahren, dass ich Tobias damals ein falsches Alibi gegeben habe."

Bamberger fuhr dazwischen: „Also Alibi ist ja wohl der falsche Ausdruck.

Lohmann bedeutete Bamberger zu schwiegen. „Wieso Alibi?"

Geiersdörfer drückte den letzten Glutrest seiner Zigarette im Aschenbecher aus, den Hiller zwischenzeitlich organisiert hatte, und fuhr fort: „Vor zwei Jahren, an Aschermittwoch. Wir waren gerade beim Heringsessen, und die Stimmung nach einer gelungenen Kampagne war prima. Da tauchte Annika plötzlich vorne in der Wirtsstube auf. Sie stand an der Theke und wartete auf die Bedienung. Tobias und ich kamen gerade von der Toilette. Sie hatte uns noch nicht bemerkt. Tobias sah sie und hielt mich fest. Bitte, Manni, geh zu ihr, und sag ihr, dass ich nicht hier bin, sagte er. Noch hat sie mich nicht gesehen. Sag ihr, du weißt nicht, wo ich bin. Aber ich bin nicht hier, bitte! Ich fragte ihn nicht, warum. Er verdrückte sich wieder in den Toilettengang und schlich sich durch die andere Tür ins Hinterzimmer. Da sah mich Annika und kam auf mich zu. Sie fragte, ob Tobias da sei. Ich sagte nein, nein, er sei nicht hier, und ich wüsste auch nicht, wo er sei. Sie sah mit einem traurigen Blick zum Hinterzimmer und ging. In diesem Moment bedauerte ich sie und kam mir ein bisschen schäbig vor."

Hiller grunzte verächtlich, was Geiersdörfer aber nicht zu bemerken schien.

„Daraus kann man ja wohl kaum irgendeine Schuld konstruieren", meldete sich Bamberger wieder.

Lohmann sah ihn an. „Niemand hier im Raum hat das getan, Herr Anwalt, wenn Sie nicht selbst diese Konstruktion ... Aber darum geht es gar nicht. Wir sind nicht hier, um irgendwelche moralischen Schuldeingeständnisse zu bewerten. Ob Sie und andere eine Mitverantwortung am Suizid von Annika Mühlberg tragen, ist nicht unser Ressort."

„Wieso Selbsttötung? Es war doch ein Unfall", stotterte Bamberger.

„Es war Suizid", beharrte Lohmann und sah dem Anwalt fest in die Augen. „Es gibt einen Abschiedsbrief."

Bamberger erbleichte. „Wieso gibt es einen Abschiedsbrief? Wo kommt der denn her?"

„Es gibt ihn. Das muss Ihnen fürs Erste reichen. Aber deswegen sind wir nicht hier. Hier geht es um Mord. Wie hat Mühlberg herausgefunden, dass sie Tobias dieses falsche Alibi gaben?"

„Ich weiß es nicht", stieß Geiersdörfer hervor, „ich weiß es wirklich nicht. Irgendwer muss es ihm gesteckt haben. Wir haben an diesem Abend in der Runde ja noch drüber gefrotzelt. Dass Tobias mal wieder ne Kerbe auf sein Holz ritzen konnte. Jeder, der an diesem Abend beim Heringsessen war, wusste davon. Jeder von denen kann es ihm gesteckt haben. Außer mir."

„Und mir", ließ sich Bamberger hören.

„Weiter", forderte Lohmann Geiersdörfer auf.

„Jedenfalls hat er es erfahren. Das war ja auch der Grund, warum er sich noch so kurzfristig als Büttenredner andiente. Richard wollte den gesamten Siebener-Rat blamieren. Weil ja alle wussten, dass Annika an diesem Abend belogen worden war. Aber mich und die Bambergers wollte er vernichten. Mich, weil ich Tobias verleugnet habe. Das sagte er mir ganz unverblümt."

Mit zitternden Fingern holte Geiersdörfer eine weitere Zigarette aus der Packung und zündete sie an. Wieder inhalierte er kräftig und blies den Rauch dann geräuschvoll aus, ehe er fortfuhr.

„Ich flehte ihn an. Ich sagte: Lass uns morgen in Ruhe darüber reden. Er lachte nur und sagte: Jetzt geht dir der Arsch auf Grundeis. Jetzt hast du Schiss. Aber das reicht mir nicht. Du hast Mitschuld, dass Annika tot ist. Du wirst bluten. Du und die Bambergers, sagte er."

„Und dann?"

„Dann? Ich weiß nicht genau, was dann passiert ist. Plötzlich hatte ich das Eisen in der Hand und schlug zu", sagte Geiersdörfer fast geschäftsmäßig. „Als ich sah, was ich getan hatte, erschrak ich. Ich war wie vor den Kopf geschlagen. Ich sah ihn nur da liegen, in seinem Blut. Ich hab die Nerven verloren, hab meinen Mantel aus der Garderobe geholt und bin nach Hause."

Geiersdörfer sah die beiden Polizisten an.

„Glauben Sie mir, ich wollte es nicht. Ich war wie in Trance. Ich wollte es nicht. Es kam einfach über mich."

Bamberger hakte ein: „Das ist doch eine klare Tat im Affekt, allenfalls Totschlag."

Lohmann sah ihn wieder an und nahm dann Geiersdörfer ins Visier. In diesem Moment betraten zwei uniformierte Beamte zusammen mit Oberstaatsanwältin Dr. Bergkamp den Raum

„Was es war, wird ein Gericht entscheiden. Für uns sieht es wie Mord aus. Mal abgesehen davon, dass Sie noch in der Nacht bei Mühlberg einbrachen, um Verdachtsmomente gegen sich zu beseitigen, und am nächsten Tag versuchten, Tobias Bamberger die Sache in die Schuhe zu schieben, indem Sie das Tatwerkzeug in dessen Kofferraum legten. Die Eisendeichsel lag auf dem Wagen, gut fünfzig Meter entfernt vom Tatort, oder hatten Sie die gleich mitgebracht? Nein? Sie gingen zurück zum Saal. Sie sahen die Deichsel auf dem Wagen liegen. Sie gingen zur Garderobe und holten sich Ihre Handschuhe, damit sie keine Fingerabdrücke hinterlassen würden. Sie nahmen die Deichsel und gingen wieder zurück zu Mühlberg, der ahnungslos seine Zigarette weiterrauchte. Sie hatten mindestens zwei Minuten Zeit, über Ihr Tun nachzudenken. Aber Sie griffen die Deichsel, gingen zurück, schlichen sich hinter ihn und schlugen zu. Nicht einmal, sondern viermal. Das ist kein Affekt. Sie wussten, was Sie taten. Es war vorsätzlich, heimtückisch und aus niederen Beweggründen. Aber wie gesagt, ob es Mord war, wird ein Gericht entscheiden. Herr Geiersdörfer."

Geierstdörfer sah Lohmann an. Die Zigarette in seiner rechten Hand zitterte. Die Asche fiel ab.

„Ich verhafte Sie wegen des Vorwurfs, Richard Mühlberg am Abend des 21. Februar erschlagen zu haben. Bitte führen Sie ihn ab", forderte Lohmann die beiden Beamten auf. Die bauten sich neben dem in sich zusammengesunkenen Geiersdörfer mit dem obligatorischen „Wenn Sie bitte mitkommen wollen" auf.

Wie von zentnerschweren Gewichten gehalten, stand Geiersdörfer auf und folgte den Uniformierten. Bamberger warf noch einen Blick auf die beiden Kommissare, die nun auch in den Schankraum gingen, und ließ resigniert den Kopf sinken.

Der Sitzungspräsident Anton Bamberger war nun ebenfalls ein Häufchen Elend. Vier Tage, diese letzten vier Tage nach dem Karnevalssamstag, hatten viel verändert. Richard, sein Freund, sein früherer Freund, war tot. Ermordet. Getötet von Manni, auch einem früheren Freund. Und nun würde diese verwünschte Sache doch noch öffentlich werden. Natürlich hatte Tobias eine Mitschuld an Annikas Tod. Sie alle hatten diese Mitschuld. Sie hatten Tobias gedeckt, als er ein Treffen mit Annika vermeiden wollte, und Manni hatte ihr gegenüber Tobias' Anwesenheit verleugnet.

Bamberger schüttelte verzweifelt den Kopf. Keiner hatte mit diesen Folgen gerechnet. Niemand hatte die Möglichkeit in Betracht gezogen, dass eine zutiefst gekränkte und enttäuschte Annika Mühlberg ihrem Leben deshalb ein Ende setzen würde. Es war ja nur ein Spiel gewesen. Jeder wusste es. Tobias spielte, und die Mädels spielten mit. Und im nächsten Jahr hieß es eben „Neues Spiel, neues Glück". Toni wurde zornig. Warum musste diese Mühlberg auch glauben, bei ihr wäre das anders? War sie nicht selbst schuld an ihrer Enttäuschung?

Aus dem Hinterzimmer drang jetzt Gesang. Der Rest des Siebener-Rates hatte – nicht wissend um das Drama, das sich gerade im Mittelraum abgespielt hatte – bierselig Margit Sponheimers Faschings-Evergreen angestimmt:

Am Rosenmo-hon-tag bin ich geboren,
am Rosenmontag in Mainz am Rhein.
Bis Aschermittwoch bin ich verlo-ho-ren,
denn Rosenmontagskinder müssen närrisch sein.

Bamberger war es nicht mehr nach Feiern. Für ihn war eine kleine, heile Welt zusammen gebrochen, deren Herr und Meister er über viele Jahre gewesen war. Jetzt war nichts mehr wie vorher.

Er hatte zwei Freunde verloren ...

Bis Aschermittwoch bin ich verlo-ho-ren ...

Ja, dachte Bamberger, am Aschermittwoch ist alles vorbei.

Vorbei die Fröhlichkeit der Kampagnen. Nun würde Annikas Schicksal an die Öffentlichkeit gezerrt und Tobias wie ein Mörder dastehen, dafür würde schon der Dorftratsch sorgen. Ihn, Bamberger, würde man zwar weiterhin im Ort grüßen, aber hinter seinem Rücken verbal mit Fingern auf ihn zeigen: Da geht der Vater dieses rücksichtslosen Casanovas, der schuld am Tod von Annika Mühlberg ist.

Und aus dem Hinterzimmer tönte es: ... *denn Rosenmontagskinder müssen närrisch sein.*

***

Die beiden Kommissare betraten mit Dr. Bergkamp den vorderen Schankraum.

„Alle Achtung, meine Herren. Fall gelöst. Und das in vier Tagen. Bei der Ausgangssituation. Respekt", sagte die Oberstaatsanwältin und wandte sich zum Gehen. „Ich erwarte dann Ihren Bericht."

„Kurz und knapp?" fragte Lohmann.

„Ausführlich und schriftlich. Schönen Abend noch, die Herren", erwiderte Dr. Bergkamp und verließ die Gaststätte.

„Ich finde, wir sollten uns jetzt zum Abschluss des Tages ein Bier bestellen. Das haben wir uns verdient. Oder was meinst du?" fragte Lohmann.

„Gute Idee", meinte Hiller und setzte sich an die Theke. „Ein helles Weizen, der Herr hier zahlt!"

Lohmann öffnete erstaunt den Mund. „Also, so war das ... eigentlich ... also gut. Für mich auch ein helles Weißbier."

„Was macht denn jetzt eigentlich der Personenschützer Hiller?" fragte Lohmann mit einem freundlichen Schmunzeln.

„Der hat schon mit der zu schützenden Person telefoniert und ihr das Ende der Aktion mitgeteilt."

„Und was hat die zu schützende Person dazu gesagt?"

„Die zu schützende Person hat mit offenkundigem Bedauern in der Stimme das Ende der Aktion zur Kenntnis genommen und angeregt, heute Abend noch zu einem abschließenden Analysemeeting zusammenzukommen."

„Dann solltest du das vielleicht tun", regte Lohmann an.

„Ja, aber nach dem Weizen."

„Genau, und ich darf nicht vergessen, Benny Thielmann anzurufen. Der wird sich freuen, doch noch nach Ruhpolding fahren zu können."

Nachdem die Wirtin die beiden Gläser vor sie hingestellt hatte, prosteten sie sich zu und nahmen einen kräftigen Schluck.

„Ah, frisch gezapft, ein Gedicht", grunzte Hiller.

„Morgen früh", meinte Lohmann und wischte sich mit der Zunge einen Schaumrest von den Lippen, „machen wir das Protokoll. Bis dahin dürfte auch die Analyse des Anzugs vorliegen. Und dann ist der Fall für uns weitgehend erledigt. Kann sich die Staatsanwaltschaft drum kümmern. Vor allem um die Pressearbeit. Garantiert ruft morgen wieder der Prohaska an und fragt, ob's woas Neies gibt."

Hiller wiegte den Kopf. „Wenn sich der Geiersdörfer das über Nacht nicht wieder überlegt. Den haben wir eben schön überrollt. Und dieser Bamberger, ich weiß nicht", meinte er.

„Nee, nee, die Indizien sind zu erdrückend. Ich wette, dass sich auf dem Anzug aus der Mülltonne Blut- und andere Spuren finden, die Richard Mühlberg zuzuordnen sind. Aus der Nummer kommt der Geiersdörfer nicht mehr raus. Und was diesen Bamberger betrifft: Der ist froh, dass der Schuldige gefunden ist. Bamberger ist erleichtert, dass er und sein Sohn endgültig aus der Schusslinie raus sind."

„Ein unsympathischer Typ", stellte Hiller fest und nahm einen Schluck aus seinem Glas.

„Wer? Der Alte oder der Junge?"

„Beide."

„Ja, aber nicht unsere Sache, das zu bewerten. Wir müssen nur Fakten sammeln, und das haben wir erledigt."

Lohmann griff nach der Speisekarte und blätterte sie durch. „Hunger hätt ich ja. Du hast doch auch noch nicht zu Abend gegessen?" fragte er seinen Kollegen.

„Wann denn? Mir knurrt dermaßen der Magen, ich könnt jetzt alles unterkriegen. Nur keinen Hering."

„Dann lass uns mal einen Blick in die Karte werfen. Hier gibt's ja auch griechische Spezialitäten. Spießchen und Hackfleischröllchen. Vielleicht sollte ich das mal probieren. Quasi als Test."

„Wieso als Test?"

„Na ja, das ist doch so vom Balkan und Mittelmeer. So ähnlich wie kroatisch sicher."

Lohmann nahm einen Schluck, während ihn sein Kollege immer noch überrascht ansah. Dann platzte er heraus: „Wir fahren diesen Sommer nach Kroatien.“

„Was, Kroatien? Nicht Chiemgau, Berchtesgadener Land, Tirol oder Kärnten?“

„Nein, Kroatien.“

Hat es Anne endlich geschafft?“

„Was heißt hier: endlich geschafft?“

„Na, dich mal von den Bergen ans Meer zu bringen.“

„Also, du tust ja gerade so, als ob ich Anne immer in die Berge gequält hätte. Sie wandert doch auch gerne.“

„Weiß ich. Ich weiß aber auch, dass Anne fürs Mittelmeer schwärmt. Die Kultur, das Essen und so. Mediterranes Ambiente und Lebensgefühl. Meeresrauschen und ...“

„Du redest wie ein Reiseverkäufer“, unterbrach ihn Lohmann. „Wir haben dieses Jahr unseren fünfundzwanzigsten Hochzeitstag. Am“, er überlegte kurz, „13. Juli. Und Anne wünschte sich eben einen Sommerurlaub am Mittelmeer.“

„Und warum Kroatien? Warum nicht Spanien, Südfrankreich, Italien oder Griechenland. Oder Türkei? Oder Ägypten, Tunesien?“

„Oder Albanien, Libanon oder Gaza-Streifen? Liegt auch alles am Mittelmeer. Mann, weil wir in Kroatien unseren ersten gemeinsamen Urlaub vor fünfundzwanzig Jahren verbracht haben. Damals war das noch Jugoslawien.“

„Hm“, brummte Hiller. „Aber das mit dem Essen ist nicht so falsch. Die Spieße und Hackfleischgerichte sind auf dem Balkan durch die Türken beeinflusst. Und die hatten schließlich auch einmal weite Gebiete des ehemaligen Jugoslawiens erobert ...“

„... und standen zweimal vor Wien, Herr Professor der Geschichte“, knurrte Lohmann. „Du wirst mir noch erzählen, dass Kaiserschmarrn und Wiener Schnitzel ebenfalls von den Türken erfunden wurden.“

„Pfff“, machte Hiller, „und ich hab doch recht. Ćevapčići sind die kroatischen Hackfleischrollchen. In dem Wort steckt Ćevap drin, und das leitet sich von Kebap ab, und Kebap ist türkisch und heißt Fleisch.“

„Und wie heißt Ćevapčići auf Griechisch?“

„Bifteki.“

„Ohne -vap oder -bap? Klingt eher nach Beefsteak. Dann waren wohl auch mal die Engländer Herren des Balkans."

„Witzbold", mokierte sich Hiller.

„Ich bin ja mehr für Schnitzel und Leberkäs. Andererseits, so ein richtiger Hackbraten oder eine Frikadelle, bei der man nicht herausschmeckt, dass der Nachbar Bäcker ist, das hat schon was für sich. Vielleicht hast du recht, und ich sollte mal das Bifteki probieren."

„Und wo fahrt ihr hin?" hakte Hiller nach.

„Steht noch nicht fest. Anne würde gerne mal nach Dubrovnik. Aber das ist mir mit dem Auto zu weit. Und in einen Flieger kriegst du mich nicht rein."

„Aber das sind doch höchstens so zwei Stunden Flug. Das überstehst doch auch du."

„Trotzdem. Vielleicht buchen wir was auf Istrien im Norden. Da gibt's ja auch viel Kultur. Und es ist nicht so heiß wie um Süden."

„Und die Alpen sind auch nicht weit", schmunzelte Hiller und legte die Speisekarte weg. „Also, ich nehme den Grillteller. Und du, hast du dich entschieden?"

„Ja", sagte Lohmann und klappte die Karte ebenfalls zu.

„Bifteki, Gyros oder Souvlaki?"

„Sahneschnitzel! Prost!"

Danksagung

An der Ermittlungsarbeit an diesem Kriminalfall war nicht nur der Autor beteiligt. Journalisten neigen zwar dazu, zu allem eine Meinung zu haben, wissen aber in der Regel von vielem wenig und nur von wenigem viel. Deshalb verfolgen sie Hinweise und stellen Fragen. Wie Kriminalkommissare. Wie diese hoffen sie auf Antworten, die ihnen weiterhelfen. Und sie sind auf Unterstützung angewiesen.

Ich danke zunächst meiner Frau Anja und meiner Tochter Anna-Lena für die kritische Begleitung meiner Arbeit an diesem Buch, für Anregungen und aufmunternde Worte, wenn der Zweifel mal wieder die Oberhand gewinnen wollte, und für ihren Anstoß zur Titelbildgestaltung.

Mein Dank gilt auch Uwe Stegemann, Erster Kriminalhauptkommissar, Leiter des Regionalkommissariats Dillenburg, der mir zahlreiche Tipps zur Polizeiarbeit gegeben hat und die Aktivitäten seiner literarischen Kollegen Lohmann und Hiller einer kritischen Würdigung unterzog.

Weiterhin danke ich Karl Eberhard Freund für seine finanzfachliche Unterstützung, ebenso Dr. Markus Preuss, der mich bei den medizinischen Fragen beriet und unterstützte, und nicht zuletzt Rüdiger Soßdorf für das kritische Gegenlesen.

Schlussendlich gilt mein Dank meiner Verlegerin Renée Repotente und ihrem Team dafür, dass der „Narrhalla-Mord" nicht zu den wenigen unaufgeklärten Kapitalverbrechen gehört.

Rüdiger Geis
im Mai 2014

Dieser Krimi, angesiedelt im idyllischen Lahn-Dill-Kreis, wirft den Blick auf eine Familiengeschichte, die so manch dunkle Schatten über der sonst so friedlichen Gemeinde Sinn heraufbeschwört. In unterschiedlichen Handlungssträngen entwirft Rüdiger Geis ein facettenreiches Figurenstück auf der Suche nach der Wahrheit.

ISBN 978-3-89841-459-3, Broschur, 160 Seiten. Oldenburg 2009.